DE ENIGMA STRAIN

NICK THACKER

VOORWOORD

Dit boek is vanuit het Engels vertaald met behulp van een service, om lezers over de hele wereld geweldige verhalen te bieden. We hopen dat je ervan geniet, en vergeef eventuele taalfouten!

HOOFDSTUK 1

1704, Northwest Territory, Canada

Het geluid van weer een exploderende boom deed Nikolai Alexei schrikken. Hij kon de mannen achter hem horen gniffelen, maar hij draaide zich niet om om het aan te pakken. Het was zijn tijd niet waard, en het was slecht leiderschap om kleinzieligheid te erkennen. Hij mopperde onder zijn adem en marcheerde voorwaarts door de kniediepe sneeuw.

Nikolai genoot van de nostalgische kenmerken van de winter. Dit land herinnerde hem aan thuis; aan de ontelbare kilometers diepzwart woud, gevuld met dezelfde dieren waar hij vroeger op gejaagd had, dezelfde bomen waar hij vroeger in geklommen had, en dezelfde bittere kou waar hij vroeger naar verlangd had. Hij herinnerde zich ook de geuren - de rijpe geur van wintergroen, de verse sneeuwdekens die dik genoeg waren om een paard tot stilstand te brengen, en de pure leegte van de lucht.

Hij kende de geluiden ook. Het bevroren boomsap in de boomstammen van de dennenbomen zette uit, waardoor de schors en het hout explodeerden. Zijn vader had het hem uitgelegd

1

tijdens een wolvenjacht toen hij nog een jongen was, en hij had 's nachts vaak wakker gelegen terwijl hij de golvende explosies telde terwijl ze zich een weg baanden door het beboste gebied rond hun hut. Hij voelde zich comfortabeler in het bos dan al zijn mannen, met uitzondering misschien van Lev.

Toch frustreerde het gelach van de mannen hem. Het was niet zozeer een teken van insubordinatie als wel een teken van hun luiheid. Drie maanden lang hadden ze hun tocht gemaakt over bergen en door dalen zo hoog en zo diep dat hij dacht dat ze de andere kant niet zouden halen met hun hele bemanning intact. Ze hadden toendra's, plateaus en moerassen doorkruist, zonder een man te verliezen. Hun jachtexcursies waren altijd succesvol, en de meeste nachten eindigden rond een groot kampvuur met een hert aan het spit geroosterd. Het ontbijt bestond uit hete soep, en ze aten de hele dag door gerookt vlees.

Nikolai moest toegeven dat het, tot nu toe, een van de meer succesvolle reizen was die hij had meegemaakt, en hij wist dat God hen in dit nieuwe land toelachte. Maar hij wist dat het hen zwak maakte; het maakte hen zacht. Ze waren dik en traag geworden en legden elke dag minder kilometers af dan de dag ervoor. Hun energie en opwinding hadden plaatsgemaakt voor rusteloosheid, en hun verhalen en gedichten die rond het vuur werden verteld, waren verworden tot hartstochtloze liederen.

Zonder zich om te draaien, riep hij naar de zevenentwintig mannen achter hem. "Waar is de dokter?"

Een korte, dunne man haastte zich naar zijn zijde. Nikolai vertraagde zijn pas niet. "Wat is onze status, dokter?"

"Het gaat goed met ons, commandant. We zitten vol, en het moreel is hoog."

"Maar we gaan elke dag langzamer," zei Nikolai. "We hebben

meer wild gevangen dan we kunnen eten, en we maken vuren die groter zijn dan we in één nacht kunnen verbranden. De mannen zijn dik, en ze worden zelfgenoegzaam."

"Maar ze zijn gelukkig, meneer," zei de dokter.

"Geluk is evenzeer een vloek als een deugd,' zei Nikolai, zich tot de kleinere man wendend. "We zullen stoppen en kamperen als we een open plek vinden. De rivier is in het noorden, en we kunnen daar zolang vissen als we willen."

Nikolai was een man van zijn woord, een man van integriteit. Hij had zijn superieuren in Rusland een kaart van het diepe terrein van Noord-Amerika beloofd, en hij was van plan die te leveren. Zijn expeditie was mondain geworden, en het was tijd om het weer tot leven te brengen.

"Verdeel de mannen in groepen van twee en drie," zei Nikolai, "en ik zal ze in de ochtend erop uit sturen om het gebied in kaart te brengen. De kameraden zullen genieten van een verandering van omgeving, en ikzelf van een excursie van een meer eenzame aard."

"Dus je gaat alleen door deze streken zwerven?" Vroeg de dokter.

Nikolai lachte. "Ik zal ervoor zorgen dat ik mezelf niet verlies in de mist, als dat is wat je vraagt. Soms moet een man dwalen, mijn vriend," zei hij. "Maar wees gerust, we zullen na drie dagen samenkomen."

De dokter knikte en sloot zich achter Nikolai aan. Nikolai wist niet zeker of dit plan van hem meer goed zou doen dan hen allemaal in gevaar zou brengen, maar het was een risico dat hij bereid was te nemen. Ze hadden tot nu toe niets bruikbaars gevonden, niets waar het moederland voor terug zou willen komen. Cartografie was hun manifest, maar hij had geen valse voorwendselen. Door in kleinere groepen naar buiten te gaan, kon de expeditie meer gebied en meer grond bestrijken dan door in één lijn te trekken.

Tot nu toe hadden zij de grote rivier in hun noorden helemaal vanaf de zee in kaart gebracht, maar zij wisten dat elke rivier ergens begon. Of het nu een meer was op de top van een bergtop of uit zijrivieren veroorzaakt door het smelten van gletsjers, hij wist het niet.

En het kon hem niet schelen.

Nikolai Alexei was hier voor een reden, en een reden alleen. Zijn vaderland zocht rijkdom, net als zijn mannen. Alle mensen zochten meer dan waar God hen in eerste instantie mee gezegend had. Het was de plicht van de mens om te vinden wat hem in dit leven toekwam, met alle zegeningen die hem in het hiernamaals zouden toekomen.

Dit nieuwe land stond niet bekend om zijn rijkdommen, want het was slechts enkele jaren daarvoor gevestigd, maar het was het grote onbekende dat nieuwe inwoners bleef aantrekken, en het was deze zelfde kracht die Nikolai tot deze gelegenheid aantrok.

HOOFDSTUK 2

1704, **Northwest Territory, Canada**

De eerste ster verscheen aan de hemel boven hem, en Nikolai wendde zich tot de linie achter hem. "Maak kamp," beval hij zijn mannen. "Er is een open plek links van ons, daar zullen we blijven."

Onmiddellijk kwamen de mannen van hun posities in de linie en begonnen stokken en dekzeilen uit hun rugzakken te halen. Enkelen gingen jagen, anderen liepen rond en controleerden de veldflessen.

Ze waren langzaam, merkte Nikolai. Na de inspanning van de afgelopen dagen verbaasde hem dat niet, maar het deed hem ook niet veel. Het duurde meer dan een uur om de tien tenten op te zetten en een vuur te maken, maar niet meer dan tien minuten voor de mannen er omheen begonnen te schuilen.

Weldra werd de lucht donkerder, en de maan kwam boven hen op, bijna vol. Er werd eten klaargemaakt, een gebraden hert en kruidensoep, en de mannen begonnen te zingen.

Nikolai had er genoeg van. Hij maakte zich los van het kamp

en tilde de capuchon van zijn parka van elandenhuid op en over zijn hoofd. De bittere kou beet in zijn vlees, en de zachte wind dreigde zijn hart te verkillen, maar hij merkte het niet. Hij ging naar een kleinere open plek in het zuiden die hij eerder had gezien, een met een rotspartij tegen een hogere bergklif. De rivier die ze volgden had zich waarschijnlijk in deze vallei ingesneden, en als hij geluk had, had die enkele interessante formaties voor hem achtergelaten.

Hij bereikte de open plek en joeg een klein zoogdier weg dat in een hol voor een boom verdween. Hij stapte het open grasland in en keek in de richting van de uitloper. Het bleek dat de rotsblokken zich precair rond een gat bij de grond bevonden, hem naderbij wenkend. Toen hij dichterbij kwam, kon hij in het zwakke licht zien dat de rotsen in feite een opening naar een kleine grot omringden.

Als jongen vond hij niets opwindender dan het verkennen van ongemarkeerde grotten en spelonken. Zijn vader had hem eens vergezeld op een speleologie-expeditie, en samen ontdekten ze een ondergrondse bron die water leverde aan de waterput bij hun hut.

Hij had geen licht bij zich, maar hij dook toch naar binnen. Terwijl hij met zijn handen en armen tastte, voelde hij de opwinding in hem groeien.

Morgen zou hij hier als eerste heen gaan, met een fakkel en een paar extra mannen. Dit was het soort grot dat een perfecte schuilplaats zou zijn voor één van de inheemse stammen die deze plaats misschien als thuis zouden beschouwen. Tot nu toe waren ze nog geen inheemse stammen tegengekomen, maar ze konden niet weten of er wel of geen inheemse stammen langs deze rivieren leefden.

Een licht verscheen achter hem, flikkerend en oranje. Hij kon de hitte van de fakkel bijna voelen toen het feller werd.

"Nikolai?" Zei een stem, zacht. "Ben jij dat?"

Het was de stem van de dokter, een beetje onzeker.

"Ja, dokter," zei Nikolai. "Breng het licht. Ik wil graag een kijkje nemen op deze plek."

De dokter stapte naar Nikolai's zijde en hief de fakkel voor hen op.

Op de muur voor hen waren tientallen schilderijen gekrabbeld waarop dansende mannen en vrouwen rond vuren, jachtpartijen en sterfgevallen waren afgebeeld.

Zoveel doden.

Een bijzonder macaber schilderij toonde een man en een vrouw die zijwaarts naast elkaar lagen, hun armen over elkaar geslagen als voorstelling van de dood. Zes kinderen waren lukraak onder hen getekend, alsof ze op verschillende tijdstippen in het verleden waren toegevoegd.

Nikolai en de dokter staarden een minuut lang naar de tekeningen en probeerden de verhaallijn te ontcijferen die hen was voorgelegd. Gedeelten van schilderijen waren doorgekrast en overgeschilderd, alsof de oorspronkelijke auteur het verhaal halverwege had veranderd.

"Wat betekent het, meneer?"

Nikolai reageerde niet. Hij nam de fakkel uit de hand van de andere man en liep verder de grot in. Een paar meter voorbij deze eerste muur, werd het plafond groter, en hij kwam tot zijn volle hoogte. Meer schilderingen gingen verder op de muren links en rechts van hem, en pijlen werden getekend in de buurt van de vloer. Toen hij verder liep, kronkelde de kleine grot naar links en eindigde in een ronde kamer.

Hij zwaaide met de zaklamp door deze kamer, eerst op zoek naar een voortzetting van het pad waarop hij zich bevond. Toen hij er geen vond, bewoog hij de fakkel naar de vloer. Stapels botten en schedels lagen boven op elkaar, in alle vormen en maten. Mannen, vrouwen en kinderen lagen bij elkaar, gescheiden in wat hij dacht dat families moesten zijn.

Daarvóór vond hij manden gemaakt van de pezige huiden van dieren, met deksels gemaakt van huid en beenderen. Het leerwerk was opmerkelijk, en hij bukte zich om er een te pakken. Hij onderzocht het van dichtbij en gaf het licht aan de dokter. In de zijkanten en de bovenkant van de mand waren motieven en symbolen gestempeld die hij niet kon interpreteren. Ze kronkelden rond de randen en lieten geen deel van het leer onaangeroerd.

"Mooi," fluisterde hij. Hij draaide aan de bovenkant van de mand en ontdekte dat het deksel stevig vastzat, ofwel door het ontwerp ofwel door jaren van rust. Hij draaide nog harder aan het deksel en voelde een plop.

De bovenkant van de mand kwam los, waardoor stof door de lucht schoot. Hij wuifde het weg en liet het deksel op de grond vallen.

Hij zag wat er in zat en besefte toen pas hoe zwaar de mand was. Hij draaide de mand ondersteboven en gooide de inhoud op de bodem van de grot. Honderden zilveren munten spatten eruit, kaatsten tegen de rotsen en rolden rond.

"Voor de glorie van..." Zei de dokter, zijn stem schor.

"Ik neem aan dat dit het soort dingen is waarvoor we hier gekomen zijn," zei Nikolai. Hij schepte een handvol zilveren munten op en hield ze tegen het licht. "Herken je deze?"

"Nee. Ik heb nog nooit zo'n ontwerp gezien."

Op het oppervlak van elke munt was een opmerkelijk ingewikkeld ontwerp aangebracht, met de hand gegraveerd of gestempeld. Er stond een borstbeeld op van een inheemse man, en Nikolai kon zelfs de contouren van een frons op zijn gezicht zien. Hij was omringd door wat leek op vuur, elk vleugje zorgvuldig gemeten en getekend.

Hij draaide het om in zijn hand. De achterkant was een weerspiegeling van de voorkant, met dezelfde inheemse man die naar hen fronste. Het vuur was echter duidelijk afwezig aan deze kant. In plaats daarvan waren er draaikolken en lijnen, die de man in het midden leken te omlijsten.

"Vuur aan de ene kant, wind aan de andere," fluisterde Nikolai. "Een dichotomie. Wat zou het kunnen voorstellen?"

"Wat zit er in de andere manden?" vroeg de dokter. Hij reikte naar een andere en probeerde die eerst van de grond op te tillen. De mand gleed een paar centimeter naar hem toe, maar bleef op de grond staan. "Ik geloof dat deze aanzienlijk zwaarder is, meneer," zei hij.

Nikolai bukte zich en draaide het deksel los. Hij duwde de mand omver met zijn rechtervoet en zag hoe zilveren munten eruit vielen. Terwijl hij naar beneden reikte, kon hij zien dat hetzelfde ontwerp als de andere munten ook op deze munten te zien was.

"Dokter," zei hij, "ga terug en wek de mannen. Breng ze hier, en breng ook de boekentassen mee. Er zijn minstens twintig van deze manden verspreid door deze kamer, en als elk ook maar een deel bevat van wat er in deze eerste twee zit, moet het meer dan genoeg zijn om een terugkeer naar huis te rechtvaardigen."

Nikolai was niet hebzuchtig, maar hij voelde de opwinding in zijn borstkas groeien. Hij zou deze schat zonder twijfel met zijn mannen delen, maar hij moest zeker zijn van wat hij had gevonden. Hij ging naar de achterkant van de grot en stond nu recht voor de stapel skeletten. Hij bukte zich en tilde het deksel op van een van de manden die dicht bij de achterkant stonden.

Hij knipperde met zijn ogen en wuifde het stof weg met zijn vrije hand. Hij schoof de zaklamp dichter naar de bovenkant van de mand en gluurde naar binnen.

Het was leeg.

Hij fronste zijn wenkbrauwen en greep naar de mand die het dichtst bij was. Hij tilde ook het deksel van deze mand op.

Leeg, op een paar kleine gereedschappen na.

Hij overwoog de dokter terug te roepen, maar hield zichzelf tegen. *Waarom zouden ze hen hier begraven*, vroeg hij zich af. *Waarom zouden ze een bijna lege mand plaatsen naast een eerbetoon aan hun overleden dierbaren?*

Was er iemand voor hem gekomen? Iemand die de manden had gevonden en er een paar had geleegd? Nogmaals, het was niet logisch. Iemand die dit voor hen had verkend, zou het zeker van zijn schatten hebben ontdaan. Ze zouden niets van waarde hebben achtergelaten, en ze zouden niet de deksels terug op elke mand hebben gedaan.

Maar deze twee manden waren leeg, toch? Hij keek nog eens, tilde nu een van de manden op tot ooghoogte en draaide het. Hij kon de fijne pezige lijnen van de bodem zien, in elkaar gevlochten en dichtgenaaid. Op de bodem verschoven een paar werktuigen; wat leek op een paar kleine pijpen, een kom van klei, en nog wat andere kleine stokjes en stenen.

Hij hoestte en besefte voor het eerst hoe dik het stof in de lucht was geworden. Hij zwaaide met zijn handen en liep weg van de begraafplaats. Hij hoestte opnieuw, en deze keer voelde hij hoe zijn longen belast werden door de inspanning.

Hij wendde zich af van de kamer en liep terug naar boven tot het plafond van de grot hem omsloot. Hij stapte er uit en op de kleine open plek. De nacht was volledig ingevallen en miljoenen sterren keken op hem neer. Hij viel op zijn knieën en probeerde op adem te komen. Hij zoog lucht naar binnen en dwong zijn longen weer open te krijgen. Hij spartelde naar voren, en rolde toen op zijn rug in de sneeuw. Nikolai kalmeerde zijn denken en sloot zijn ogen.

Ademen. Hij dwong zichzelf te ademen, in en uit, tot hij het stof uit zijn systeem voelde verdwijnen. Zijn ademhaling werd normaal en gecontroleerd.

Op dat moment hoorde hij de voetstappen van zijn mannen in de richting van de open plek rennen. Hij stond op en veegde de sneeuw van zijn rug. Hij hief zijn hoofd op en liep naar de rand van het bos. "Heb je de boekentassen opgehaald?"

"Dat hebben we, meneer. Waar is de grot?" De stem was van Lev, de grote beer van een man die als eerste uit het bos kwam. Zijn ogen waren wijd opengesperd, en zijn adem was zwaar, en stroomde in grote uitbarstingen uit zijn mond en neus. Nikolai genoot van zijn gezelschap, want Lev was de enige onder hen die zo'n toegewijde natuurkenner was en zo veel wist als hij. Hij droeg littekens op zijn gezicht en lichaam van een leven lang dienen van zijn vaderland als soldaat en houthakker.

Nikolai wees achter hem, en Lev knikte. De groep, vijftien man in totaal, draafde langs Nikolai heen en ging de kleine grot binnen. Spoedig kwamen drie van hen tevoorschijn met hun zware boekentassen, gevuld met de last van de rinkelende munten. De beproeving duurde slechts dertig minuten, en toen ze klaar waren voegden ze zich bij Nikolai op de open plek. Slechts vier van de manden waren leeg, inclusief de twee die Nikolai had gevonden.

Waren de mannen eerder al joviaal, nu waren ze bijna uitzinnig. Ze wisten dat hun leider een eerlijk man was, en dat ze elk een flink deel van de ontdekking zouden krijgen. De belangrijkste cartograaf onder hen, Roruk, begon wat aantekeningen te krabbelen in een klein notitieboekje dat hij uit zijn zak had gehaald. Hij mat de randen van de open plek af, telde elke stap terwijl hij ging en tekende ze in dit boekje.

Toen hij klaar was, knikte hij naar Nikolai, en ze keerden terug naar het hoofdkamp.

"We vertrekken morgen," zei Nikolai terwijl de andere mannen zich verzamelden. "We hebben te veel gewicht toegevoegd om de expeditie voorlopig voort te zetten, en het zal al een last zijn met het water en voedsel dat we met ons mee moeten dragen."

Gejuich barstte los rond het vuur, en de mannen begonnen te zingen. Nikolai vroeg zich af hoe mannen zo vrolijk konden zijn zonder de hulp van sterke drank en drank, maar hij onderdrukte de stemming niet.

Hij stapte stilletjes weg van de dokter en Lev en ging zijn tent binnen. Als leider van deze expeditie deelde hij die met niemand anders, en hij genoot van het voorrecht. Hij trok zijn parka uit en nestelde zich op zijn veldbed.

Het lawaai rond het kampvuur nam toe, maar Nikolai kon het nauwelijks horen. Hij voelde zich alsof zijn geest in brand stond, alsof zijn hoofd boven een pot kokend water werd gehouden. Hij begon te zweten, en zijn handen en armen begonnen te jeuken. Nikolai had moeite om het brandende gevoel te onderdrukken, en hij overwoog om de dokter te hulp te roepen. Maar voor hij dat kon, viel hij in een welkome, diepe slaap.

HOOFDSTUK 3

1704, **Northwest Territory, Canada**

Nikolai werd de volgende ochtend wakker door een vreemd geluid.

Stilte.

Pure, ongerepte winterstilte. Hij herkende het onmiddellijk, want het bracht hem terug naar zijn jeugd. Hij had het geluid niet meer gehoord sinds ze Rusland hadden verlaten, want zich verplaatsen met een groep van bijna dertig man garandeerde dat elk moment gevuld zou zijn met een of ander geluid. Het was alsof de zware laag wit poeder die het kamp omringde, elke laatste geluidsgolf uit de lucht had gezogen. Ze bevonden zich in een geruisloos vacuüm. De meeste mannen verzetten zich tegen dit soort stilte, want die was intenser dan alle andere. Nikolai zou het normaal gesproken verwelkomd hebben met een scherpe snuif en een diepe, bevredigende zucht, maar deze ochtend had niet zo stil hoeven te zijn.

Hij gooide de dekens van zich af en ging naast zijn bedje staan. Zijn hoofd streek langs de bovenste stok van zijn tent toen hij naar voren liep en de flappen opende. Het vuur was allang gereduceerd tot koude as, maar er stegen stofdeeltjes op door de bries, waardoor het leek alsof er rook was. De tenten stonden in een cirkel rond het vuur, als spaken van een wagenwiel. Zijn tent was de meest noordelijke, en van de andere aan elke kant gescheiden door een paar rijen bomen. De tenten waren traditioneel, twee verticale palen en een horizontale die er bovenop rustte, met canvas erover gespannen en op de hoeken in de grond gestoken. Elk van de tenten was onberispelijk geplaatst, perfect uit elkaar geplaatst, en zo opgezet dat ze er precies hetzelfde uitzagen. Zijn mannen waren goede mensen, wist Nikolai, en ze gaven veel om deze kleine details. Hij bewoog zich naar links, naar de tent van de dokter.

"Dokter? Lev?" Riep hij de tent in. Hij ging naar binnen en vond de twee mannen aan weerszijden van de tent nog slapend onder stapels dekens en bont. Hij schopte met een opengewerkte laars tegen het bed van de dokter en vroeg opnieuw.

Nikolai hoorde niets terug en trok de dekens van het hoofd van de man. De buitenste deken, een dikke geweven stof, bleef ergens aan haken, en hij trok hem met moeite naar beneden. Na een krachtiger ruk, knapte de deken terug van de man's hoofd. Nikolai strompelde achteruit toen hij zag wat er voor hem lag. Het vlees van het gezicht van de dokter was weggevreten door een uitslag, rode puisten bedekten het oppervlak van zijn huid. Een deel van de huid op het voorhoofd van de arme man was vastgeplakt aan de deken, daar vastgeplakt door opgedroogd weefsel en bloed. De ogen van de dokter waren open, maar ze waren glazig van dood.

Nikolai bracht instinctief een hand naar zijn mond en probeerde met moeite het braaksel tegen te houden dat hij in zijn keel voelde opkomen. Hij trok de deken helemaal weg, en ontdekte dat elke centimeter van de blootgestelde huid op het lichaam van de dokter bedekt was met soortgelijke steenpuisten. Hij bewoog zich naar Lev's bed en tilde ook diens deken op.

Meer uitslag. Meer steenpuisten.

Lev was ook ergens gedurende de nacht overleden. Beide mannen lagen vredig in hun dekens en keken met lege ogen omhoog naar het plafond van de tent. Nikolai verwijderde zich en sloot de klep achter zich. Hij keek omlaag naar zijn eigen handen en armen en merkte dat een uitslag zich over het grootste deel van zijn huid had verspreid en verdikt was.

Het jeukte niet meer, maar hij voelde de hitte die zijn huid uitstraalde op de plekken rond zijn lichaam die geïnfecteerd waren. Gisteravond waren het alleen zijn handen en armen, maar nu voelde hij het over zijn schouders, nek, en bovenrug.

Hij controleerde nog twee tenten en trof in elke tent dezelfde afgrijselijke gezichten aan. Al zijn mannen - alle zevenentwintig van hen - waren dood.

Hij was de enige overlevende van een expeditie die nu duizenden kilometers ver van huis was, op een van de meest afgelegen plaatsen die de mens kent.

In de verte kraakte een andere boom en hij wist dat de winter voorgoed was ingetreden.

HOOFDSTUK 4

HEDEN, **Yellowstone National Park**

Harvey "Ben" Bennett keek naar het uiteinde van zijn geweer dat door de kleine ruimte tussen de twee struiken gluurde. Hij stelde zijn linkerknie bij en verplaatste een steen naar de zijkant van de struik die hij onder zijn spijkerbroek had geplet. Hij hield het geweer stil en gebruikte een verdwaalde tak als platform. Hij bekeek het tafereel door het uiteinde van de richtkijker.

De grizzly was druk bezig met het doorzoeken van het voedsel uit een omgevallen koelbox op de open plek. Het mannetje, klein voor zijn leeftijd maar daarom niet minder gevaarlijk, gromde van genot toen hij stukjes spek en pannenkoeken van het ontbijt van die ochtend ontdekte.

De kampeerders waren allang gevlucht, belden de hoofdlijn van het park en klaagden over een overlastgevende beer in het gebied. Ze waren bang dat de beer hun kamp zou binnendringen en hun kinderen bang zou maken, of erger.

Bang dat de beer zou doen waarvoor hij ontworpen was, dacht Ben.

Dit soort kampeerders waren de ergste soort. Ze lieten een puinhoop achter, klaagden voortdurend, en ruïneerden de heiligheid van het ecosysteem waarin ze terecht waren gekomen.

Mensen behandelden kamperen als een luxe all-inclusive resort vakantie. Alsof de natuur speciaal ontworpen was om hen te behagen. Ben haatte hen, bijna net zoveel als hij dit deel van zijn werk haatte.

Overlastgevende dieren, van wasberen tot grizzly's, waren een grote afknapper voor bezoekers en toeristen, en dus een probleem. De mensen hadden geen idee hoe ze moesten omgaan met dieren die op zoek waren naar een gemakkelijke maaltijd en hadden de neiging uit hun dak te gaan en te veronderstellen dat ze werden aangevallen in plaats van kalm de scène te verlaten en een ranger te zoeken.

Ben schoof een kogel in de kamer en richtte. Hij sloot om beurten zijn ogen, controleerde de afstand en probeerde in te schatten waar de beer heen zou gaan. Zijn linkeroog gaf hem zicht op de bevestigde manometer terwijl hij door de kijker tuurde, zodat hij de druk kon aanpassen zonder het doel uit het oog te verliezen. De aluminium loop en de Amerikaanse walnotenhouten kolf voelden warm aan in zijn handen; levend. Het was een comfortabel wapen, en Ben was tevreden met de aankoop van dit herplaatsingsgereedschap door de afdeling.

Hij zag de dikke nekspieren van de beer kloppen toen hij een stuk karton afscheurde van de stapel stinkend afval die hij had gevonden.

Dat was het andere wat Ben haatte aan deze mensen. Ze waren niet van plan iets te leren - hoe te koken, wat te eten in het bos, hoe voedsel te vinden - ze wilden alleen het comfort van thuis in een tijdelijk uitstapje uit de werkelijkheid.

De beer rechtte zijn nek lichtjes, en Ben ving plots een glimp op van zijn linkeroog.

Het oog glinsterde van ouderdom, een grijze glans glinsterde in de hoek.

Mo.

Ben herkende de grizzly van de andere keren dat hij hem hier was tegengekomen. Hij had een paar bemanningen geholpen hem te verplaatsen, nog maar enkele maanden geleden, afgelopen zomer, en nog twee jaar daarvoor.

Ben zuchtte, en concentreerde zich op de lucht die zijn longen verliet. Hij zoog een snelle, kleine ademteug in, en hield die in. Hij telde tot vijf en haalde de trekker over.

Het zachte knallend geluid verraste hem - dat deed het altijd. De combinatie van de door mensen gemaakte machine die hij net had afgevuurd, paste totaal niet in deze ongerepte omgeving, en hij had er onmiddellijk spijt van.

De beer snorde en ging rechter zitten, nog steeds met zijn rug naar Ben. Hij draaide zich langzaam om, met zijn kop in de rondte toen het kalmeringsmiddel begon te werken. Mo zou hem niet aanvallen. Het pijltje alleen zou de beer niet meer hebben gealarmeerd dan wanneer er een takje op hem was gevallen, maar Ben wist dat de twee milligram Etorfine en acepromazine maleaat die het pijltje zojuist in de zij van de beer had gespoten, meer dan genoeg zou zijn om hem te laten vallen.

Ben wachtte, niet om de beer te alarmeren. Een dier kwaad maken of opwinden net voor hij in slaap valt zou onnodige stress veroorzaken, en het zou hem zelfs in gevaar kunnen brengen. Na nog een paar seconden liet de beer een lage kreun horen terwijl hij op zijn achterpoten ging staan. Hij draaide een rondje, wankel op zijn poten, en viel toen weer op de grond. De grizzly ging op de vochtige bladeren liggen, en zijn kop viel op de bosgrond.

Ben wachtte een volle minuut en stapte toen uit zijn schuilplaats. Hij duwde zich door de struiken, zonder de moeite te nemen de bramen uit elkaar te halen voordat hij naar voren liep. Hij stak de open plek over en ging naast het dier staan.

"Sorry daarvoor, Mo," zei hij zacht. "Laten we je weer naar het noorden brengen." Hij haalde de kleine CO_2 patroon onder de loop van het geweer vandaan en liet die in zijn zak vallen. Hij hurkte neer en vond de rode dartpijl met vederpunt die uit de linkerflank van de beer stak.

De dartpijltjes waren duur en herbruikbaar, en het departement verbood de rangers ze in de parken achter te laten, zelfs als ze beschadigd of vernietigd waren.

Ben maakte de walkie-talkie los van zijn riem en draaide aan de knop bovenaan.

"Dit is Harvey Bennett," zei hij in het apparaat. "Ik heb Mo hier gedropt; ik vraag assistentie om hem vrij te krijgen."

De radio kraakte, en kwam toen tot leven.

"Bevestigd, Bennett, bedankt. We sturen een team - markeer de locatie en sta klaar voor locatie verificatie."

Ben verving de radio en haalde zijn telefoon eruit. Hij opende een app op het beginscherm en klikte een paar keer rond, zette zijn huidige locatie in het geheugen van het apparaat, en zette toen het GPS-baken aan.

Binnen enkele minuten arriveerde een ploeg van vier mannen en twee vrouwen op het kampeerterrein en begonnen de grizzly op een plank vast te binden.

De rangers zouden Mo verplaatsen naar een ander deel van het park met minder menselijk verkeer. Uiteindelijk zou hij weer naar beneden dwalen, aangetrokken door de verleidelijke gelegenheid die onwetende kampeerders hem boden.

Dit was Mo's derde herpositionering, en Ben was bang dat het zijn laatste zou zijn.

Kom niet terug naar beneden, Mo, Ben wilde de slapende reus. *Ik zal niet in staat zijn om je weer te helpen.*

HOOFDSTUK 5

DE CHEVY HIKTE OVER EEN ONZICHTBAAR GAT IN DE WEG, en de verouderde vering compenseerde dat met een klikkend geluid en een kreun. Ben trok de truck naar links en bracht hem terug naar het midden van de kleine zandweg. Hij stak instinctief zijn hand uit en zette de radio harder, het country-nummer schalde al door de gespannen cabineluidsprekers.

"Je houdt echt niet van praten, hè?" schreeuwde Bens passagier. De jongeman die rechts van Ben zat, wierp een blik op hem.

Ben hield zijn aandacht op de oneffen weg die voor hen lag, niet reagerend. Carlos Rivera keerde zich om en keek uit zijn zijraam. Het afgelopen uur had Ben nauwelijks gesproken, en wat hij had gezegd was vooral instructief, door Rivera te vertellen dat hij "naar de basis moest bellen" of "Mo moest controleren" in de laadruimte van de truck. Rivera gehoorzaamde elke keer, maar zijn aanbiedingen om een gesprek aan te knopen waren beantwoord met stilte.

Ze reden nog een kwartiertje door, langzaam over hobbels en gaten in de weg. Tenslotte ging Ben van de weg af en leidde de truck over een kleine vlakte naar de rand van het bos. Daarachter stak een kleine berg boven de vlakke grond uit, in de schaduw van Antler Peak in het noorden. Terwijl ze reden, nam Ben de omgeving in zich op - het was prachtig, ongerept. Hij haalde diep adem en zette de radio weer zachter.

"Nee, ik heb het niet zo op praten," zei hij. Rivera keek om en fronste zijn wenkbrauwen toen Ben verder ging. "Ik denk dat ik altijd het gevoel heb dat ik niet weet wat ik moet zeggen. Je bent een fatsoenlijke jongen, Rivera. Bedankt voor je hulp vandaag."

Rivera knikte verbaasd toen ze de dichte boomgrens naderden. Het stuk bos voor hen strekte zich uit rond de voet van de berg, eindigde ongeveer halverwege en veranderde in een kale vlakte van jonge boompjes en struiken. Ben manoeuvreerde de truck achteruit in een opening tussen twee bomen en sprong eruit. Hij maakte de bindriemen aan de zijkant van zijn truck los en wachtte tot Rivera aan zijn kant hetzelfde zou doen.

Ben ging naar de achterkant van de truck en begon de achterklep naar beneden te trekken.

"Voelde je dat?"

Ben keek op naar zijn partner. Uit het niets wiegde een zware bastoon de grond aan hun voeten, en Ben voelde een druk van geluid door zijn hoofd gaan. Het diepe geluid groeide uit tot een oorverdovende trilling en stierf toen snel weg, galmend door de bomen.

"Wat in..." Rivera liep weg van de truck, keek naar het oosten en tuurde door een bos bomen. Zijn ogen werden groot. "Ben. Kijk."

Ben volgde de blik van de jongere man en zag een rokende massa die vanaf de horizon omhoog groeide. De wolk golft naar buiten, wordt breed en komt los van de grond.

Geen van beiden sprak, maar beiden stonden zwijgend te staren naar de paddestoelwolk die de lucht in dreef. Plotseling scheurde een aardbeving door de bomen, rukte wortels en stronken uit de grond en tilde de vrachtwagen in de lucht. Bens lichaam werd 30 meter hoog over de grond geslingerd, en de kracht van de aardbeving nam toe. De grond leek tot leven te komen en Ben voelde zijn binnenste kronkelen toen de kracht van de inslag, in combinatie met de trillingen van de aarde, elke spier in zijn lichaam deed trillen.

Hij dwong zichzelf rechtop te gaan zitten en probeerde zich te oriënteren. De truck lag op zijn kant, vlak bij de plek waar hij hem had geparkeerd, maar nu ontstond er een steeds breder wordende kloof in de aarde recht voor hem. De lijn groeide en schoof naar voren, kraakte de droge grond en rotsen terwijl hij het voertuig naderde. Ben strompelde achteruit en probeerde te blijven staan.

We moeten hier weg.

Hij vond eindelijk zijn evenwicht en draaide zich om naar de scheur die zich in de aarde had geopend. Hij was breed en diep, maar leek niet meer te groeien.

Ben wachtte tot de golf helemaal was weggeëbd en liep toen terug naar de truck. De kooi van de beer was over de rand van de truck geklapt en lag nu ondersteboven vlakbij. Hij zette het op een lopen en kwam bij het hok van het dier.

Verwoed maakte hij het hangslot van de deur los en ontgrendelde de twee kasten. Hij zwaaide de deur open en reikte naar binnen.

Net toen hij dat deed, rukte hij zijn arm terug.

Goede manier om een hand te verliezen, dacht hij. Hij keek in de kooi en vond de grizzly onbeweeglijk, maar ademend. Het grote beest was nog steeds buiten bewustzijn. Tevreden liep Ben weg van de kooi en draaide zich naar de omgekeerde truck en de grote scheur in de grond.

Kan ik het omdraaien? Dacht hij bij zichzelf. *Misschien kunnen we allebei...*

Ben draaide zich om. *Waar is Rivera?*

Hij draaide een volledige cirkel, zocht zijn mede-Ranger en bekeek ook de verwoesting om hem heen. In dertig seconden was de grond opgetild, met catastrofale kracht tegen elkaar geduwd en weer naar beneden gevallen. Bomen waren voor elkaar gevallen, stammen gehavend en doormidden gebroken. Keien die millennia op hun plaats hadden gelegen, lagen nu verstoord, sommige gebarsten en gebroken.

"Ben! Help!" Ben hoorde Rivera's stem van ergens aan de andere kant van de truck, en hij rende erheen. Toen hij bij de rand van de nieuwe kloof kwam, kon Ben zien dat de aarde een meter of twee naar beneden liep voordat hij recht naar beneden in een kloof viel.

Het was deze kloof waar Rivera zich aan vasthield. Ben zag hoe de man met knokige handen een boomwortel vastgreep die boven de open ruimte boven de klif uitstak, en toen hij naar de rand stapte, kon hij Rivera beneden zien bungelen.

"Geef me een hand! Ik kan me niet vasthouden," zei Rivera. Ben liet zich op zijn buik vallen en reikte naar beneden, om de linkerhand van de andere man te grijpen. Hij beet op zijn tanden, verzamelde al zijn kracht en begon te trekken.

De rand van de kloof was geen massief gesteente, en toen Ben Rivera omhoog trok, erodeerden de zijkanten van de klif en vielen weg. Ben worstelde een halve minuut met de hoek en stopte toen.

"Geef me je andere arm," riep Ben naar Rivera, "en probeer je aan deze boomstronk vast te houden als ik je hoog genoeg over de rand breng."

De ogen van de jongeman brandden van angst, zo intens dat Ben ze niet kon aankijken. Hij concentreerde zich op zijn werk en probeerde de man omhoog en op de vlakke grond te trekken. Rivera's armen begonnen te trillen, en Ben dwong zichzelf harder te trekken, zich vastklampend aan een kracht waarvan hij niet zeker wist of die er wel was.

Op dat moment ging er een naschok door het bos. Ben verloor even zijn houvast, maar ontdekte dat Rivera zich inderdaad aan de wortel had vastgeklampt. Hij hernam zijn positie op de grond en gebruikte zijn lange gestalte als hefboom om de andere man op te trekken.

Toen hij nogmaals zijn hand naar hem uitstak, brak de boomwortel los en brak los van het vuil. Rivera keek op in Bens gezicht en besefte op dat moment wat er was gebeurd.

De boomwortel viel, en Rivera met hem. Ben sprong naar beneden, reagerend op het vreemde ongeluk, maar het was niet genoeg. Hij miste Rivera's kraag op een paar centimeter, en zijn hand sloeg terug tegen de wand van de klif.

Rivera verdween binnen enkele seconden uit het zicht, en Ben riep naar hem. Er kwam geen antwoord. Hij lag een minuut lang verdoofd op de rand van het ravijn voordat hij opstond en terugliep naar de truck.

HOOFDSTUK 6

"WAT BEDOEL JE, *CRACK*?"

Ben pauzeerde, keek toen op van de bank. "Scheur. Scheur. Een gat in de aarde."

"Carlos Rivera viel in een gat in de aarde?"

Ben knikte. De agent zuchtte en wendde zich toen tot een partner. De tweede agent stapte naar voren en hervatte het verhoor. "En je zei dat jullie tweeën een 'lastige' beer aan het verplaatsen waren?"

Ben's baas, George Randolph, sprong in vanaf de andere kant van de kamer. "Een overlastgevende beer is een beer die geen kwaad of aanzienlijke schade heeft aangericht en die alleen naar een afgelegener gebied moet worden overgebracht. Mo, de grizzly, heeft nu drie strikes tegen zich, maar we probeerden hem ver genoeg weg te krijgen zodat hij blijft zitten."

De agenten schreven alles op, mompelend onder elkaar. Ben zat roerloos op de bank, de enige comfortabele plek in de hele kamer. De lampen boven de verzamelde lokale agenten, parkwachters en personeel brandden op hem neer als de steriele verlichting in een ziekenhuisvleugel. Ben voelde zich opgesloten, niet op zijn plaats en angstig.

Al het personeel dat tijdens de explosie dienst had gehad, was naar dit gebouw geroepen om te debriefen, zoals de plaatselijke politie het noemde. Een SWAT team was onderweg en kon elk moment arriveren. Ben zag ook een paar mannen en vrouwen rondlopen die hij niet herkende en die rustig met individuele leden van het Yellowstone team spraken over de gebeurtenissen van de ochtend.

Regering, dacht hij. Een van de vrouwen liep naar hem toe. Slank, fit en in een strak pak dat bij haar houding paste, leek ze strak in het pak en zag eruit als iemand die zichzelf te serieus nam.

Toen de vrouw niet van haar koers afweek, kreunde Ben bijna hardop.

De woorden verlieten haar mond voordat ze zelfs gestopt was met bewegen. "Mag ik u een paar vragen stellen?"

Ben reageerde niet. Hij bekeek haar snel, van boven naar beneden, en richtte zijn ogen op het enige raam aan deze kant van het gebouw.

"Mr. Bennett, correct? Harvey Bennett?" vroeg ze.

Nogmaals, hij gaf geen antwoord.

"Mensen noemen je meestal Ben, toch?"

Hij fronste zijn wenkbrauwen.

"Mr. Bennett, u bent een ranger hier in Yellowstone? U werkt hier al dertien jaar, klopt dat? Eerst als een soort stagiair, daarna natuurlijk in uw huidige functie." Ben wist dat ze geen vragen meer stelde, maar alleen de informatie verifieerde die een ondergeschikte haar had gegeven. "Je was negentien, verhuisde je leven hierheen en woont nu in een trailer net buiten de perimeter van het park. Mag ik vragen waarvoor je op de vlucht was?"

Ben klemde zijn kaak en bleef uit het raam staren.

"Later, dan. Hoe zit het met Rivera? Mr. Carlos Rivera, drieëntwintig jaar oud, uit Albuquerque, New Mexico. Hoe lang heeft u met hem gewerkt?" De nadruk van de vrouw op het woord "had" was Ben niet ontgaan.

"Ga je nog vragen stellen waar je het antwoord niet al op weet?" schoot hij terug.

De vrouw aarzelde, knikte toen een keer. "Dat is redelijk. Mr. Bennett, kunt u praten over wat u daar zag vanmorgen? De explosie?"

Ben dacht even na. "Het leek op een bom. Paddenstoelwolk en alles."

"Juist. En wat voor reactie hadden u en Mr. Rivera toen u het merkte?"

"We hadden geen tijd om te reageren - er was een aardbeving, en toen..." Ben maakte de gedachte niet af, maar de vrouw voor hem drong niet aan. "Wie bent u?" vroeg hij.

"Ik ben van de Centers for Disease Control, BTR Divisie, lokaal uit Billings, Montana."

Ben stond op van de bank. "Luister, uh, CDC... BTR... wat dan ook, dame," zei hij terwijl hij langs haar heen liep. "Ik heb nu bijna een uur lang vragen beantwoord. Als u meer informatie wilt, leest u de verslagen maar." Hij liep door de groep mensen heen, op weg naar de deur. Hij duwde die open en stapte op de patio af, niet omkijkend.

Toen hij de patio verliet, hoorde hij de buitenschermdeur dichtslaan en weer krakend opengaan. Hij zuchtte toen voetstappen snel over de patio en de trap naar beneden stampten. Binnen enkele seconden stond de vrouw naast hem. Hij remde niet af.

"Het spijt me, Mr. Bennett, ik weet dat je een zware ochtend hebt gehad, maar -"

"Een zware ochtend?" Ben stopte en draaide zich om naar haar. "Een zware ochtend is wat Rivera's familie heeft. Een zware ochtend is wat de families hebben van de - wat, honderd of zo - mensen die bij die explosie zijn omgekomen. Ik probeer gewoon een goede morgen te hebben, maar dat gaat blijkbaar niet lukken."

"Ik - ik weet het, Mr. Bennett, ik wil -"

"Noem me niet zo."

"Oké, Ben, ik moet je alleen wat vragen..."

"Juist, ik snap het. Jij en alle anderen moeten een hoop vragen stellen, in de hoop dat iemand hier iets anders weet dan wat jij al uitgedokterd hebt. Een bom ging af en een heleboel mensen stierven. Het veroorzaakte een aardbeving, waardoor er een spleet in de grond kwam waar Rivera in viel. Wat heb je nog meer van me nodig?"

De vrouw stopte, liet Ben afstand van haar nemen, en sprak tegen zijn achterhoofd. "Ik wil gewoon weten wat er precies gebeurd is."

Ben ademde diep in en draaide zich naar haar toe. "Ik probeerde hem te redden, oké? Ik had zijn arm, en hij viel. Wat? Denk je dat ik een verdachte ben in een moordonderzoek of zo?"

Ze pauzeerde, en verlaagde toen haar stem. "Nee, dat doe ik niet, Ben. Maar mijn baas is niet het soort man dat dingen zomaar laat gaan. Hij gaat een aantal vragen stellen - een aantal zeer specifieke vragen - en ik moet in staat zijn om ze te beantwoorden naar zijn tevredenheid. Ik wil gewoon terug naar Montana, terug naar huis."

Ben schopte tegen een steen aan zijn voeten en ontmoette toen de ogen van de vrouw weer. "Waar is thuis precies?"

"Buiten Billings, een klein stadje genaamd Lockwood."

Hij dacht even na. "Je doet me een plezier, uh -"

"Julie. Juliette Richardson."

"Goed. Kun je me een plezier doen, Julie?"

Ze wachtte.

"Kun je ervoor zorgen dat ik met niemand anders over deze puinhoop hoef te praten? Ik zal je vertellen wat ik weet, wat er gebeurd is, en dat is alles wat ik kan doen. Maar ik wil niet rotzooien met andere regeringstypes zoals jij of iemand anders. Eerlijk?"

Ze glimlachte. "Ik denk dat ik daar wel uitkom.

HOOFDSTUK 7

DE CLUB RAAKTE DE BAL DIRECT IN DE "SWEET SPOT". Josh Hohn zag hoe de bal over de fairway zeilde, links afbrak voordat hij landde en de contouren van de lange par 5 volgde, alsof de bal op afstand was geleid. Josh glimlachte, precies wetend wat zijn baas, Francis Valère, zou zeggen.

Hij hoorde de oudere man die achter hem stond onder zijn adem een Frans scheldwoord mompelen. "Moet dat mooie stuk zijn dat je gebruikt."

De TaylorMade SLDR driver was een geschenk van Valère, en de man probeerde zo hard mogelijk om Josh er een slecht gevoel over te geven.

"Nou, je hebt het uitgezocht, oude man." Josh draaide zich om en knipoogde naar hem.

Francis Valère pakte een driver uit zijn golftas die achterop hun karretje was gebonden en marcheerde naar de tee. Hij legde zijn bal voorzichtig op een felroze tee en maakte een paar oefenslagen voordat hij de bal de fairway op gooide. Hij keek toe hoe de bal omhoog kwam en gevangen werd door een windvlaag die hem naar rechts duwde. De bal landde vlak bij een zandbak, stuiterde een paar keer, en kwam tot stilstand in het hoge gras vlak voor de boomgrens.

Josh lachte, en Valère draaide zich om om hem aan te staren. Josh haalde zijn schouders op. "Je had er een voor jezelf moeten kopen, denk ik."

"Kijk eens wie me nog steeds op drie punten voorligt," zei de man. Valère keerde terug naar het karretje, stopte zijn club in de tas en schoof op de bestuurdersstoel. "Kom op, die zal moeilijk te vinden zijn."

Josh zat al in het karretje en controleerde zijn mobieltje. "Woah, dit ga je niet geloven," zei hij. "Het lijkt erop dat er eerder een bom is afgegaan in Yellowstone. Je neemt me in de maling..."

Hij scrolde door een artikel op zijn smartphone, het nieuwsartikel dat hij uit zijn feed reader had gehaald doorbladerend. "Ja, het lijkt erop dat er minimale schade was, minimale slachtoffers..." hij pauzeerde. "Shit, ik wil niet morbide zijn, maar als je een plek gaat bombarderen, zou je er dan niet een kiezen die wat meer bevolkt is?"

Valère bleef rijden en hield het karretje op het pad dat zich uitstrekte langs de rechterkant van Hole 13. "Wow, dat is niet te geloven." Uiteindelijk liet hij het golfkarretje tot stilstand komen en stapte uit. "Wil je me helpen dit ding te vinden?"

Josh stopte de telefoon terug in zijn zak en stapte uit het voertuig. "Ik kan het ook niet geloven. Wat hoopten ze te bereiken?"

"Terreur, misschien. Een punt maken. Het kan tegenwoordig van alles zijn." Hij zocht met zijn voet naar de plek waar de witte Nike bal terecht was gekomen. Het gras was perfect getrimd, een beetje lang gelaten om het te onderscheiden van de kortgeknipte sprieten in de buurt. "Waar denk je dat iedereen mee bezig is?"

Josh dacht even na. "Wie weet? Misschien nemen ze echt vakantie, zoals je hen hebt opgedragen."

"Juist! Jij kent ze net zo goed als ik, Hohn - ze zijn waarschijnlijk hard bezig kanker te genezen of het volgende supervoedsel te maken." Hij benadrukte het woord "super" met zijn dikke Franse accent. Josh wist dat hij het als een grapje bedoelde, want ze hadden vaak de draak gestoken met Amerika's blinde obsessie voor "super" fruit en groenten. Hij hield ervan om hybride schimmels te maken in hun lab met een extra dosis van een vitamine of twee, en dan te proberen om Valère het te laten verkopen als de "next big thing." Het was een behoorlijk nerdy spelletje, maar beide mannen hielden zich ermee bezig als ze niet aan andere projecten werkten.

Josh wist dat zijn baas het had over de twee laboranten die ook voor Frontier Pharmaceuticals Canada werkten. Valère had Frontier Pharmaceuticals Canada slechts een paar jaar geleden opgericht met een enorme persoonlijke investering en wat risicokapitaal van een paar van zijn vrienden. Hij had Joshua Hohn aangenomen als zijn rechterhand en partner, en Josh had op zijn beurt de twee deeltijdse universiteitsstudenten aangenomen om te helpen met gegevens en organisatie. Samen hadden de twee mannen de laatste drie jaar gewerkt aan een echt "supermedicijn" - een organisch omhulsel dat rond de celwanden van microscopische organismen kon worden aangebracht en dat fungeerde als een soort flexibel en semi-permeabel "pantser".

Het was fascinerend voor Josh om te denken aan een chemisch molecuul dat zich aan de buitenwand van een cel hechtte en een extra beschermingslaag toevoegde. Het zou een revolutie betekenen in de farmaceutische wereld, en waarschijnlijk de wetenschap in het algemeen. De wereld van nanotechnologie stond voor de deur, en Josh wist dat zijn carrière zou worden versterkt als ze succes hadden.

En dat was ook zo. Het gebeurde vorige week, aan het eind van een lange periode van meer dan twintig uur in "The Dungeon", de bijnaam die ze hun donkere, rommelige werkruimte hadden gegeven. Josh had Valère driftig gebeld, struikelde bijna over zijn woorden toen de testresultaten binnenstroomden.

De nanocoating die ze hadden aangebracht had eindelijk gedaan wat het moest doen - het plakte.

"Ik weet het niet, die twee lijken meer geïnteresseerd in studentenfeesten en studentes dan in wetenschap," zei Josh. "Ze zijn waarschijnlijk in South Padre of Miami, piña coladas aan het drinken en een arm meisje aan het versieren."

Valère vond zijn bal uiteindelijk bij een boomstronk die perfect tussen hem en de hole in lag. Hij vloekte opnieuw en greep een pitching wedge uit zijn tas.

"Omhoog en erover?" vroeg Josh, duidelijk verbaasd.

"Ik heb het niet in me om drie slagen te verspillen en jou in te laten halen." Hij nam een paar oefenslagen en begon aan zijn swingritueel.

Het schot was prachtig - een perfecte boog die de bal netjes over de stomp droeg en recht naar het midden van de fairway, slechts centimeters verwijderd van Josh's eerste schot.

"Nou, ik ben blij dat ik niet gewed heb dat je het niet kon," zei Josh.

"Ik ben geen gokker," zei Valère.

"Nee, dat ben je niet, maar je zou het moeten zijn. Met dit product van jou, had je er klaar voor kunnen zijn."

Valère draaide zich om en keek naar Josh. "Wees gerust, mijn vriend, mijn risico in dit bedrijf is meer dan alles wat ik hier met jou zou verwedden. En vergeet niet dat jij hier ook een aandeel in hebt."

Josh knikte. Hij had getekend voor een salaris van een half miljoen dollar, in Canadese dollars, en had ook een optiecontract genomen. Verder had hij een klein percentage aandeel in de toekomstige winst van het bedrijf.

Beide mannen zouden rijker worden dan ze ooit hadden durven dromen.

"Als ik volgende week weer op kantoor ben, heb ik een gesprek met onze andere twee investeerders en octrooiadvocaat, en van daaruit zal ik een beslissing nemen over de timing," zei Valère.

"Waar moet ik dan aan werken?" vroeg Josh. Ze waren in het midden van de hole aangekomen en liepen naar de plek waar hun ballen in het gras lagen. "Ik denk dat we een paar vergaderingen met de grotere vertegenwoordigers moeten organiseren en aan de marketing moeten beginnen?"

"Nee, we zullen wachten op de marketing kant. Eerst moet ik het monster naar de investeerders brengen, en zij zullen de productie starten."

"Productie van wat?" vroeg Josh.

"Herinnert u zich de reis naar het Noordwestelijk Territorium die ik een jaar geleden maakte?" vroeg Valère.

Josh fronste, maar knikte. Het was een interessante en plotselinge verandering van onderwerp.

"Ik bezocht de plek van een inheemse stam van mensen die al lang geleden zijn omgekomen. Daar vonden we ook de resten van een kamp, en wat we veronderstelden was een Russische expeditie."

"Wij? Ik dacht dat je alleen ging?"

"Ik heb mijn investeerders ontmoet - zoals u weet, zijn we al lang zakenpartners."

"Dus dit was een zakenreis?" vroeg Josh. Hij raakte steeds meer in de war.

"Zoiets, ja. Hoe dan ook, we ontdekten de doodsoorzaak van deze arme ontdekkingsreizigers. Het was een oude plant die een kleine hoeveelheid van zijn natuurlijke afweermechanisme vrijlaat in de omringende lucht als hij wordt gestoord. De poedervorm van de gedroogde resten werd, geloof ik, door deze inheemse stam gebruikt als een soort hallucinogene stof. Echter, na vele jaren van vestiging, veranderde datzelfde afweermechanisme in een dodelijke stof."

"Je hebt het over het monster dat je in de vriezer hebt, toch? Die dozen die met je mee teruggestuurd zijn?"

Valère knikte. "We wilden deze substantie ook gebruiken als een verdedigingsmechanisme, net als de plant zelf. Maar ik moest het versterken; om de kracht ervan te verbeteren -"

"Je hebt een virus gemaakt?"

"Ik ontdekte er een, ja. In zijn natuurlijke staat was het nauwelijks genoeg om een klein zoogdier te schaden, tenzij het in grote hoeveelheden werd ingenomen. Maar met een paar aanpassingen en verbeteringen..."

"Waar heb je het over?" Josh was ontzet. "Dat is geen medische toepassing, Francis -"

"Het gaat u niet aan wat de aanvraag is," zei Francis.

Josh stapte op zijn bal af en sloeg zijn club met een roekeloze zwaai naar beneden. De bal vloog van de grond en liet een vieze bruine streep achter in het gras. Hij keek toe, zijn woede bouwde zich op, hoe de bal naar rechts en over de bomenlijn vloog. Zonder zich om te draaien, begon hij naar de bomen te lopen om de bal te zoeken.

Hoe kon hij dit doen? vroeg hij zich af. Josh werkte al meer dan drie jaar met Valère, en hij dacht dat hij de man kende. Ze waren beiden geïnteresseerd in het behoud van leven door hun werk en wetenschap.

Dit klonk precies als het tegenovergestelde.

Hij sloop door het dichte struikgewas dat het einde van de golfbaan markeerde en het begin van onbebouwd land, en bleef lopen in de richting van een groep dennenbomen waar hij zijn bal het laatst naar toe had zien vliegen. Toen hij de bomen naderde, kon hij het geluid van stromend water horen.

De bomen stonden als schildwachten voor een steile heuvel, waakzaam over de klif. De heuvel liep onder een steile hoek af naar een rivier, waar hij het water over rotsen kon zien rollen en kleine stroomversnellingen kon zien vormen terwijl het door de kloof kronkelde.

Wat hij echter niet zag, was zijn bal.

"Ik geloof dat het verder naar boven is geland," riep de stem van zijn baas van achter hem. Valère had hun karretje naar de rand van de baan gereden en liep naar Josh.

"Je kunt dit niet doen, Valère. Je kunt ons niet zo verkopen. Wie trapt er eigenlijk in?"

"Het is geen kwestie van geld -"

"Onzin!" schreeuwde Josh. "Natuurlijk is het zo! Waarom zou je dit anders voor me verborgen hebben gehouden?"

"Ik zei het je, het is niet iets waar je je zorgen over moet maken. Dit plan dateert van voor onze afspraak, Josh."

Josh keek toe toen zijn baas Josh's driver uit zijn tas haalde. Hij inspecteerde het, en bekeek de lichtgewicht grafieten constructie. "We hebben hier een leven lang aan gewerkt, en het is niet iets dat ik in de steek zal laten voordat ik klaar ben."

Josh deed een stap achteruit in de richting van de heuvel, met een gepijnigde uitdrukking op zijn gezicht. "Je bent een terrorist. Dat is alles wat dit is. Je bent een slimme, suïcidale, onwetende terrorist."

"Jullie hebben jullie namen voor wat ik doe, en ik heb de mijne. Ik ben met iets bezig dat veel groter is dan wat jullie je kunnen voorstellen," zei Valère. "Iets veel belangrijkers."

"Je zult er niet mee wegkomen," zei Josh. "Je zult er niet van weg kunnen lopen als je klaar bent."

Josh's ogen werden groot toen hij zag dat Francis de golfclub in de lucht stak.

"Ik ben niet van plan om te vluchten, Josh. Ik ben hier, en ik zal hier blijven. En als ik word verwijderd, zal er een ander zijn om mijn plaats in te nemen. En nog een."

Valère draaide zijn hoofd een beetje opzij en bekeek zijn werknemer en zakenpartner alsof hij geïntrigeerd was. "Het is echt een schande, Joshua."

"Wat?"

Valère haalde uit met de knuppel en raakte Josh in het hoofd. Er klonk een misselijkmakende klap, en Josh viel meteen op de grond. De pijn was ondraaglijk, maar Josh's hersenen voelden aan als brij. Hij kon niet helder denken; hij kon niet spreken.

"Het is echt een schande om een geest als de jouwe te verliezen, mijn vriend. Maar je hebt het mis. Ik zal er mee wegkomen. Amerika is niet verenigd genoeg om zichzelf te redden."

Hij tilde de knuppel weer op. Josh probeerde zijn ogen te sluiten, zijn arm op te heffen, iets te doen - maar hij kon het niet.

Hij kon alleen maar staren toen zijn baas de chauffeur op zijn hoofd kocht.

HOOFDSTUK 8

Ben en Julie zaten verscholen in een achterhoek van de kantine die verbonden was met het hoofdgebouw. Hij bekeek de afbladderende verflaag op de muren van de kantine die jarenlang onopgemerkt was gebleven. De vage geur van frituurpannen en oud voedsel vermengde zich met het subtiele aroma van schoonmaakmiddelen. Hoe onaangenaam de inrichting ook mocht zijn voor een nieuwkomer, Ben voelde zich vreemd genoeg op zijn gemak in deze ruimte. Hij had hier talloze maaltijden doorgebracht, meestal luisterend naar de gesprekken van zijn collega's en leidinggevenden die op de werkplek aan het kletsen waren.

Het was de eerste keer in misschien wel tien jaar dat hij zich nostalgisch voelde.

Verderop in de gang en om de hoek was dezelfde lounge waar Ben zich een uur na het incident had bevonden. Terwijl het merendeel van de politie en het SWAT team naar hun kantoren waren teruggekeerd, zwierven enkele overheidsmedewerkers, parkwachters en enkele achterblijvers door de kamer om verhalen uit te wisselen.

Het nieuws werd doorgegeven aan de lokale en regionale zenders terwijl Ben en Julie buiten waren, en de nationale media waren ongetwijfeld op weg om de fragmenten van wat bekend was op te pikken en de rest te verfraaien of te verzinnen.

Ben nipte van een kop zwarte koffie, bijna te heet om te drinken, terwijl hij wachtte tot Julie haar volgende vraag zou stellen.

"Kende je Rivera goed?"

"Niet echt. Als je het nog niet geraden had, ik ben een beetje introvert, en ik maak hier niet zo snel vrienden."

"Juist. En die klus van jou. Jij en Rivera moesten ergens een beer afleveren?"

Ben glimlachte. "Nou, verhuizen is het juiste woord. Een grizzly, eigenlijk. Eentje die we al eerder zijn tegengekomen. Mo is zijn naam."

"Zijn naam?"

"Ja, we geven namen aan sommige van de frequente overtreders. Mo heeft nu drie strikes, maar we hebben hem vrij ver naar boven gekregen. Hopelijk was hij in orde na het, uh, incident."

Julie krabbelde wat aantekeningen in een klein notitieblokje dat ze uit haar achterzak had gehaald. Ben nipte van zijn koffie en wachtte tot ze klaar was. Hij luisterde naar het zachte geroezemoes dat uit de voorste lounge kwam, flarden van gesprekken die door de rangers en het parkpersoneel werden gevoerd.

"...was waarschijnlijk nucleair, toch?"

"Geen denken aan, te klein - ik bedoel, het kan een test zijn geweest of iets dat verkeerd is gegaan..."

"...De regering zal waarschijnlijk proberen dit te verdoezelen..."

Julie keek op en ving Ben's blik. "Dit was geen ongeluk, maar het was zeker geen test van de regering of zo. Ze zullen hier binnen het uur overal zijn. Vanavond wemelt het in Yellowstone van FBI, CIA, DoD, elk acroniem dat je maar kunt bedenken."

Ben kromp ineen.

"Trouwens - heb je nog vragen voor me? Ik heb het gevoel dat ik je de hele ochtend al alles heb gevraagd."

"Dat heb je, maar dat is jouw werk." Ben glimlachte. "Wat is BTR?"

"BTR is de Biologische dreiging onderzoeksafdeling van de CDC. Niet echt topgeheim, maar het is een nieuw programma waar de CDC geld voor probeert te krijgen. We houden het stil tot we wat overwinningen hebben geboekt."

"Zoals proberen uit te zoeken wie Yellowstone Park heeft gebombardeerd?

Ze lachte. "Meer om de negatieve milieu-effecten op lange termijn van mogelijke straling in de fall-out zone te analyseren.

"Hmm, niet echt tabloid-waardig."

"Nee, het is niet erg opwindend, en daarom is het nu nog maar een idee. Maar als ik - wij - iets kan schrijven wat de hoge heren leuk vinden, maken ze er misschien wel een formele afdeling van."

Ben knikte. "En je kantoor is in Billings. Lijkt me een vrij kleine stad voor een CDC kantoor."

"Het is, en dat was een deel van de aantrekkingskracht. Het is nu een minimale bezetting, alleen ik en mijn team. Ik leid een groep van vijf anderen, waaronder twee parttime assistenten. Dan is er nog mijn baas..."

Een luide schreeuw klonk door de gang vanuit de andere kamer, gevolgd door een groeiend tumult en meer stemmen. Ben en Julie stonden allebei op en liepen naar de deur van de kantine.

"Breng hem naar binnen, op die bank!" schreeuwde een stem.

"Wie is het?" Ben hoorde het.

De stemmen werden hectischer, maar kalmeerden toen Ben de diepe stem van zijn baas, George Randolph, bevelen hoorde uitspreken. "Haal hem naar beneden en haal wat water. Trek zijn shirt uit en laten we eens naar die uitslag kijken.

"Hoeveel is er bedekt? Handen, armen?"

Ben hoorde iemand dat bevestigen.

"En zijn hoofd - kijk naar zijn nek!"

Ben duwde op de draaideur naar de gang, maar Julie greep zijn arm. "Wacht. We weten niet wat dat is, maar het zal niemand goed doen als we daar naar binnen gaan, en het is besmettelijk. Ze hebben daar toch al genoeg mensen."

"Maar..."

"Stop. Vertrouw me. Laten we gewoon weggaan uit het park voor vanavond. Zoals ik al zei, het krioelt hier binnen een paar uur van de kostuums, en we kunnen wel wat ruimte gebruiken. En...

Ze stopte toen haar mobiel begon te rinkelen. "Shit, dit is mijn baas. Wacht even." Julie liep naar een cafetaria-tafel, maar ging niet zitten. "Richardson," zei ze terwijl ze de telefoon naar haar oor bracht.

Na een minuut, sloeg ze haar telefoon op de tafel.

Ben staarde haar aan. "Een beetje eenzijdig om dat als een argument te zien."

"Kom mee," zei ze. Ze wachtte niet tot Ben haar zou volgen en gleed de achterdeur van de cafetaria uit, door de commerciële keuken. Ze verlieten het gebouw en zagen een felle middagzon, bedekt door een dun laagje rook en roodachtig stof van de ontploffing van de ochtend.

HOOFDSTUK 9

NORTHWEST TERRITORY, **Canada, een jaar geleden**

De rest van de middag ging snel over in de avond, maar gelukkig vorderden ook hun opgravingen in een snel tempo. Voor het vallen van de avond had het team van zes - vijf studenten en de professor - het grootste deel van het Russische kamp blootgelegd.

Het was op traditionele wijze gerangschikt, in een halve cirkel rond een centrale opening, waarin een student de resten van een kampvuur aantrof. Een andere student vond een bijna complete tentdoekflap, met bindriemen en een grote tentstok. Ernaast een kleine buidel met vijf zilveren munten - een wonderbaarlijke vondst. Ze deelden de informatie over de diepte, de dichtheid van de grond en de werkwijze, en net toen de schemering naderde, vond het team nog drie tenten, allemaal in elkaar gezakt en redelijk goed bewaard onder de lagen koude grond.

Samen hebben zij het hele gebied gemarkeerd, gedocumenteerd en in kaart gebracht en uiteindelijk een computermodel van het landschap en de coördinaten gemaakt.

Maar het waren niet de tenten, artefacten, of zelfs de munten die de meeste commotie veroorzaakten.

In plaats daarvan, was het wat het team had gevonden onder de tenten.

Toen twee studenten onder het toeziend oog van Dr. Fischer het tentdoek voorzichtig van de grond verwijderden, werd de grond onder de tent, die drie eeuwen lang beschermd en dus ongestoord was geweest, zichtbaar.

En op die grond, plechtig liggend in een half bewaarde toestand, lagen de lijken van de Russische expeditie. Sommige lichamen waren beter bewaard gebleven dan andere, maar uit de kleding, de schedelstructuren en enkele van de extra artefacten en boeken die in de buurt waren gevonden, bleek duidelijk dat het om de verloren Russische expeditie van het begin van de 18e eeuw ging. Dr. Fischer was extatisch; dit was een ontdekking die, voor hem, alles overtrof wat hij ooit in zijn professionele carrière had gedaan. Hij zou een boek schrijven - misschien wel een boekdeel - over deze expeditie. Wat ze trachtte te bereiken, waar ze was geweest, en wat tot hun uiteindelijke ondergang had geleid.

Natuurlijk waren er vragen te beantwoorden voordat deze geheimen zich zouden openbaren.

Ze hadden stukjes kaart, dagboeken en restjes kleding, maar ze konden wel wat meer gebruiken om alles op een rijtje te zetten. En nu Dr. Fischer had toegezegd morgen de nabijgelegen grotten te gaan onderzoeken, hadden ze nog minder tijd om op deze plek door te brengen.

Hij ging naar een andere rechthoekige opening in de aarde; een nieuw gat dat ze hadden gegraven om verder onder het aardoppervlak te kunnen zoeken. Nog eens drie tenten werden onthuld, en nog eens zes skeletlichamen werden blootgelegd. In één van de lichamen had een student een rookpijp van been en een klein dagboek gevonden. De student gaf de pijp direct aan Gareth, die hard aan het werk was om de voorwerpen in de computerdatabase te loggen en de precieze locatie waar ze gevonden waren in kaart te brengen. Maar het dagboek gaf hij aan Dr. Fischer.

"Ik dacht dat dit misschien interessant voor je zou zijn," zei de student.

Dr. Fischer trok een paar verse latex handschoenen aan en hield het dagboek voorzichtig tussen zijn beide handen. Hij voelde aan het leerachtige oppervlak en merkte het fijne vakmanschap en de aandacht voor detail op. Na zoveel jaren was het echt opmerkelijk.

Het opmerkelijkste was echter dat het papier in het dagboek nog intact was. Vies, bevlekt en moeilijk te lezen, maar toch intact.

Hij hield het dagboek open, nauwelijks genoeg om erin te kijken, want hij wilde de versleten rug niet beschadigen, maar hij bewoog het boek om genoeg licht binnen te laten om te zien wat er op de rechterpagina stond.

"Kan iemand Russisch lezen?" riep hij. "Dit is te klein om te zien."

"Verlies je je gezichtsvermogen al, oude man?" schreeuwde een van de studenten.

Dr. Fischer lachte.

Gareth stond op vanachter de computer en rekte zich uit. "Ik heb het," zei hij. "Ik kan toch wel een pauze gebruiken. Wil iemand het overnemen?"

Een andere afgestudeerde student viel in achter het computerscherm en ging door met het documenteren van de opgraving.

"U leest Russisch?" vroeg Dr. Fischer.

"Ja, het was een bijvak. Iets waarin ik geïnteresseerd was."

"Waarom?"

"Meisje. Een lekker ding ook. Jammer dat ze in het Duits was."

Dr. Fischer schudde zijn hoofd en grijnsde. Wat er ook voor nodig was... hij overhandigde het kleine boekje aan de student en wachtte.

"Oké, ja, ik heb dit. Best een goed handschrift, eigenlijk. Eens kijken... Nog een dag zonder gebeurtenissen. Volle maan vannacht, en een van de mannen heeft een konijn gevangen.'" Gareth keek op. "Best opwindend spul, Doc." Sommige van de andere leerlingen die zich hadden verzameld grinnikten.

"Blijf lezen," zei Dr. Fischer.

"'Op één andere plaats in mijn leven heb ik troost gevonden zoals hier...' Ik kan dat woord niet lezen; ik denk dat het een stad is of zoiets. De wind fluistert door onze gelederen, de sneeuw knispert onder onze voeten, en je zou je kunnen voorstellen dat het het hardste geluid in het woud was. Laten we eens kijken of we iets interessants kunnen vinden," zei Gareth.

De andere vier studenten waren nu rond Gareth en Dr. Fischer verzameld, elk leunend op een schop of zittend op de grond.

"Flip tot het einde," zei Dr. Fischer.

Gareth knikte en sloeg de bladzijden om in het kleine lederen dagboek. "Hier gaan we. Laatste aantekening: 'De manden zaten vol met een soort poeder, samen met de munten. Het heeft ons allemaal verteerd. Ik moet hier alleen sterven, met mijn woorden en mijn kameraden, zonder hoop op terugkeer naar mijn vader-land...'" Gareths stem stokte, net als de woorden van het dagboek. Zijn ogen waren wijd opengesperd, een blik van verbazing op zijn gezicht. "Woah. Behoorlijk intens."

"Verdomme," fluisterde een andere student.

Dr. Fischer speelde de woorden af in zijn hoofd, probeerde ze te onthouden. Ze hadden ergens manden gevonden. Ergens in de buurt van waar ze nu stonden. Wat er ook in zat, behalve deze munten, was dodelijk. Hij keek scherp op en vond het gezicht van een jonge vrouw in de menigte. "Steph - heeft iemand van jullie een van deze manden gevonden? Of nog meer munten?"

Ze schudde haar hoofd. "Nee, we hebben het gebied rond de opgraving verkend maar nog niets gevonden..." haar stem trilde.

"Nee, nee, dat is prima," zei Dr. Fischer. "Er is dus niets om je zorgen over te maken. De munten lagen in de open lucht, dus ze zouden in orde moeten zijn. Maar we moeten onze plannen een beetje veranderen. Ik weet niet of het wel zo'n goed idee is om morgen nog meer van dit gebied op te graven."

De studenten knikten, met een plechtige blik van verdriet op hun gezichten. Het was alsof ze plotseling begrepen bij welk vreselijk bloedbad ze stonden. Het was niet de vredige, stille dood van zevenentwintig mannen en ontdekkingsreizigers die ze waren tegengekomen. Het was geen eenvoudig graf, ontstaan toen de groep stierf van de honger, natuurlijke oorzaken, of beide.

De mannen die onder hun canvas tenten lagen, gevangen in een eeuwige slaap, waren geen mannen die aan hun lot hadden toegegeven. Het was de plek van mannen die waren gegrepen door iets sinister dat zo lang verborgen was gebleven.

Het was de plaats van een bloedbad.

HOOFDSTUK 10

"DAVID LIVINGSTON," zei Julie tegen Ben toen ze over de parkeerplaats liepen, "is precies waar je aan denkt bij 'bureaucratie volgens het boekje'. Hij faalt liever door het op de juiste manier te doen dan dat hij slaagt door de regels niet te volgen.

Julie sloeg linksaf en begon langs een rij geparkeerde auto's te lopen, Ben op sleeptouw. Hij zag alleen sedans en kleine stationwagons en vroeg zich af welke van Julie was.

"Hij is ook niet bepaald de makkelijkste persoon om mee te werken," vervolgde ze. "Eigenlijk werk je helemaal niet *met* Livingston. Je werkt *voor* hem. In zijn wereld betekent dat dat iedereen tegen hem werkt, en het is aan hem om al onze fouten recht te zetten."

"Klinkt als een eerlijke vent," zei Ben toen ze weer een Subaru Outback passeerden. "Welke is de jouwe?"

Julie lachte en klikte toen op de knop van haar sleutelhanger. Een pieptoon klonk van verderop in de rij, en Ben stopte even. Voor hen stond een monsterlijke Ford pick-up. Een opgeheven F-

450, verlengde cabine Lariat, van wat hij kon zien. Hij was donkergrijs en torende boven de minuscule auto's eromheen uit.

Julie gooide hem de sleutels toe. "Rij jij maar," zei ze. Ze reikte naar de achterklep aan de bestuurderskant en opende die, terwijl ze een laptoptas en een tas pakte. "Ik heb wat werk te doen. Denk je dat je haar aankan?"

Ben grijnsde toen hij de deur naar de bestuurderszetel opende en instapte. Hij probeerde niet onder de indruk te lijken. Hij zette de motor aan en wachtte tot Julie aan haar kant was ingestapt. Eenmaal gezeten, zette hij de truck in zijn achteruit en reed weg van de plek.

"Hoe dan ook, Livingston laat ons deze rapporten maken." Ze opende de laptop. "Hij heeft het idee dat als we alles opschrijven en naar hem e-mailen, hij de zaak kan oplossen, of uitvinden wat we dan ook moeten uitzoeken. Het is op zijn zachtst gezegd behoorlijk irritant.

"En nu belt hij me om te zeggen dat hij elke 48 uur een persoonlijk verslag wil. Kan je dat geloven? Hij zei dat als we het niet persoonlijk kunnen doen, we moeten bellen. Ik ben al tot hier met verwerking, rapporten, en overheidsformulieren, niet te vergeten het eigenlijk doen van mijn werk. En hij denkt dat als ik het te druk heb om naar kantoor te komen, ik genoeg tijd heb om hem telefonisch op de hoogte te houden?"

Ben luisterde terwijl ze haar mond open deed, en leidde de truck van de parkeerplaats naar het gebogen pad dat van de personeelsfaciliteit leidde. Toen hij de hoofdweg van het park opdraaide, wendde hij zich tot Julie. "Waar gaan we precies heen?"

Ze keek terug naar hem. "Oh, uh, ik denk dat ik het jou eerst moet vragen." Ben wachtte. "Heb je plannen? Ik kan je hulp wel gebruiken op kantoor."

Ben kon zijn verbazing niet verbergen. "Het kantoor? Je bedoelt, terug in Billings? Dat is, wat, anderhalf uur rijden?"

Ze haalde haar schouders op. "Net over twee, eigenlijk. Ik dacht niet dat je iets te doen had, omdat het park een tijdje dicht moest. Ik heb je nog meer te vragen, maar ik kan niet wachten tot ik terug ben - Livingston zal het zo snel mogelijk willen weten."

Hij zweeg een paar minuten terwijl ze naar de oostelijke grens van het park reden. "Ik moet even langs mijn huis om wat kleren op te halen. En ik wil er niet bij betrokken raken, Julie. Ik meen het. Ik ben hier om je een paar dagen te helpen, maximaal. Het is niet omdat ik niets anders te doen heb, dat ik voor altijd chauffeur voor je wil spelen.

"Ik beloof het. Gewoon naar het kantoor, en dan koop ik een vliegticket naar huis - ik kan mijn verslag laten maken en onderweg sturen, en als er iets is kan ik het gewoon vragen."

"Deal, maar hou het vliegtuigticket. Ik huur wel een auto."

Julie fronste haar wenkbrauwen, maar stelde hem geen vragen. Ze reden nog twintig minuten in stilte door en kwamen uiteindelijk bij een benzinestation aan hun linkerhand. "Nog één ding," zei Ben. Julie schrok op en keek toen om.

"Wat is dat?"

"Jij moet betalen voor benzine."

HOOFDSTUK 11

DAVID LIVINGSTON ZAT IN ZIJN LEREN BUREAUSTOEL EN KRAAKTE ZIJN KNOKKELS - EEN OUDE GEWOONTE. Hij haalde zijn handen door zijn dikke, geoliede zwarte haar en verschoof in zijn stoel. Zijn computer rinkelde een keer - het geluid van een inkomende e-mail - maar hij negeerde het.

Terwijl hij wegklikte van de nieuwssite, las hij het dossier door van Juliette Alexandra Richardson, geboren in Montana. Afgezien van een korte periode in Californië tijdens en na haar studie, had ze haar hele leven in Montana gewoond. Hij had het datacentrum een kopie naar zijn kantoor laten sturen, waar hij het scande en het papier versnipperde - een verspilde boom en zonder twijfel een verspilling van productieve tijd. Na vijf jaar bij het CDC had hij nog steeds geen idee waarom het zo moeilijk was om alles gewoon via een beveiligde verbinding te e-mailen. De dataleider, Randall Brown, had het hem verschillende keren proberen uit te leggen, maar het sloeg nooit aan.

Hij kwam aan het eind van het dossier en vond niets ongewoons of misplaatst. Hij had niet verbaasd moeten zijn - dit was de derde keer dat hij het las. Het leek op hoe het zijne er vijf jaar geleden uitzag. Schoon, eenvoudig, en zonder een zwarte vlek.

Hij had dit punt in zijn carrière bereikt door vastberadenheid, hard werken, en dan pech. Aanvankelijk had hij bij de CDC gesolliciteerd als onderzoeker, in de hoop een baan te krijgen die hem in staat stelde te reizen, te studeren en onderzoek te doen naar het soort angstaanjagende dingen waarvoor de rest van de wereld hen betaalde om ze verborgen te houden. Hij was begonnen met het volgen van een team wetenschappers en biologen in de Andes, maar kon zijn naam niet in de krant krijgen die uiteindelijk werd geschreven. Na z'n afstuderen en z'n stage werd hij drie keer gepasseerd voor hij een kantoorbaan kreeg op de campus in Atlanta, het hoofdkwartier van het CDC. Hij zwoegde daar vier jaar lang, tekende de onkostennota's van zijn baas elektronisch en bereidde de agenda's van vergaderingen voor.

Toen stierf zijn baas. Een man van eenenzestig, een plotselinge hartaanval liet de afdeling achter zonder manager. In plaats van hem te vervangen, werden de banen van Livingston en zijn collega's uitbesteed en werd de afdeling zo goed als gesloten. Rondzwervend kreeg hij een korte positie als "onderzoeksspecialist", in feite een nieuws- en mediajunkie die speculeerde over welke uitbraken en natuurrampen zouden leiden tot de volgende gekkekoeienziekte of vogelgriep.

Tijdens zijn ambtstermijn, waren er geen.

Eindelijk keerde zijn geluk - dat dacht hij tenminste. Wat een kans leek te zijn om een gloednieuwe, recent ontworpen afdeling van het CDC te leiden, werd de geestdodende middenkaderfunctie waarin hij nu diende. Hij was gedegradeerd naar het achterland van het CDC - Zuid-Montana - en gevraagd om "advies te geven over milieu- en biologische bedreigingen voor de natie". Voor Livingston, was het de slechtste plaats in de hele wereld.

Met andere woorden, hij en zijn team waren veredelde stormjagers.

Julie daarentegen was drie jaar geleden bij hem binnengekomen als jonge CDC-werkneemster, nog nat achter de oren met de gebruikelijke "verander de wereld"-mentaliteit. Hij zou haar zelf niet hebben uitgekozen, maar ze was hem ten zeerste aanbevolen door mensen boven zijn eigen salarisschaal.

Plus, haar uiterlijk heeft haar kansen zeker niet geschaad.

Livingston duwde zich terug van het bureau en stond op, zijn rug strekkend en zijn nek strekkend. Hij drukte op een knop van de kleine intercom naast zijn computer en wachtte een ogenblik.

"Grijp Stephens en zeg hem hier te komen."

De intercom kraakte en een vrouwenstem antwoordde. "Ja, Mr. Livingston."

Livingston wist dat het arrogant was, maar het kon hem niet schelen. Hun kantoorruimte was zo klein dat de enige gesloten kantoorkamers binnen die van hemzelf waren en die van Julie Richardson, die op dat moment natuurlijk niet bezet was. De administratieve secretaresse, die technisch gezien de volledige staf van zeven mensen moest bedienen, had van Livingston het naamplaatje "Executive Administrator" gekregen, om iedereen in de kamer duidelijk te maken voor wie zij - en alle anderen - werkelijk werkten.

Een klop op Livingston's deur deed hem opkijken. Hij wachtte een paar seconden, ging weer zitten en schraapte toen zijn keel. "Kom binnen, Stephens."

Benjamin Stephens opende de deur en verscheen op de drempel. Hij keek geërgerd, maar kwam toch binnen. "Wat kan ik voor je doen, Livingston?"

Livingston schrok een beetje - hij hield er niet van dat mensen hem alleen bij zijn achternaam noemden - maar hij liet het gaan. "Bedankt dat u zo snel kon komen."

"David, het bureau van de secretaresse staat letterlijk naast het mijne, nog geen meter van je deur. Als ik je niet had gehoord via haar intercom, had ik je nog steeds door de deur naar me horen vragen."

Livingston negeerde het antwoord en vroeg Stephens te gaan zitten.

"Ik wil dat je me een plezier doet, Stephens,' zei hij. "Richardson heeft een opdracht, en ze was in de buurt van Yellowstone Park. Hij pauzeerde. "Je weet wat er gebeurd is in Yellowstone Park?"

Stephens knikte.

"Goed. Nou, hoe dan ook, ze is daar aan het ronddwalen, om uit te zoeken hoe de regionale omgeving zal worden beïnvloed door de straling."

"Ik dacht dat ze visvallen probeerde te bestuderen en de impact die ze hebben op insecten stroomafwaarts?"

"Ze is - of ze was. Dit is een klein projectje waar ze mee kwam toen ze hoorde van de explosie. Je weet hoe ze kan zijn."

Stephens knikte opnieuw.

"Ik wil dat je haar controleert, zoals gewoonlijk. Jij bent haar tweede-in-bevel in dit team, en ik wil dat je je opstelt. Ze is niet het soort persoon dat enthousiast is over het rapporteren aan de basis, maar ik weet dat je begrijpt waarom we dat doen."

"Ja, sir."

"Goed. Neem contact met haar op en blijf in contact met haar.

Blijf bij de traditionele kanalen - stuur alles via SecuNet. Duidelijk?"

Stephens aarzelde.

"Wat is er?"

"Nou, nee, meneer, ik bedoel dat is geweldig, maar ik begrijp niet hoe dat anders is dan hoe ik normaal dingen doe."

"Dat is het niet, Stephens. Ik herinner je er alleen aan, omdat je baas denkt dat ze de regels kan uitvinden. Ik wil niet dat je vergeet hoe we de dingen hier doen, oké? Zet Julie op snelkiezen, en hou me op de hoogte van wat ze doet.

"Juist."

"Randy van Data is er klaar voor, en hij zal je op SecuNet zetten als hij dat nog niet gedaan heeft. Alle telefoontjes, e-mails, zelfs telegrammen, het maakt me niet uit, gaan via Data.

Stephens stond op toen Livingston klaar was. "Ik heb het, meneer."

Livingston bekeek zijn werknemer aandachtig, probeerde de uitdrukking van de jongere man te lezen. Hij wist dat *Stephens* wist dat Randall Brown op vakantie was, maar hij wilde zien hoe Stephens zou reageren.

Het was een van de vele "machtsspelletjes" die Livingston graag met zijn ondergeschikten speelde - kijken hoe ze leden terwijl ze probeerden uit te zoeken hoe ze het beste konden reageren.

In het geval van Stephens, was Livingston meestal teleurgesteld: Stephens had een fantastische pokerface.

"Geweldig." Livingston keek weer naar zijn computer en deed alsof hij e-mail aan het checken was. Hij wachtte tot Stephens het kantoor had verlaten, toen stond hij op en liep naar een klein kastje aan de muur achter in de kamer.

Hij opende de kastdeur, haalde er een karaf uit en schonk zichzelf een Scotch in. Hij had in het personeelshandboek laten opnemen dat drinken op kantoor niet was toegestaan, maar hij vond ook dat hij het recht had om zich te laven aan de fijnere dingen des levens. Hij zou ook een sigaar hebben opgestoken als ze daardoor niet allemaal uit de kleine ruimte zouden worden weggerukt.

HOOFDSTUK 12

ZE HADDEN BIJNA DRIE UUR GEREDEN, en Julie lag nu vast te slapen op de stoel naast hem. Hij wierp een blik op zijn passagier.

Julie's haar was verward en stak nu omhoog van de achterkant waar haar strakke bruine paardenstaart in contact was gekomen met de hoofdsteun van de stoel. Haar blouse en broek waren gekreukt, omdat ze haar rechterknie tegen het raam had geschopt, in een poging zich op te krullen in een houding die beter was om te slapen. Haar lichaam was in een veel kleinere ruimte geperst dan Ben zich had voorgesteld, maar aan haar blote voeten en lichte gesnurk was te zien dat ze zich comfortabel genoeg voelde om te kunnen slapen.

Hij schudde zijn hoofd en zette de radio op countrymuziek, zodat een oud liedje van George Strait door de luidsprekers schalde.

Blijkbaar was het te veel. Julie verroerde zich en veegde toen haar mond af. Ze opende haar ogen en knipperde, en leek toen een moment van verbazing te hebben. "Oh, mijn God. Ik, uh, ik denk dat ik in slaap ben gevallen." Ze ging rechtop zitten, bewoog haar been weer naar beneden en trok haar blouse recht, en reikte toen naar haar haar. "Oh, man, wat een puinhoop. Ik denk dat ik vermoeider was dan ik dacht. Sorry."

Ben glimlachte. "Maak je daar maar geen zorgen over. Je kunt de rest vast wel gebruiken. En trouwens," begon hij, maar hield zichzelf toen tegen.

"Wat?"

"Huh? Oh, niets. Gewoon, uh, maak je er geen zorgen over. Ga wat slapen."

"Nee, ik denk dat ik goed ben." Ze merkte de muziek op. "Country? Goede keuze voor deze weg."

Ben dacht even na. "Hé, terug in het personeelsgebouw. Die kerel die ze binnen brachten? Wat denk je dat het was?"

Julie antwoordde eerst niet, terwijl ze haar gedachten op een rijtje zette. "Ik heb er ook over nagedacht. Ik heb het natuurlijk niet gezien, maar de manier waarop ze het beschreven - althans wat ik kon horen - het klonk als een uitslag. Misschien viraal."

"Viraal? Je denkt toch niet dat het gewoon gifsumac was of zoiets?"

"Ben je gek? De manier waarop ze erover spraken? Die jongens waren meestal allemaal parkwachters, toch? Ze zouden weten hoe een simpele uitslag van poison ivy eruit ziet. Het verspreidde zich ook. Ze zeiden dat het op zijn handen en armen zat, maar een paar seconden later zeiden ze dat ze het ook in zijn nek zagen."

"Heb je ooit van zoiets gehoord?" vroeg Ben.

"Nou ik denk - als het gewoon een uitslag is, kan het van alles zijn. Candidiasis, reumatische koorts, mononucleosis, zelfs waterpokken."

"Waterpokken? Echt?" Ben keek sceptisch.

"Zeker - het varicella-rostervirus. Als je het als kind niet krijgt, kan het gevaarlijk zijn als volwassene, vooral als je immuundeficiënt bent. Maar zonder er naar te kijken, is het onmogelijk te zeggen. Ik weet zeker dat er nu een medisch team is, dat er naar kijkt. Of hij is verplaatst, afhankelijk van hoe kritiek het is."

Ben wachtte even voor hij zijn volgende vraag stelde. "Maar je denkt toch niet dat het zomaar iets is, of wel? Je denkt toch niet dat dit zomaar een gewone uitslag is?"

Julie keek hem aan en pauzeerde een lang moment. "Nee, dat doe ik niet. Dit is iets anders - iets groters. Eerst de explosie, en dan dit? En hoe snel verspreidt het zich?"

Ze reden nog een kwartiertje in stilte door, beiden nadenkend over de gebeurtenissen van die dag. Bijna honderd mensen waren omgekomen door de explosie, en talloze anderen werden nu geëvacueerd van het parkterrein. Ben dacht aan de ochtend die hij op de camping had doorgebracht, turend naar het vizier van zijn geweer. Hij dacht aan Mo de grizzlybeer en aan Carlos Rivera. Tenslotte dacht hij aan alles wat er in de personeelsfaciliteit was gebeurd, met als hoogtepunt zijn vertrek met Julie op een wilde ganzenjacht door het land.

Toen dacht hij aan iets anders.

"Denk je dat we er een monster van kunnen nemen?" vroeg Ben.

Julie fronste haar wenkbrauwen. "Van de uitslag, of wat het ook is? Waarom?"

"Ik ken misschien iemand die kan helpen. Ik bedoel, ik weet dat je daar waarschijnlijk een heel lab hebt en zo, maar als die baas van jou erbij betrokken raakt..."

"Nee, je hebt gelijk. Livingston zal de zaken alleen maar vertragen. Ik moet hem toch iets sturen, dus ik zal kijken of ik een monster uit het park kan sturen, een deel naar het lab en de rest naar je contactpersoon, als je hem vertrouwt."

"Zij. En ik ook," zei Ben. "Ze werkt niet volgens een traditionele structuur, dus het moet snel gaan. Misschien geeft het je een voorsprong."

"Natuurlijk. Wie is deze persoon?" vroeg ze.

"Zoals ik al zei," antwoordde Ben, "gewoon iemand die misschien kan helpen."

HOOFDSTUK 13

DE COMPUTER VOOR HAAR TJILPTE, een nieuwe e-mail aangevend. Te midden van stapels boeken, niet gearchiveerde papieren en ander afval van weken onderzoek, was de desktop computer bijna aan het zicht onttrokken. Dr. Diana Torres schoof wat papieren door elkaar en vond de computermuis, schudde het scherm wakker van de screensaver, de oneindig vloeiende kleurenlinten die op de computer waren voorgeïnstalleerd toen ze hier begon te werken.

Dr. Torres' baan was pas onlangs officieel geworden na maanden contractwerk voor het onderzoeksbureau. Het werk beviel haar goed, vooral omdat ze zich niet hoefde bezig te houden met bureaucratie of met de gebruikelijke bedrijfsonzin die haar uit haar vorige banen had verdreven. Het onderzoeksbureau was meer dan veertig jaar geleden opgericht en was voortdurend in een fase van groei geweest. Toch was Dr. Torres een "key hire" en werd van hem verwacht dat hij het bedrijf naar nieuwe hoogten zou brengen in biologisch moleculair onderzoek.

Ze navigeerde over het bureaublad en klikte op haar e-mail

programma - de enige applicatie die constant op de machine draaide. Dr. Torres was nooit zo'n computergek, maar riep vaak de hulp in van haar onderzoeksassistent om haar rapporten elektronisch af te werken en voor te bereiden. Hij berispte haar om de ironie van het feit dat een vrouw wier carrière bestond uit het maken van computermodellen van moleculen en microscopische organismen, bang was voor computers. Ze stoorde zich er niet aan; het was allemaal voor de lol. En ongeacht haar methodes, onorthodox of niet, het onderzoeksbureau wist dat zij een van de beste was in wat zij deed.

Dr. Torres dubbelklikte op de e-mail - zonder onderwerpregel - en begon de tekst te lezen. De e-mail was kort en bondig; gewoon een verzoek om hulp bij een bepaald project. Ze veegde een oud wikkel van een Wendy's hamburger en een halflege cola opzij die voor haar toetsenbord lagen. Ze schoof haar stoel dichter bij het bureau en klikte op de "reply" knop. Terwijl haar vingers de toetsen indrukten om een gestandaardiseerd antwoord op het verzoek te typen, ving ze een glimp op van het emailadres van de afzender.

Ze knipperde even met haar ogen en las het emailadres nog eens. Ze haalde haar handen van het toetsenbord om na te denken over haar antwoord. Dr. Torres greep naar de cola light en bracht die naar haar lippen. Ze nam een lange, trage slok van de volkomen platte frisdrank en las de e-mail nog een keer.

> *Ik heb je hulp nodig bij deze. Ik stuur binnenkort een monster. Kwam van Yellowstone explosie. Haast je alsjeblieft, ik bel je snel.*

> *Ben*

Ben? dacht ze. Ze had al meer dan tien jaar niets meer van hem gehoord, maar ze wist dat hij parkwachter was geworden en meestal weinig tot geen toegang had tot de buitenwereld. Toch was ze stomverbaasd.

Ze haalde haar mobiele telefoon - een overblijfsel van een flip-telefoon die ze al jaren gebruikte - uit haar zak en begon door de contacten te bladeren. Toen ze bij zijn naam kwam, aarzelde ze over de draaiknop. Ze had dit nummer eigenlijk nog nooit gebruikt. Ze staarde nog een paar seconden naar de telefoon en sloeg hem toen dicht.

Niet nu, dacht ze. *Nog niet.*

Gedachten raasden door haar hoofd. *Waar was hij? Wat was hij aan het doen? Waarom had hij haar hulp nodig, van alle mensen?*

Ze zat nog een paar minuten in de stoel, stil en nadenkend. Ze bewoog niet tot haar assistent binnenkwam.

"Dr. Torres?" De stem van de jongeman bracht haar weer bij de les. Ze draaide zich om en probeerde de verbaasde uitdrukking uit haar ogen te vegen. Ze faalde.

"Dr. Torres - ben je in orde?"

"Ik - ik ben in orde," zei ze terug. "Ik heb alleen een ander verzoek gekregen. Iets... wat ik niet verwacht had, maar we zullen er snel mee beginnen."

"Klinkt goed. Ik kan materiaal klaarzetten en Vanessa laten weten dat er monsters aankomen. Heb je een datum?"

In eerste instantie wist Dr. Torres niet hoe te reageren. Ze stond op van haar stoel en liep naar de jongeman in de deurope-ning. "Ik weet het niet zeker, Charlie. Laten we nu alles klaarzetten om er klaar voor te zijn. Het is alleen jij en ik deze keer, begrepen?"

Charlie Furmann knikte zonder aarzelen. Het grootste deel van de projecten van het bedrijf werd gefinancierd door de over-heid, maar de wetenschappers in loondienst waren vrij - werden zelfs aangemoedigd - om persoonlijke interesses en onderzoekspro-jecten uit te voeren als de tijd dat toeliet. Sommige van die projec-ten, wist Charlie, waren niet echt bekend bij het grote publiek.

"Ik zal alles klaarzetten deze namiddag. Ik laat Vanessa het pakket persoonlijk brengen als het aankomt en laat het buiten mijn kantoor. Het lab is morgenavond open van ongeveer half negen tot de volgende ochtend - zal ik het laten reserveren?"

"Ja, graag. Dank u. Ik maak het hier af en ga naar huis. Maak je geen zorgen om iets op te ruimen, ik ben zo weer terug."

Charlie zei verder niets. Hij verliet de kamer en sloot de deur achter zich. Dr. Torres keerde terug naar haar computer en ging in de stoel zitten. De screensaver was al weer actief, en ze wiebelde met de muis om hem wakker te maken.

Ze staarde nog een minuut naar het scherm en las de e-mail steeds opnieuw.

HOOFDSTUK 14

NORTHWEST TERRITORY, **Canada, een jaar geleden**

Het kan nu elk moment gebeuren, dacht Gareth Winslow. Hij had gebeld, precies zoals hem was opgedragen, ruim drie uur geleden, net nadat hij klaar was met het hardop voorlezen van het kleine dagboek dat ze hadden gevonden. Dr. Fischer was extatisch, vooral omdat hun bevindingen zijn ambtstermijn zouden verifiëren en ondersteunen.

Hij kon het zelf niet geloven, echt niet. Een vreemde poederachtige substantie die mensen doodde? Het was behoorlijk opwindend. Maar wat was het? Gareth wist dat dat de ultieme vraag was, maar Dr. Fischer zou niemand van hen in de buurt van de grot en de rest van de ongeopende manden laten komen. Het was veel te riskant, en bovendien hadden ze niet de apparatuur om een veldanalyse te starten van wat er in zou kunnen zitten.

Toch wist Gareth dat iedereen nieuwsgierig was. Meer dan nieuwsgierig, eigenlijk. Het avondeten bestond uit met kampvuur gekookte foliepakketjes gevuld met groenten, en het gesprek rond het kampvuur ging over twee onderwerpen: Waar was de poederachtige substantie van gemaakt en wie had het daar neergelegd?

Theorieën gingen ervan uit dat het gedroogde resten waren van een mysterieuze plant die door de inheemse stammen in het gebied als heilig werd beschouwd, of in ieder geval als geneeskrachtig. Ofwel was het een extravagante samenzwering tegen de Russen van een verrader of vijand uit het Romanov-tijdperk. Zelfs Dr. Fischer, die duidelijk meespeelde, kwam met een vergezocht verhaal over buitenaardse indringers die een kosmisch element gebruikten om hun overname van het menselijk ras te beginnen.

Gareth luisterde aandachtig, even nieuwsgierig als iedereen, maar hij droeg niet bij aan de opbouwende uitbundigheid van de samenzweringstheoretici. Hij wist niet zeker wat er in de mandjes zat, maar hij wist dat het er niet toe deed.

Slechts een kwestie van tijd, zei hij weer tegen zichzelf. *Ze zouden nu hier moeten zijn.*

Als op het juiste moment pikten zijn oren het vage geluid van helikopterrotors op. Het was een lage toon en het trilde zachtjes, het leek eerder uit zijn lichaam te komen dan van een machine die van mijlenver kwam aanvliegen. Toen het volume toenam, pikten een paar andere leerlingen het op.

"Hé, hou eens even je mond - horen jullie dat?" vroeg een van de leerlingen. Iedereen werd stil, en alleen het geknetter van het vuur voor hen was te horen.

Nog een paar seconden gingen voorbij, en een andere leerling hoorde het geluid. "Is dat een helikopter? Hierbuiten?"

Dr. Fischer fronste - *hij kon het waarschijnlijk nog niet horen,* dacht Gareth - maar hij concentreerde zich intens op het omringende bos.

Plotseling gingen Dr. Fischers ogen wijder open en Gareth

stond op, zijn rol uitbeeldend. "Dat is het zeker. Vreemd; ik vraag me af waar ze heen gaan?"

Gareth stond op van de rots die hij als provisorische zitplaats gebruikte en verontschuldigde zich van de groep. Hij liep naar een van de vrachtwagens in hun karavaan van drie auto's en opende de deur aan de passagierskant. Hij reikte onder de stoel, drukte zijn arm in de spleet tussen de vloer van de vrachtwagen en de onderkant van de stoel, en voelde rond.

Hij vond zijn prijs en trok langzaam zijn hand terug. De koepellichten in de truck verlichtten het kleine apparaat, en Gareth bekeek het.

Het was zwart en zilver, plastic met enkele metalen onderdelen. Een kleine rubberen antenne stak uit aan één kant van de rechthoekige doos, direct boven een kleine knop. Hij drukte op de knop, hield hem vast en wachtte tot een zwak LED-lampje eenmaal rood knipperde.

Klaar. Het was verbazingwekkend wat technologie kon doen. Het kleine GPS volgsysteem was nu geactiveerd, en de helikopter zou stoppen met het volgen van de *verwachte* locatie van het archeologie team binnen een raster van longitudinale coördinaten en beginnen met het volgen van hun *werkelijke* locatie. Hun algemene coördinaten waren maanden geleden al op de interne borden van de universiteit geplaatst, maar zelfs Dr. Fischer was niet zeker waar hun jacht op het Russische team hen precies zou brengen.

Daarom had de compagnie iemand op de grond nodig.

Gareth Winslow werd bij het team gehaald om IT en administratieve ondersteuning te bieden - een deel van de archeologie dat enkele jaren daarvoor nog niet bestond, toen veel van de verzamelde gegevens werden verscheept en elders gedocumenteerd. Op basis van zijn belangstelling voor archeologie en zijn doctoraal in computerwetenschappen en technologische systemen had hij meegewerkt aan de bouw van een reeks software-instrumenten die nuttig waren voor archeologen, geologen en geografen.

En omdat hij het programma had geschreven, was hij de perfecte student om het te bedienen. Het wervingsgesprek met Dr. Fischer was kort en bondig - ze schudden elkaar de hand, Dr. Fischer vroeg of hij geïnteresseerd was om te helpen, en Gareth was binnen.

Pas toen ze de reis begonnen te plannen, werd Gareth benaderd door het bedrijf. Een duistere man in een zwart pak kwam op een dag naar zijn appartement, klopte op zijn deur, en gaf hem een cheque.

Het was een groter salaris dan wat Gareth ooit op zijn naam had zien staan, en hij had niets gedaan om het te verdienen.

"Er is er nog zo een na jouw reis," zei de man.

"Voor wat?" Hij wist dat iedereen zijn prijs had, maar hij was niet van plan om iemand te vermoorden.

"Maak je geen zorgen, het is niets illegaals. Het bedrijf handelt in informatie, en we hebben soortgelijke afspraken met veel andere opgravingen en onderzoeksprojecten over de hele wereld."

"En welk bedrijf is dat?" vroeg Gareth.

"Ik zei het je - het bedrijf." Gareth knikte een keer, nog steeds verteerd door de hoeveelheid geld op de cheque. Hij interpreteerde het antwoord zo dat hij er niet meer naar mocht vragen.

"Oké, dat is prima. Ik kan leven met een mysterieuze weldoener. Maar waarom ga je niet gewoon naar de universiteit? Of de leider van de expeditie, Dr. Fischer?"

"We kunnen geen juridische strijd voeren als er iets van waarde wordt gevonden. Dat begrijpt u. Plus, we moeten de expeditie zo soepel mogelijk laten verlopen, zonder haperingen onderweg. Volgen?"

"Dat doe ik. Je wilt toch niet dat iemand jaloers wordt dat ik zoveel geld verdien met een low-profile opgraving."

De man knikte. "Goed. U begrijpt het. Zoals ik al zei, het bedrijf is bereid om nog een cheque uit te schrijven voor dit bedrag als u met succes verslag uitbrengt van eventuele bevindingen tijdens uw excursie." Hij zorgde ervoor dat Gareth hem aankeek toen hij klaar was. "Je hebt een paar dagen voor je vertrekt. Ik stel voor de cheque te innen, zodat je weet dat we niet aan het kloten zijn, en dan krijg je instructies."

Gareths hand had het hele gesprek liggen trillen, maar toen de man klaar was met spreken, kreeg hij plotseling meer zelfvertrouwen. "Je hebt het begrepen. Ik doe mee."

Dat was meer dan een week geleden, en Gareth was nog steeds in de wolken omdat hij wist wat er over een week op zijn bankrekening zou staan. Hij dacht na over de lijst met instructies die hij had gekregen nadat hij de cheque had geïnd, om er zeker van te zijn dat hij niets zou verprutsen.

Het was een korte lijst:

1. Neem deel aan de expeditie en doe niets om verdenking te wekken.

2. Als er winstgevende of schijnbaar opvallende voorwerpen worden gevonden, stuur dan een e-mail met de details naar het onderstaande adres.

De rest van de brief was een eenvoudige verklaring van afstand van aansprakelijkheid, *"dat door het aanvaarden en storten van de cheque het bedrijf hierbij werd ontheven van elke aansprakelijkheid yada yada..."*

Hij had de e-mail verstuurd nadat hij het dagboek van Dr.

Fischer had gelezen, met behulp van zijn laptop en satellietverbinding. Gareth vermeldde kort dat ze "een soort poederachtige substantie hadden gevonden die vermoedelijk heeft geleid tot de ondergang van de hele Russische expeditie..." en "we geloven dat er meer van de substantie beschikbaar is in een nabijgelegen grot..." Hij verstuurde het, en bijna onmiddellijk was er een antwoord. Het was eenvoudig:

"We komen dichter bij uw algemene locatie. Gebruik het alleen als u denkt dat we dichtbij zijn om ons te helpen uw exacte positie te vinden."

Wow, dacht Gareth. *Deze jongens zijn aan de bal.*

Nu de rotor van de helikopter aanzwelt, wist hij dat ze er binnen enkele minuten zouden zijn. *Moet ik iets doen om me voor te bereiden?*

Hij legde het volgapparaat terug onder de stoel van de truck en sloeg de deur dicht. Toen hij zich omdraaide naar het kampvuur, zag hij de leerlingen en Dr. Fischer staan en rondkijken in de lucht, proberend uit te vinden waar de helikopter vandaan kwam.

"Daar is het!" schreeuwde de Koreaan. Gareth had niet de moeite genomen om hun namen te leren - hij wist dat ze met lege handen naar huis zouden gaan, dus er was geen reden om deel van het team uit te maken.

Ze keken allemaal naar waar hij wees. Zuidwest, laag hangend boven de boomgrens. Als ze zich niet op een langzaam terugwijkende heuvel bevonden, hadden ze de vogel helemaal niet kunnen zien.

Gareth onderzocht de groeiende vorm in de schemerige lucht. Het zag er donker uit, bijna zwart, maar dat kon komen door het gebrek aan licht op dit tijdstip van de dag. Hij leek ook slank, niet zoals de commerciële helikopters die hij in steden had zien rond-vliegen. Hij was platter, zag er meer militair uit.

Stealthier.

De helikopter kwam eindelijk dichtbij. Het gleed zachtjes over de bomen, vertraagde tot hun locatie, en begon te dalen. *Waar gaat hij in godsnaam landen?* dacht Gareth. Hij keek rond naar hun kleine open plek. De vrachtwagens, tenten en het kampvuur waren bijna gelijkmatig over het gebied verspreid, en hij kon niet zien waar een helikopter van die grootte zou passen.

Maar de piloot had een andere indruk van de open plek. Gareth keek toe hoe de piloot de machine meesterlijk naar een plek loodste op nog geen twintig meter van het kampvuur en vervolgens recht naar beneden op het grasplateau. Hij keek toe hoe de glijders gracieus op de grassprieten landden en uiteindelijk tot stilstand kwamen zonder de minste hobbel of sprong.

Maar nog voor de helikopter de grond raakte, sprongen drie mannen uit het toestel. Gekleed in zwarte en zilveren kogelvrije vesten en vlieguitrusting, begonnen ze onmiddellijk naar de groep studenten te lopen toen de piloot zijn landing voltooide.

Het was moeilijk te horen door het lawaai van de rotor, maar de eerste man schreeuwde er toch overheen. "Gareth Winslow!" hij pauzeerde en keek naar elke student en de professor, wachtend op een reactie.

"R- hier," schreeuwde Gareth.

De drie mannen draaiden zich naar hem toe en ontmoetten hem halverwege tussen de vrachtwagens en het kampvuur.

"Gareth Winslow?" zei de man weer. Gareth knikte. "Goed. Breng me naar de plaats van de ontdekking."

"Wat is dit?" Dr. Fischer schreeuwde. "Wat is hier aan de hand?"

"Het gaat u niet aan," zei een van de mannen. "Gareth, breng ons naar de locatie."

Gareth schoot in de lach en herinnerde zich zijn plicht. "Juist. Oké, kom op. We zijn ongeveer een kwart mijl weg, door deze bomen."

Hij ging voorop, de drie mannen en de rest van de groep volgden. Toen ze de grot naderden, stak een van de mannen zijn hand op en greep Gareth bij zijn schouder. "Wacht," zei hij.

Gareth zag hem de kleine grot binnengaan en een minuut later terugkeren. Hij knikte naar de twee andere mannen uit de helikopter en begon terug naar hen te lopen. Hij richtte zich tot de hele groep verwarde studenten en professor. "Wie leidt deze expeditie?"

Dr. Fischer stak een hand op. "Dat ben ik. En vind je het erg om me te vertellen wat er aan de hand is?"

De man keek naar Dr. Fischer. "Ik begrijp het. En je hebt een idee van wat er in die grot zou kunnen zijn?"

"Ik - ik denk het. We vonden het eerder vandaag, per ongeluk. Ik denk dat wat daarbinnen was de Russische expeditie heeft gedood die we hier kwamen zoeken."

"Dat begrijp ik, Dr. Fischer. Maar ik vraag u of u enig idee heeft wat hen precies gedood heeft?"

Dr. Fischer dacht even na, en antwoordde toen. "Ik heb wel wat ideeën, maar nog geen waar ik helemaal zeker van ben."

"Ik begrijp het." De man marcheerde terug door de groep, de twee andere mannen achter hem aan. Hij gaf bevelen zonder zich om te draaien. "Markeer de locatie. Geef me de coördinaten opgeslagen en klaar om te gaan." De twee mannen knikten en verwijderden zich van de groep, terug in de richting van de grot.

Gareth stond nu achteraan in de rij en keek toe hoe de

hoofdman de helikopter weer instapte. Hij hoorde hem de professor toespreken vanuit het binnenste van het voertuig. "Dr. Fischer, zou u zich bij ons willen voegen? Ik zou graag uw kennis en ervaring met de voorwerpen in de grot willen bespreken."

"Ik weet niet of ik me er goed bij voel..."

De man onderbrak hem toen hij een pistool uit een heupholster trok en het recht in het gezicht van Dr. Fischer richtte. "Laat me de vraag anders formuleren, professor, zodat hij niet zo... *vrijblijvend* lijkt."

Dr. Fischer slikte, en begon toen in de helikopter te klimmen. "Hoe zit het met de anderen? De studenten?" vroeg hij.

De twee mannen verschenen weer, klaarblijkelijk met het markeren van de coördinaten, en sprongen op de helikopter. Gareth keek om zich heen naar de bange studenten, en een groeiende golf van misselijkheid vulde hem.

Wat heb ik gedaan? Dacht hij. De helikopter, gevuld met de piloot, de drie mannen en hun professor, steeg een paar meter boven de grond op. De studenten, met grote ogen en verward, begonnen te schreeuwen.

"Je kunt dit niet doen!"

Een van de mannen verscheen in de open deur van de helikopter en maakte oogcontact met Gareth, net toen hij iets van de vloer optilde. Het draaide, vastgehouden door een of ander steunmechanisme, en zwaaide naar buiten en stopte net buiten de helikopter.

Gareth voelde zijn bloed koud worden.

Het was een pistool. Een *enorm* pistool. Gareth herkende de gigantische kogels, samengebonden in een glimmende gouden ketting des doods. Hij deed een wankele stap achteruit en probeerde woorden te vormen. *We moeten weg, probeerde* hij te zeggen.

De woorden ontsnapten niet uit zijn mond. In plaats daarvan voelde hij dat hij van de grond werd getild en hard naar achteren werd gegooid, net toen hij een nieuw geluid hoorde. Het was een *chug, chug, chug* soort geluid, maar snel. Hij zag de vurige punt van het geweer branden toen elke kogel de loop verliet en in een van de leerlingen vloog. Hij wilde zijn ogen sluiten, maar dat hoefde niet.

Alles werd zwart.

HOOFDSTUK 15

TOEN HIJ LANGS DE KIOSK LIEP, net binnen de deur van het benzinestation, viel Ben de kleine zwart-wit televisie op die op de plank erboven stond. Het was geprogrammeerd op een nieuwszender, waarschijnlijk alleen gesyndiceerd in de kleine regio van zuidelijk Montana waar zij zich bevonden.

Ze stopten even voorbij Red Lodge, op een stuk snelweg dat eruit zag alsof het al een eeuw verlaten was. Toen ze bij het benzinestation kwamen, had Julie ervoor gekozen in de truck te blijven terwijl Ben naar binnen ging voor wat snacks en om naar het toilet te gaan.

Hij draaide de volumeknop van de televisie hoger en keek naar de verslaggever van de zender buiten de poorten van Yellowstone. De informatie was niets nieuws; Julie's rechterhand en assistent had haar op de hoogte gehouden en zij gaf relevante informatie door aan Ben terwijl hij reed.

De explosie was in feite een bom, gebaseerd op analyse van luchtmonsters ter plaatse en in een straal rond het park. Het was een soort thermobarische bom, die hitte en druk combineert tot een explosie van 5 kiloton. De eerste schattingen gingen ervan uit dat de ontploffing in Yellowstone grotendeels ondergronds plaatsvond, gezien de enorme hoeveelheid korst die rond de plek was opgedoken en de relatief milde explosie. Maar het waren niet alleen de onmiddellijke gevolgen van de ontploffing van de bom die de CDC en deze nieuwszender zorgen baarden: de dunne korstlaag onder Yellowstone was door elkaar geschud, wat de scheuren en aardbevingachtige effecten veroorzaakte die Ben had ervaren.

Ben wendde zich af van de televisie en legde een reep en een zak chips op het aanrecht. Julie had hem gezegd dat ze niets hoefde, maar hij had voor de zekerheid de chips meegenomen. Hij betaalde en liep terug naar de truck.

"Ik heb wat chips voor je," zei hij door Julie's open raam. "Wil je rijden?"

"Nee," zei ze. "Ik vind het eigenlijk wel leuk om passagier te zijn." Ze glimlachte.

"Dat zou je ook moeten zijn," zei Ben. "Al dat werk afkrijgen, je lectuur inhalen..."

"Stap gewoon in. We moeten voor vanavond in mijn kantoor zijn. Heb je al iets gehoord van je baas, Randolph?" vroeg ze.

"Ik kreeg een sms van hem voordat ik de winkel binnenliep. Ik bel hem nu terug." Ben slingerde zich in de opgetilde truck en startte de motor. Hij schoof zijn telefoon uit de bekerhouder in de middenconsole en draaide het nummer van zijn hoofdkwartier in Yellowstone.

De telefoon ging drie keer over voordat Randolph opnam. De man klonk uitgeput, zwaar ademend, zijn stem schor. "Ben - ben jij dat?"

Ben erkende het en vroeg of alles in orde was.

"Nee. Nee, dat is het niet, Ben. Er is - nou ja, er is geweest ... "

"Rustig aan, George, vertel me gewoon wat er gebeurd is."

"De ziekte. Het ding dat Fuller kreeg. Hij is - hij is dood. "

Ben fronste zijn wenkbrauwen en fluisterde Julie het nieuws toe. Haar ogen werden groot.

"Het spijt me dat te horen, baas," zei Ben. "Hij was een goede man."

"Dat is het niet, Ben. Wat hem ook geraakt heeft, het verspreidt zich."

"Wat bedoel je?"

"Ik bedoel dat het *zich verspreidt*. Springend, bijna. We kunnen er niet achter komen. Het is *snel*. Veel sneller dan we gedacht hadden. Degenen van ons die Fuller hielpen zitten onder de uitslag, en onze huid begint te branden."

"Wacht eens even, Randolph," zei Ben. "Bedoel je dat je geïnfecteerd bent?"

"Ik, Matheson, Frank, Clemens, iedereen die in die kamer was. We hebben het, en we zitten in quarantaine in het hoofdgebouw. Matheson is niet zo lang geleden flauwgevallen, maar ik weet niet of dat iets met de uitslag te maken had."

Ben dacht even na en sprak toen. "Luister, Randolph, het komt wel goed met je. Je moet alleen..."

"Ben, luister. Ik heb niet alleen gebeld om je op de hoogte te houden. We zitten er tot over onze oren in. Twee van mijn jongens beginnen al te hyperventileren, en er is een dokter hier die iedereen aan het controleren is. Hij nam me een uur geleden apart en vertelde me dat het vrij ernstig is. Het is een soort virusinfectie, denkt hij, en hij kan niets voor ons doen zonder quarantaine faciliteiten en betere voorraden.

"Ik wilde zien hoe het met je ging. Ik weet niet waar je was toen we Fuller binnen brachten, maar misschien ben je er veilig voor. Ben je uit het park gekomen?"

"Dat hebben we gedaan."

"Wij?"

"Ik ben met Julie. Juliette Richardson, van de CDC."

"Oh." Randolph pauzeerde, haalde diep en rasperig adem. "Oké, goed. Wel, blijf weg van het park, Ben. Ik weet niet zeker wat er van komt, maar als we de besmetting lang genoeg geïsoleerd kunnen houden, kunnen we er misschien eerder achter komen wat het is dan iemand anders..."

"Goed. Ik ben nu op weg naar haar kantoor. We zijn net buiten Red Lodge, Montana." Ben stopte even en betrapte zichzelf. "Randolph - George. Het... Het spijt me...

"Stop. Maak je er niet druk over. Blijf bij dat CDC meisje en help haar om het te stoppen. Oh, en er is nog één ding."

"Wat is dat?"

"Fuller - Burt was zijn naam. Fuller was bij het meer toen die bom afging. Hij zei dat hij dichtbij genoeg was om de hitte te voelen, en de drukstoot sloeg hem op zijn kont. Maar hij was niet ernstig gewond, en begon terug te lopen naar zijn hut toen hij de jeuk voelde beginnen.

"Alles wat ik wil zeggen is, ik weet het niet van die bom, maar ik denk dat het misschien iets in de lucht heeft verspreid."

"Bedoel je dat de *bom* het virus heeft vrijgelaten?"

"Hij was de persoon die het dichtst bij de explosie stond, en hij is de eerste die aan dat virus is overleden. Het kan toeval zijn, maar het verklaart nog steeds niet waar het virus vandaan kwam.

"Bedankt, George," zei Ben. Hij overwoog zich opnieuw te verontschuldigen, maar aarzelde. *Wat heeft het voor zin?* Dacht hij.

Ze waren al dood. Hij hoopte dat ze de tijd hadden genomen om hun familie te bellen, waar ze ook mochten zijn.

Hij hing de telefoon op en wendde zich tot Julie.

"Je bent hier misschien om die explosie te bestuderen, maar ik denk dat deze zaak van jou net veel relevanter is geworden voor je werk."

Hij trapte op het gaspedaal en stuurde de truck over de lange snelweg.

HOOFDSTUK 16

FRANCIS VALÈRE WIERP EEN BLIK OP HET ETEN DAT VOOR HEM STOND. Een van Quebec's beste restaurants, en hij kon zichzelf er niet toe brengen om te eten.

Had het doden van Josh echt zoveel effect op hem?

Natuurlijk. Het moest gedaan worden.

Hij vroeg zich - alweer - af of hij moest overgeven. De nervositeit was onmiddellijk gekomen na zijn ontmoeting op de golfbaan met zijn voormalige werknemer. Hij dwong zijn geest de gedachte weg te duwen en keek neer op het bord dat voor hem stond.

Kreeft, filet mignon, en de meest decadente chocolademousse die hij ooit had gezien, staarden hem aan. Er was nog geen hap van de borden genomen. Met zijn vork prikte hij in het bord en duwde het vlees aan de kant. Met een ander keukengerei stapelde hij de kreeft op de biefstuk, zodat er een muur ontstond. Het was nu een kasteel, een heiligdom. Als hij maar klein genoeg was om erin te passen...

"Ben je in orde, Valère?"

De stem deed Valère terugkeren naar de echte wereld.

"Valère? Ben je in orde?" Een tweede stem vroeg het.

Hij was in orde, maar hij wilde dat ze aannamen dat hij worstelde met zijn eerdere beslissing. Hij moest de... *nervositeit* verbergen. De nervositeit die hem al sinds zijn jeugd teisterde.

Ja, ik ben oké, maar ik zal de rol spelen zolang het nodig is.

Hij keek op naar zijn tafelgasten die tegenover hem zaten. Roland en Emilio. Hij had de vergadering belegd toen hij terugreed van de privé-golfbaan en had deze locatie voorgesteld vanwege de wereldberoemde Amerikaanse keuken en de semi-private zalen. Een van zijn partners, Emilio Vasquez, de man die nu rechts tegenover hem aan tafel zit, had van tevoren gebeld en de banketzaal gereserveerd.

Toch hadden ze de tafel in de achterste hoek van de zaal gekozen. De serveerster, een jonge blonde vrouw van in de dertig, had de opdracht gekregen om slechts om de vijftien minuten de zaal binnen te komen. Tot nu toe had ze zich goed gedragen en de mannen nooit onderbroken bij het bespreken van de gebeurtenissen van de dag.

De man links van Valère wachtte zijn antwoord niet af. "Is alles geregeld?"

Valère knikte en sprak eindelijk. "*Oui*, alles is volbracht. Mijn excuses, heren, ik schijn mijn eetlust verloren te hebben."

Emilio glimlachte. "Het is niets, Francis. Ik herinner me de eerste keer dat ik, nou ja, een *onderdeel* uit een plan moest verwijderen. Het is nooit een gemakkelijke taak."

Valère knikte een keer en aanvaardde het gebaar van zijn vriend. "Niettemin is het tijd om over te gaan naar de volgende fase van ons plan. We moeten de mediakanalen inlichten over ons voornemen, en wat er op het spel staat."

De eerste man, Roland, slikte luid, in een poging om hun

aandacht te trekken. Terwijl Valère zijn maaltijd nog niet had aangeraakt, was Roland aan zijn tweede bord van het dessert bezig. De man was luidruchtig, opdringerig en onbeschoft, met rozerode wangen en kaken die bijna tot aan zijn borstkas hingen, en werd door zijn leeftijdsgenoten om één ding, en alleen om één ding, geliefd: om zijn geld.

Ze keken naar hem. "We zullen wachten."

Valère wachtte tot hij het zou uitleggen. Roland, die zichzelf nooit een gelegenheid ontzegt om het drama op te voeren, nam in plaats daarvan een hap van een broodje dat op een of andere manier aan de eerdere vernieling was ontsnapt. Hij kauwde er niet minder dan vijf keer op voor hij weer sprak. "We zullen wachten met het vertellen aan de media. We moeten het Yellowstone incident nog wat langer in het midden laten. Het nieuws daar - verdomme, zelfs hier - is er vol van, en ze laten het niet snel los." Zijn zuidelijke accent werd steeds sterker, ongetwijfeld aangewakkerd door de drie glazen wijn die hij al had gedronken, en hij ging verder. "Hoe meer druk dit verhaal in de VS opbouwt, hoe beter wij af zijn.

"Dan missen we onze kans," zei Emilio. Valère knikte.

"Nee," vervolgde Roland, terwijl er kruimels uit zijn mondhoeken vielen. "Wij hebben baat bij deze tijdlijn. Ze hebben geen idee wat zich daar afspeelt, en ze zullen niets van de site kunnen halen zonder iedereen te verliezen die ze naar binnen sturen. Wij hebben het voordeel van de tijd, en dat moeten we houden."

Valère fronste zijn wenkbrauwen. "Dat was niet het plan. Waarom wachten we? En wat moeten we in de tussentijd doen?"

De dikke man antwoordde onmiddellijk, zijn mond nu vol vanillepudding. "Er zijn nog steeds losse eindjes aan elkaar te knopen. Iets waar onze contactpersoon bij het CDC me over heeft ingelicht. Er is daar een vrouw die aan het graven is. Het is niets groots, maar ze is slim. En nog belangrijker, ze is volhardend. We moeten er snel bij zijn, en zorgen dat ze niet praat."

De man rechts van Valère keek boos. "Nee, dat kunnen we niet doen. Het is te riskant. Bovendien, het aantal doden stijgt, en waarvoor? En hoe zit het met de munten? Ik heb gehoord dat de studenten en die professor er een paar hebben gevonden."

Valère heeft bijgesprongen. "De munten zijn niet belangrijk, en er is niets over van de groep die ze gevonden heeft. Er is geen manier om ze aan ons te linken. Wat het aantal doden betreft, begrijp ik uw bezorgdheid. Geloof me, dat doe ik. Maar denk aan het eindresultaat: dat is hetzelfde."

"Waarom dan die nodeloze doden? Is dat niet genoeg?"

"Ja, mijn vriend," zei Valère. "Maar denk aan het alternatief: we kunnen niet iets laten uitlekken voordat we er klaar voor zijn. Onthoud de regels: wij controleren de middelen, wij controleren het doel. Niets minder, niets meer."

Valère en Roland knikten eenstemmig. Emilio schudde zijn hoofd. "Ik ben het met jullie eens, maar ik ben het er niet mee eens. We riskeren meer door te proberen deze losse eindjes aan elkaar te knopen dan door ze gewoon op hun beloop te laten. Kunnen we deze niet laten gaan?"

"Nee. Het is geen kwestie van 'risico', het is een kwestie van principe," zei Roland. "Ik laat zoiets niet over mijn kant gaan. Het ligt niet in mijn aard om dingen uit de hand te laten lopen."

Ze wisten allemaal dat dat waar was, maar de andere man bleef volhouden. "Als er iets gebeurt, en dit lekt uit voordat we klaar zijn..."

"Laten we erover stemmen." Roland sprak luider, duidelijk in een poging om het gesprek te controleren. "Dat was de afspraak, nietwaar?"

"Wat is het voorstel?" vroeg Valère.

"We nemen de nodige maatregelen om te voorkomen dat een van deze 'externaliteiten' te bekend wordt. We stellen de betrokkenheid van de media nog een dag uit, en gebruiken die tijd om onze strategie nog eens door te spreken. De extra tijd zal ons helpen tot rust te komen, en het zal onze contingentie helpen te doen wat ze kan om deze kleine discrepanties uit te roeien."

"Dus," zei Valère, "stel je voor dat we een deel van de toewijzing die we hebben gekregen gebruiken voor inperking en uitroeiing?"

Roland glimlachte. "Ik wel. Wat heb je aan een draak, zonder zijn vuur?"

De twee andere mannen overwogen dit. Er zou nog maar één man nodig zijn om in te stemmen met de beslissing van de man, voordat dit plan in werking zou treden. Valère keek de twee mannen aan en mat de aanvulling op hun plan af tegen de alternatieven.

Hij duwde zijn biefstuk nog eens rond op het bord, waardoor het kasteel omviel en zijn heiligdom vernietigd werd.

"Daar ben ik het mee eens. Dit is de beste optie voor ons op dit moment." Hij keek op naar Roland. "Waarschuw je gekozen mannen en lever hun doel af."

Het was precies vijftien minuten geleden en de serveerster kwam binnen. Alle drie de mannen wierpen hun meest bescheiden glimlach op toen ze over hen heen zweefde en hun waterglazen bijvulde.

HOOFDSTUK 17

DE VRACHTWAGEN STOPTE BIJ DE INGANG VAN EEN STEEGJE, en Julie zei tegen Ben dat hij linksaf de smalle weg in moest slaan. Verwaarloosde flats en afgeleefde gebouwen torenden aan weerszijden boven hen uit terwijl de vrachtwagen over kuilen en door plassen bruine vloeistof hobbelde.

"Lijkt me een mooie plek die je hier hebt," zei Ben.

De truck gierde over een diepe kuil en stuiterde wild toen de vering probeerde te compenseren. Ben wist dat elk ander voertuig schade zou hebben opgelopen, maar de enorme vrachtwagen kon elke hobbel en dip met gemak aan. De steeg maakte een bocht naar links, en de truck en zijn twee passagiers stonden voor een groot, kraakpand pakhuis. Het pakhuis, gemaakt van metaal en overdekt met een ondiep stalen dak, paste goed in zijn schemerige omgeving. Ben remde het voertuig af en liet het naar het gebouw glijden, mikkend op de kleine parkeerplaats ervoor.

"Nee," zei Julie. "Ga achterom. Parkeer op de straat." Ben ging niet in discussie toen hij het gaspedaal intrapte en de truck voorwaarts scheurde. "De meeste mensen gaan ervan uit dat deze plek verlaten is," zei Julie. "Dat vinden wij prima, dus parkeren we graag in de straat tegenover het gezondheidscentrum."

Ze vonden een parallelle parkeerplaats op straat aan de achterkant van het pakhuis, en Ben trok de truck soepel de ruimte in.

"Wow," zei Julie. "Het kostte me ongeveer drie weken om dat te kunnen doen." Ben gaf haar een onaangename grijns, opende de deur en stapte naar de stoeprand. Hij wachtte op Julie en volgde haar rond de zijkant van het pakhuis en een korte trap op. Haar hand ging omhoog naar het slot van de deur met een toetsenbord, en Ben keek toe terwijl ze vier cijfers intikte.

1234. Een klein LED-lampje op de deur knipperde groen, en het sluitmechanisme klikte.

"1234. Echt?" vroeg Ben.

"Nou, we zijn niet de CIA," zei Julie.

"Laten we hopen van niet."

"Beveiliging laat ons onze eigen codes maken, en ik kan me niets meer herinneren. Ik dacht dat dat tijd zou besparen in plaats van elke ochtend te bellen voor hulp bij het betreden." Ze duwde de hendel omlaag en de deur schoof open. Ben voelde de warmte van het interieur van het gebouw op hen neerdalen toen ze binnenstapten.

"Laat me eerst even bij Livingston kijken," zei ze. "Als je het niet erg vindt om bij de voordeur te wachten..."

"Helemaal niet. Neem je tijd," zei Ben. Hij wachtte dertig seconden terwijl Julie een korte gang doorliep en naar links ging. Toen ze weer tevoorschijn kwam en hem naar voren gebood, voegde hij zich bij haar aan het eind van de gang.

"Hij zal wel aan het golfen zijn," zei Julie. "Laten we eens kijken of Stephens er is. Hij is mijn assistent, maar we hebben hem nu met een andere zaak bezig. Hij zal het op z'n minst waarderen dat ik langskom."

Deze keer ging ze naar rechts, en toen Ben haar volgde, besefte hij hoe klein het kantorencomplex eigenlijk was. De gang kruiste met een andere die loodrecht stond, maar dan uitkwam in één grote werkruimte. Een half dozijn hokjes stonden verspreid in het midden, met twee kantoren met gesloten deuren rond de buitenkant. De tl-verlichting was ofwel gedimd of iemand was vergeten veel lampen te vervangen.

Julie leidde hem naar een van de hokjes en stopte voor een dunne man die met zijn rug naar hen toe stond.

"Hé, vreemdeling," zei ze. De man draaide zich om in zijn stoel en stond op. "Hé, baas. Goed je te zien. Hoe was de reis? Vallen en insecten vissen, als ik me goed herinner?"

"Er kwam iets anders tussen, zoals ik zeker weet dat je hebt gehoord. Dit is Ben," zei ze. "Ben, dit is Benjamin Stephens."

Stephens stak zijn hand uit. "Mooie naam. Aangenaam kennis te maken."

"Het is eigenlijk Harvey Bennett, maar ik heet Ben." Ben bekeek Stephens van boven tot onder. Lang, pezig, met een zwarte bril met hoornen montuur die bij zijn verfomfaaide haar paste, zag de jongen eruit alsof hij pas zestien jaar oud was en op weg naar een stripboekenconventie. Stephens reageerde op Bens starende blik en streek met een hand door zijn haar, in een poging het plat te krijgen.

"Ah, wel. Mijn fout. En wat doet u, Mr. Bennett?"

Julie kwam tussenbeide. "Hij werkt in Yellowstone. Dat is waarom we hier zijn - nog nieuws?"

"Niet veel," zei Stephens. "Het is nu overal op het web te vinden, dat wel." Hij deed een stap opzij en onthulde een driedubbele monitor vol met open tabbladen en browservensters. Zowat elk venster dat Ben kon zien was gevuld met berichten over het incident in Yellowstone en de explosie.

CNN, Fox news, Yahoo! , en de Wall *Street Journal.*

"Ik volg het al sinds het vier uur geleden uitbrak," zei hij. "Alles goed met jullie?"

"Het gaat goed,' zei Julie. "Ik - we kunnen wel wat koffie gebruiken. Waar is Livingston?"

Stephens liep naar de muur waar een antieke koffiepot leeg stond. Hij legde er een filter in en deed er water bij terwijl hij sprak. "Het is donderdag," zei hij, alsof dat alles verklaarde. "Hij is aan het golfen. Luister, er is meer aan de hand dan alleen het Yellowstone incident."

Julie fronste haar wenkbrauwen. "Wat bedoel je?"

"Ongeveer een uur geleden, heeft een lokale nieuwszender in het noorden van Minnesota een verklaring vrijgegeven... Man en vrouw, vlakbij de grens. Hij was aan het jagen, volgens de buren, en zij wachtte thuis op hem. Voor ze het wisten, toen de buren gingen kijken, waren ze allebei dood."

Ben stond er zwijgend bij terwijl Julie en Stephens spraken. "Waarom denk je dat er een verband is?" vroeg ze. "Het kan gewoon een soort seizoenskoorts zijn, of zelfs een verkoudheid."

"De lichamen werden gevonden met een dieprode uitslag over hun huid, en steenpuisten en striemen over het grootste deel van hun lichaam. De man lag met zijn gezicht naar beneden in de sneeuw. Zijn vrouw lag op de badkamervloer."

"Dat is verschrikkelijk," zei Julie. "Het klinkt alsof hij de hitte van de koorts probeerde te bestrijden met sneeuw." Ze keek naar Ben.

"Klinkt heel erg als hoe ze een van mijn collega's in het park vonden," zei Ben. "Uitslagen, steenpuisten, en een hitte koorts."

"Is hij degene die gestorven is?"

Ben knikte. "Hij is helemaal vanuit de buurt van de explosie teruggelopen naar een stafgebouw, waarschijnlijk ongeveer een uur lopen. Maar hij haalde het niet langer dan twee uur na directe blootstelling."

Stephens knikte langzaam en ontmoette toen Bens ogen. "Het spijt me dat te horen."

"We kunnen er nu niets aan doen, behalve uitzoeken wat dit ding in godsnaam is." Zei Ben.

"Laten we het doen," zei Julie. "Stephens, je weet hoe het gaat. Alles wat je vindt gaat via Randy's systeem, ook al is hij op vakantie. Stuur me wat je tot nu toe hebt samengesteld en klaargezet. Sla de dubbele inhoud over."

Nieuwsagentschappen en websites "leenden" tegenwoordig vaak inhoud van elkaar en verspreidden die woordelijk op hun eigen platforms. De Associated Press had regels over het niet veranderen van de aard van de inhoud, maar het was één ding om een verhaal te gebruiken en terug te verwijzen naar de oorspronkelijke bron en iets heel anders om het volledig te verscheuren en het door te geven als hun eigen. Naarmate de wereld van online marketing veranderde en het aantal mensen dat op het web surft op computers en apparaten toenam, namen ook de reclamedollars toe. Bijna al deze nieuwswebsites namen op een of andere manier deel aan de reclamewereld en wedijverden om oogappels en kliks in plaats van als journalisten op zoek te gaan naar leads en due diligence te verrichten.

Stephens' taak bestond er onder meer in deze rapporten en blogberichten te verzamelen, te bundelen en samen te brengen in een gestroomlijnd, gemakkelijk leesbaar rapport. Wat vroeger een standaard onderzoekstaak van elke baan was, was nu een voltijdse functie in de meeste organisaties.

"Goed," zei hij. "Ik ben al begonnen het samen te stellen, en ik stuur het later vanmiddag via SecuNet. Luister - dit hele gedoe is nieuw voor me, Julie. Denk je dat dit groot gaat worden?

"Wie zal het zeggen?" Zei Julie. "Ik ben een optimist, maar dit lijkt me een beetje verdacht. Een explosie die duidelijk door de mens is veroorzaakt, gevolgd door *twee* gevallen van wat dat virus-ding ook is, op hetzelfde moment? Het lijkt erop dat er iets aan de hand is, en ik ga uitzoeken wat dat is. Zelfs als het geen uitbraak is, kan het er wel toe leiden."

Stephens' jonge gezicht keek op de twee neer, zijn ogen samengeknepen alsof hij pijn had. Ben vond het moeilijk te geloven dat deze man, zo groot als hij was, ooit neerbuigend of intimiderend kon overkomen.

"Ik heb over dit soort dingen gelezen, Julie. Het kan heel erg worden."

"Het komt wel goed. We moeten alleen de bron vinden en de potente eigenschappen stabiliseren, en het dan naar hogerhand brengen voor verwerking en verspreiding. Standaard dingen, echt. Je weet dat."

Ben kreeg de indruk, luisterend naar het gesprek, dat Stephens het type persoon was dat voortdurend paranoïde was. Julie leek de rol van bezorgde ouder te spelen, die de hyperactieve verbeelding van haar kind probeerde te troosten.

"Je hebt gelijk. Sorry. Zoek uit wat dit ding is, oké? Ik heb me altijd zorgen gemaakt over iets als dit dat uit de hand zou lopen, vooral vandaag. Dit land is niet verenigd genoeg om zichzelf te redden." Hij pauzeerde even.

"Waar gaan jullie nu heen?" Het koffiezetapparaat achter hem werd wakker en begon heet water door het filter te gorgelen. Bijna onmiddellijk vulde de geur van koffie de lucht van het kantoor. Ben voelde zich plotseling wakkerder - hij wist dat zelfs de geur van koffie al genoeg was om alertheid te veroorzaken. Hij likte zijn lippen en realiseerde zich nu pas dat hij het grootste deel van de reis vanuit Yellowstone had gereden.

"Eerst terug naar mijn huis," zei Julie, "dan zoeken we een hotel voor hem," gebarend naar Ben. "Livingston zal zijn golfspel niet onderbreken voor iets minder dan een nucleaire aanval, maar hij verwacht van ons allemaal dat we de hele nacht doorwerken als dit ding ontploft." Ze huiverde om haar slechte woordkeuze maar ging verder. "Zoals ik al zei, geef me wat je hebt wanneer je kunt en laat het komen. Zolang hij informatie krijgt, zal hij zich gedeisd houden."

Stephens knikte instemmend en liep terug naar zijn bureau. Hij zakte onderuit in zijn stoel. "Het zou hier zeker gemakkelijker zijn als jij hier de baas was," zei hij bijna onder zijn adem.

"Ik zou het rustig aan doen als ik jou was," zei Julie. "Livingston kennende, zou het me niet verbazen als hij dit huis afluistert, net als elk van onze huizen."

"Juist. Ik heb het budget voor deze operatie gezien - ik denk dat we het wel redden."

Julie draaide zich om en trok haar wenkbrauwen op, stilletjes aan Ben vragend of er nog meer te vertellen was. Hij haalde zijn schouders op. Ze liep weer naar de gang, en Ben volgde haar op de voet.

HOOFDSTUK 18

DE AVOND WAS VERANDERD IN EEN BLAUWACHTIGE WAAS, dankzij een paar uur eerder gevallen regen en een bijna volle maan. Livingston klikte op de sleutelhanger van zijn auto en wachtte op het verklikkerlichtje.

De 2012 Mercedes-Benz SL65 AMG was zijn trots en vreugde. Hij had een tweede hypotheek op zijn appartement genomen om in deze stijl te kunnen rijden, en hij had er nog geen moment spijt van gehad. Als overheidsambtenaar begreep hij de ironie en de tegenstrijdigheid van het zien van een man van zijn status die in een auto als deze rondrijdt, maar dat was des te meer reden om ervan te houden.

Hij was altijd al gek op geld. Zijn eerste woord was "geld", een verhaal dat hij graag vertelde op feestjes en op kantoor.

Livingston liep naar het kraakpand dat dienst deed als zijn tijdelijk kantoor. Hij zag het graag op die manier: *tijdelijk*. Alles in dit leven was tijdelijk, wist hij, maar vooral doodlopende baantjes als deze. Hij zou tien jaar krijgen, zijn dienstverband verzilveren en een middenkaderbaan krijgen bij een grote bank of investeringsmaatschappij. Zulke bedrijven waren altijd op zoek naar managers die niet meer wilden en iedereen om zich heen tot waanzin dreven. Hij zou goed passen bij een bedrijf dat een bijl-man of een standaard pennenlikker nodig had.

Hij zou ook goed passen op een plek die genoot van dezelfde soort uitspattingen.

Julie, Benjamin, Charles, zijn assistente Laura - deze mensen begrepen hem niet. Het kon hem niet schelen of ze het wel of niet deden, maar hij verwachtte tenminste meer respect dan hij kreeg.

Was een luxe auto van $400.000 niet genoeg om indruk te maken?

Hij toetste zijn viercijferige toegangscode in op het toetsenbord en opende de deur. Hij snoof - *God, wat haatte hij deze plek.* Terwijl hij naar de T-splitsing in de gang liep, stopte hij om zijn uiterlijk te controleren in het lange raam van de laboratoriumruimte.

Lang, donker en een beetje zwaargebouwd, hij zag er niet slecht uit. Jaren van zittend werk hadden zijn studentikoze branie veranderd in een waggelende tred, maar hij had nog steeds een volle bos bruinblond haar en een trotse kaak. Hij was een hockeyspeler geweest op de universiteit, maar hij had zijn jeugdige kwiekheid al lang geleden verloren, net als een paar van zijn voortanden.

Hij knikte naar zijn spiegelbeeld en liep verder door de hal, linksaf bij het kruispunt en rechtsaf naar zijn kantoor.

Hij zette zijn aktetas op de stoel naast de deur en hing zijn overjas op. Na werktijd of niet, hij had er een hekel aan om betrapt te worden als hij niet goed gekleed was, dus droeg hij meestal zijn werkpak in de stad en soms thuis. Livingston schonk zichzelf een dubbele scheut whisky in en opende de kleine vriezer om een ijsblokje te vinden.

Perfect. Laura kon niet eens onthouden om dat te doen.

Hij sloeg de deur dicht en ging aan zijn bureau zitten. Net als zijn auto was zijn bureau een luxe waar zelfs de regering van de Verenigde Staten geen geld aan zou verspillen. Hij had alle 2.000 dollar van zijn begrotingspost voor kantoorinrichting en nog eens 1.500 dollar uitgegeven aan dit antieke mahoniehouten bureau, compleet met een verborgen deur onder de bovenste lade.

Hij opende de laptop voor hem en klikte wat rond, om uiteindelijk de map te vinden die hij zocht. Een wachtwoordprompt opende, en hij voerde een reeks tekens in. De map ging open, en Livingston bladerde door de lijst met foto's, nippend aan de warme scotch.

Toen hij dubbelklikte op een bepaalde foto, ging Livingston rechtop in zijn stoel zitten. Het was een foto van Julie Richardson, lachend in een tweedelig badpak op de bedrijfspicknick van het plaatselijke filiaal. Ze hield een volleybal onder een arm en praatte met iemand buiten beeld.

Hij klikte op een andere. Deze keer was Julie aan het serveren, de volleybal centimeters boven haar rechterhand, en haar lichaam gestrekt tot de maximale lengte.

Livingston wist niet wie de foto's had genomen, maar toen Laura iedereen op kantoor Dropbox-toegang had gegeven, had hij ze lokaal op zijn harde schijf gezet.

Een andere foto opende - Julie en Benjamin Stephens zitten aan een picknicktafel tegenover elkaar. Julie's rug was naar de camera gekeerd, en Livingston klikte op het vergrootglas om iets in te zoomen...

De telefoon ging.

Hij knipperde met zijn ogen en ging achterover in de leren bureaustoel zitten. Zijn dochter. Het ging een tweede en derde keer over, en uiteindelijk wachtte hij tot het op voicemail ging. Hij had Rebecca al bijna een jaar niet gesproken, en hij wist dat hij er later spijt van zou krijgen als hij niet opnam.

Het antwoordapparaat nam op. Hij kreunde toen het geluid van zijn eigen stem zijn gedachten onderbrak. *"Dit is de voicemail van David Livingston, directeur..."*

Na de pieptoon schalde de stem van zijn dochter door de luidspreker van de telefoon van lage kwaliteit zijn kantoor binnen. *"Papa? Hé, ik ben het... Ik wilde even hallo zeggen. Ik dacht dat je weer laat zou werken, maar ik was niet zeker."* De stem pauzeerde even. *"Luister, bel me eens terug. Het is al een tijdje geleden."*

Nog een pauze, dan het geluid van een telefoon die ophing. Livingston roerde een slok whisky in zijn mond en staarde naar de conferentietelefoon op zijn bureau. Hij zwenkte nog eens, slikte, en nam toen nog een diepe slok.

Hij kneep zijn ogen dicht en hield ze even dicht terwijl de branderigheid van de whisky van lage kwaliteit door zijn slokdarm gierde. "Ik mis jou ook, schat," zei hij tegen niemand. "Ik mis je echt. Het is negen jaar geleden dat we samen waren, en ik mis jullie allebei."

"Maar ze heeft ons verlaten, weet je nog?" Hij nam nog een slok. *"Ze* is weggelopen. Nadat ze met die klootzak van het softbalteam had geslapen..."

Hij keek om zich heen, zich er plotseling van bewust dat hij de enige was.

Hij snoof, proberend het gevoel van delirium, veroorzaakt door de whisky, van zich af te schudden. *Verman je, Livingston. Je bent beter dan dit.* Livingston sloeg de rest van de whisky achterover en zette het glas op de uiterste hoek van zijn bureau.

Hij had een manier nodig om Julie in de gaten te houden zonder de aandacht te trekken in het datacentrum. Hij dacht even na, ging toen weer rechtop zitten en klikte weg van het beeld.

Het beeld van Julie op het bankje in het park verdween en werd vervangen door een browservenster. Het toonde de SecuNet homepage, een intranet server met een gebruikersinterface voor de beveiligde communicatie en bestandsopslag van het bedrijf.

Hij lachte bijna hardop. Hoewel SecuNet veilig genoeg was voor de CDC-normen, wist hij maar al te goed hoe *onveilig* Internet Explorer was. Het was grondig bewezen dat het onveilig was door zowat elke webontwikkeling en tech blog op het net, maar het was de verplichte browser op elke overheidscomputer.

Op de pagina waren een paar opties beschikbaar, en hij klikte op een van de opties onderaan in de eerste kolom. De site stuurde hem door naar een beveiligde pagina, en hij typte zijn gebruikersnaam en wachtwoord in de respectievelijke vakjes en werd spoedig geconfronteerd met een nieuw dialoogvenster:

"E-mail omleiding: Kies Orginator"

Als "leidinggevende" bij een overheidsorganisatie had zo zijn voordelen, zelfs als het niet goed genoeg betaalde. Livingston vulde het e-mailadres van Julie in en voegde een tweede e-mailadres van Benjamin Stephens toe. In het vak "Enter Forwarding Address" *vulde* hij zijn eigen e-mailaccount in en drukte op "submit".

Het dialoogvenster verdween, en Livingston sloot het browservenster. De redirect zou "stil" zijn, wat betekent dat hij onzichtbaar op de achtergrond zou lopen - geen van zijn werknemers zou weten dat ze via e-mail werden gevolgd - en hij zou relatief onvindbaar zijn. Alleen een doorgewinterde IT-veteraan die specifiek naar de redirect zoekt, zou hem kunnen vinden.

Hij stond op, vulde zijn scotch bij en ging weer achter de computer zitten. Hij glimlachte naar het computerscherm en opende opnieuw de map met de foto's van de bedrijfspicknick.

HOOFDSTUK 19

DR. DIANA TORRES KEEK NOG EENS DOOR DE SAMENGESTELDE MICROSCOOP. Wat het ook was, ze had het nog niet eerder gezien. De structuur was anders dan die van een normaal virus. Ten eerste was het integumentarium dat de rest van het microscopische lichaam tegen externe elementen en ziekten beschermde, bezaaid met vreemde bulten en schrammen, alsof het virus zelf met iets besmet was. Ten tweede herkende zij weliswaar de lipide- en proteïnestructuren die het grootste deel van het lichaam uitmaakten, maar zij kon hun configuratie niet goed plaatsen.

Tenslotte bestond de gehele binnenholte van elk afzonderlijk viruslichaam uit de traditionele nucleocapside en capsomeren, maar ook uit andere lichamen die zij niet herkende en die er eveneens in gepropt leken te zijn. Hoewel de algemene structuur standaard was voor een type herpesvirus, paste hij niet bij een van de acht stammen die de moderne wetenschap kent.

Ze nam nog een meting en controleerde haar notities.

"Varicella Zoster stam; aanname kleinere vorm. Standaard

nucleocapside en lipide enveloppen; vreemde eiwitopbouw verschilt van traditionele stammen."

"De meeste bolvormige virionen zijn 80 tot 90 nm in diameter; de grootste waargenomen 93 nm, de kleinste 73 nm."

De resultaten waren nauwkeurig; haar metingen waren niet fout. Haar assistent, Charlie Furmann, had de labruimte om half negen die avond gereserveerd en ze was tot nu toe binnen geweest. Ze keek op haar horloge.

7:30 PM.

Toen ze op haar horloge keek, gaf haar lichaam plotseling te kennen dat het uitgeput was, en ze gaapte en strekte haar armen. Staande sloot ze het licht van de microscoop op de lange labtafel om ongewenste reacties in het monster te voorkomen. Ze trok haar laboratoriumjas aan - in wezen haar toegangssleutel tot de ontelbare kamers, laboratoria en kasten verspreid over het gebouw.

Het zou haar ook in de cafetaria op het hoofdniveau brengen; haar huidige bestemming. Door de aard van het werk in de onderzoeksfaciliteit en de persoonlijkheidstypes van de mensen die er werken, had de faciliteit 24/7 toegang tot de cafetaria. De wetenschappers en onderzoeksassistenten die deze kantoren bevolkten, hadden geen traditionele negen-tot-vijf-banen, noch trokken zij zich iets aan van cultureel aanvaarde normen over wanneer te slapen en wanneer te werken.

Op elk moment van de dag, niet alleen tijdens het ontbijt, de lunch en het avondeten, kan de cafetaria ofwel helemaal leeg zijn of gevuld met praatgrage wetenschappers die hun laatste onderzoek bespreken.

Dr. Torres stapte uit de lift op het hoofdniveau. De gangen waren zwak verlicht met veiligheidslichten, maar de open deuren van de cafetaria waren gevuld met licht dat lonkend de gang in stroomde. Een andere onwillekeurige reactie in haar hersenen werd opgewekt door het licht en de geur van voedsel, en plotseling voelde ze honger in haar binnenste opkomen.

Verbaasd dat er niemand in de cafetaria was, liep ze naar een open koelkast en haalde er een kleine plastic bak hummus en crackers uit en een 20-ounce fles Pepsi. Ze droeg de Pepsi en de hummus naar een klein kassasysteem bij de deur en tikte met haar identiteitskaart op de kredietkaartterminal. Nadat de terminal een pieptoon had gegeven, klemde ze de badge terug in haar zak van haar labjas en liep terug naar de gang. Op dat moment voelde ze haar mobiele telefoon zoemen in de zak van haar spijkerbroek. Ze schudde de Pepsi om en greep naar haar telefoon. Het was een sms'je van Charlie.

"Waar ben je? Ik wilde even met dit model praten."

Ze fronste haar wenkbrauwen en vroeg zich af waarom hij de tijd had genomen om haar een sms te sturen, terwijl hij ook gewoon had kunnen wachten tot ze terug was. Ze stopte in de gang en stuurde een snel antwoord.

"Ging naar de cafetaria. Op de terugweg. Wat is er?"

Ze wachtte niet op een antwoord, maar stapte de lift in en drukte op het nummer van haar verdieping. De lift bracht haar naar haar verdieping, en ze liep het lab binnen. Ze trof Charlie aan, met zijn rug naar haar toe, gebogen over de microscoop.

"Hey, Charlie. Wat is er aan de hand?"

Charlie sprong op en draaide zich om. "Wat is dit, Dr. Torres? Is dit hetzelfde monster dat eerder is opgestuurd?"

"Ja..." antwoordde Dr. Torres.

"Hebben ze gezegd wat het was?"

"Wat bedoel je? Ze hebben een standaard monster opgestuurd

voor onderzoek en classificatie. Als ze al wisten wat het was, hadden ze het niet opgestuurd."

Charlie fronste, en knikte toen. "Ik weet het, ik denk dat ik gewoon in de war ben..."

"Wat? Wat is er?"

"Nou, ik begrijp niet waarom je beide monsters in een keer hebt gemonteerd."

Nu was het de beurt aan Dr. Torres om verward te zijn. "Beide? Wat bedoelt u?"

Charlie sloot het externe beeldscherm aan op de uitvoerlijn van de microscoop en projecteerde het beeld dat door de microscoop werd gezien op een 40-inch HDTV die achter hen aan de muur hing. "Kijk," zei hij, terwijl hij met een draadloze computermuis een cirkel trok rond een van de bolvormige objecten op het scherm. "Dit is jullie virus, toch? De *'Varicella Zoster'* stam, of wat dan ook?"

Ze knikte.

"Nou, als je verder inzoomt, zie je de standaard componenten - nucleocapsid, lipiden, verschillende eiwit amalgamaties, enzovoort."

Dr. Torres knikte opnieuw, in een poging hem op te jagen.

"Maar als je de vergroting blijft verhogen..." hij pauzeerde om de vergrotingswielen van de microscoop opnieuw in te stellen, "zul je zien dat de interne structuur van het virus helemaal vol zit met vreemde lichamen."

"Buitenlands? Hoe kunnen ze dat zijn? Ze zijn een deel van het virus."

"Juist - maar dat betekent niet dat ze dat altijd waren. Het virus *ziet er* zeker niet uit alsof het ze daar wil hebben, of wel? Ze puilen allemaal uit, dankzij die spirillum die alles rondduwt."

Dr. Torres keek scherp op. "Spirillum? Waar heb je het over?"

Hij zoomde nog verder in. Toen de microscopische onderdelen van het virus in beeld kwamen, zag ze de onmiskenbare spiraalvorm van een van de gebruikelijke bacterievormen. Het gedraaide object groeide terwijl Charlie de microscoop tot het uiterste dreef; het scherm leek plotseling korrelig en enigszins onscherp.

"Oh, mijn God," fluisterde ze.

"Heb je dit niet eerder gezien?" vroeg Charlie.

Ze schudde haar hoofd.

"Dus, dan denk ik dat er geen twee verschillende monsters waren?"

Beide wetenschappers waren sprakeloos toen ze naar de TV monitor staarden. Het vage zwart-wit beeld was onmiskenbaar.

"Nee. Nee, Charlie. Die waren er niet," zei ze. "We kijken naar een soort herpesvirus dat een *levende, ademende,* bacteriële infectie bevat."

"Dat is onmogelijk," zei Charlie. "Er is geen manier voor de virussen om leefbare omstandigheden voor de bacteriën te creëren."

"Ik weet het," zei Dr. Torres. "Maar we hebben hier met iets heel anders te maken; iets dat buiten het bereik ligt van wat een van ons eerder heeft bestudeerd." Terwijl ze sprak en naar het scherm voor haar staarde, werd Dr. Torres er steeds zekerder van dat datgene waar ze naar keek, ook echt was wat ze zei dat het was.

Onmogelijk of niet, ze keken naar een levende bacterie die volledig functioneerde *in* een virus.

HOOFDSTUK 20

Zes maanden geleden

Dr. Malcolm Fischer hijgde. Hij zoog een grote hap lucht naar binnen en probeerde te slikken. Het was pijnlijk; op de een of andere manier was er iets niet goed. Hij probeerde naar beneden te kijken, maar kon zijn hoofd moeilijk bewegen.

Raar.

Hij probeerde in plaats daarvan zijn handen te bewegen. Niets.

Zijn vingers, misschien?

Nope.

Malcolm voelde zich vastgelijmd, liggend op zijn rug. Het was tenminste comfortabel.

Waar heb ik dan controle over? vroeg hij zich af.

Hij opende zijn ogen, knipperde een keer, twee keer. Hij bewoog zijn oogballen rond; hij kon tenminste zien.

Hij probeerde zijn omgeving te begrijpen. Heldere lichten, fluorescerend. Het soort dat gebruikt wordt in kantoren en commerciële gebouwen. Witachtige muren, een soort steriele kleur.

Dat was het.

Oké, wat betekent dat? Malcolm probeerde zijn lichaam te bewegen. Alles. Niets wilde meegeven. Het was alsof hij -

Ben ik verlamd?

Hij dacht er even over na. Hij kon zich niet herinneren dat hij gevallen was, of een ongeluk gehad had. Eigenlijk, nu hij er beter over nadacht, kon hij zich niets herinneren. Er was...

Een helikopter.

Oh, God.

De herinnering kwam in een flits terug in Malcolm's hoofd. *De studenten...*

Hij herinnerde zich dat hij onder bedreiging van een pistool de helikopter werd ingeduwd, in een stoel werd geduwd en werd vastgesnoerd, daarna de zachte opwaartse beweging van de piloot die deskundig opsteeg. Ze stegen slechts een paar meter boven de grond.

Het wapen.

Het afschuwelijke geluid van honderden miniatuur-explosies wiegde de schutter heen en weer op het aan de zijkant gemonteerde machinegeweer.

Degene die hij op de studenten had afgevuurd. *Zijn* studenten.

Een aanval van pijn overviel hem, maar hij kon niet zeggen of het alleen psychologisch was. Hij sloot zijn ogen weer en ademde. Toch waren zijn handen en benen en armen, *alles*, bevroren op zijn plaats.

Waar ben ik?

Op dat moment hoorde hij een piepend geluid. Het was luider geworden - of had hij het nu pas opgemerkt?

Hij duwde zijn oogleden uit elkaar en probeerde te zoeken

naar de bron van het geluid. Toen zijn ogen opengingen, werd het piepen intenser; sneller.

Hij hoorde voetstappen. Rennen.

"...Patiënt ervaart een soort shock. Mogelijke reactie..."

Stemmen dreven in en uit. Ze waren in de kamer.

Wie waren 'zij'?

Malcolm werd onrustig. Hij wilde antwoorden, en hij wilde in staat zijn om *te bewegen.*

"Hij is wakker!"

Meer voetstappen.

Nu kon hij meerdere mensen - drie? - rond zijn bed horen bewegen.

Ik ben in een ziekenhuis. Dat moet wel. Ik ben verlamd.

"Is hij niet meer comateus?" vroeg een stem.

"Nee, hij heeft zijn ogen open."

De stemmen waren gehaast, koortsachtig.

"Oké, laten we hem wat acetaminophen geven; hij zal waarschijnlijk een beetje ruw zijn rond de randen."

"Ik snap het. Houden we hem omhoog?"

"Nee, nee. Dat is alleen om hem op te houden tot hij weer onder gaat. Dat zal niet lang duren."

Malcolm hoorde een knallend geluid, gevolgd door de geur van iets bitters. Een soort chemisch product. Een zak met vloeistof werd plotseling direct over zijn gezicht gegoten. Hij zag een vreemd assortiment van letters en cijfers, dan een paar letters die zijn hersenen als woorden berekenden.

Wereldwijd. D-iets Global.

"Oké, goed. Het hoofdkwartier van DG is hier morgenochtend, en we moeten hem weer naar beneden krijgen." Nog een knal, gevolgd door een klotsend geluid, bereikte Malcolm's oren.

Hij probeerde te spreken, maar hij was niet zeker of hij zijn stembanden onder controle had. Het maakte ook niet uit, want hij besefte dat hij zijn mond niet eens kon openen.

Een kleine hand trok zijn kin naar beneden, dwong zijn mond open, en hij voelde hoe er - een soort van - een pil in werd gestopt.

"Het maakt niet uit - ik heb al gemeld dat we succes hebben geboekt."

"Ja, ik weet het, ik heb het rapport gelezen," zei de eerste stem - die van een man. "Toch zullen ze hem niet wakker willen zien. Ze hebben hem onder narcose nodig voor de laatste testronde, dus er is geen reden om hem te bewust te laten worden."

Malcolm probeerde dingen bij elkaar te puzzelen. Hij *was* verlamd. Wakker uit een coma, in ieder geval.

"Hoe is hij wakker geworden?" vroeg de tweede stem. Het was een vrouw, waarschijnlijk degene die zijn mond had opengeperst.

"Het is een standaard reactie op de chemische stof; bijna alsof je een immuniteit ontwikkelt. De meeste proefpersonen ontwaken na vier tot zes maanden. Hij haalde het tot vijf en een half."

"Kunnen we de dosering verhogen?"

"Nee, een hogere dosering zal hem waarschijnlijk doden. Hou het aantal milligrammen stabiel; hou het gewoon in de gaten. Elke verhoging van de hartslag of veranderingen in de slaap cyclus, laat iemand komen om het te controleren. "

"Heb het."

Malcolm hoorde hoe ze klaar waren, en toen de kamer verlieten. Hij was overgelaten aan zijn eigen gedachten en het langzame, methodische piepgeluid.

Plotseling voelde hij de prikken van duizenden zenuwuiteinden in zijn nek en hoofd, alsof naalden net onder het oppervlak van zijn huid zich een weg naar buiten probeerden te banen. Het was pijnlijk, maar het betekende iets anders.

Hij kon zijn hoofd bewegen.

Het was hetzelfde gevoel dat hij had als een lichaamsdeel in slaap viel. Hij voelde de lijn van zenuwen op en rond zijn gezicht kruipen. Langzaam, pijnlijk, probeerde hij de buitenste spieren in zijn gezicht te bewegen - wangen, lippen, oren. Hij dacht dat hij de geringste bewegingen kon voelen.

Zijn gezicht bleef "wakker" worden. Hij had liever het traditionele gevoel van wakker zijn gehad, dan het gevoel van miljoenen mieren die over zijn hoofd kropen, maar hij ging niet in discussie. Hij bewoog zijn mond.

Met een ongelofelijke hoeveelheid energie, probeerde hij zijn hoofd op te tillen. *Ja!* Het bewoog. Zijn hoofd kwam omhoog uit het bed, langzaam, zeker...

Het viel. Hij kon het niet langer houden. Zijn hoofd viel achterover op het kussen dat onder hem was gelegd.

Met een diepe, uitademende zucht, herstelde hij zich en probeerde opnieuw. Een beetje verder deze keer.

Hij kon nu zijn lichaam zien. Het was bedekt met een laken, en zijn voeten staken uit de bodem van het laken. Daarachter was de deur van de kamer waar hij zich bevond. Ook die was wit, de gebroken witte kleur, ongetwijfeld gekozen om de prijs en niet om de aantrekkingskracht.

Weer viel zijn hoofd terug op het kussen.

Dit is goed, zei hij tegen zichzelf. *Ik word elke keer sterker.*

Maar toen Malcolm het voor de derde keer probeerde, realiseerde hij zich iets. Ze hadden hem met iets geïnjecteerd. Mogelijk meerdere dingen.

Hij was waarschijnlijk nog maar een paar minuten verwijderd van weer in een coma te raken.

Ik moet hier weg.

Hij bleef nog een paar seconden liggen om energie op te doen, en probeerde toen nogmaals zijn hoofd op te tillen.

Hij wilde schreeuwen. Pijn schoot door zijn hoofd, erger dan elke migraine die hij ooit had meegemaakt. *Niet doen. Stop.* Zong hij tegen zichzelf, keer op keer. *Niet doen. Stop.*

Zijn hoofd was nu volledig rechtop, loodrecht op zijn lichaam en het vlakke bed waarop hij rustte. *Wat nu?* Hij duwde zijn nek opzij en wierp een blik op de wirwar van buisjes die in verschillende delen van zijn lichaam waren ingebracht. Hij had geen idee wat ze deden of voor welke menselijke lichaamsfunctie ze bedoeld waren. Sommige leken leeg - misschien waren dat afvoerbuizen?

Door andere stroomde heldere vloeistof, en door enkele stroomde diep karmozijnrode vloeistof.

Hij had niet veel keus. Hij kon nog steeds alleen zijn hoofd bewegen, en hij had niet de luxe om te wachten tot meer van zijn lichaam wakker zou worden. Hij keek naar beneden en zag rechts van hem een doorzichtig buisje dat in de zachte huid onder zijn bovenarm was gestoken, net onder zijn schouder.

Als ik dat kan bereiken...

Hij stribbelde weer tegen, dwong zijn hoofd naar voren en naar beneden. *Een beetje meer...*

Zijn lippen zaten nu op de buis, maar zijn tanden zouden nooit zo ver komen. Hij had een beetje meer nodig. *Millimeters* meer.

Kom op, Malcolm. Hij dwong zichzelf weer voorwaarts te gaan. De pijn was ondraaglijk, zijn gezicht ongetwijfeld knalrood.

Nog een paar millimeter. Dat moest het zijn.

Niet doen. Stoppen.

Hij ademde de laatste lucht uit die zich in zijn longen bevond, en zijn gezicht schoot net genoeg naar voren. Hij voelde het koude staal van het uiteinde van de infuuslijn tegen zijn mond komen, en hij klemde zich vast. Het maakte hem niet uit wat hij eruit trok, zolang hij maar *iets* losmaakte.

Ja!

Hij beet zo hard als hij kon met zijn tanden terwijl zijn hoofd zich terug naar beneden en op het kussen drukte. Hij voelde een doffe klop in zijn schouder, maar hij bewoog niet. Hij wachtte even, om zijn lichaam te laten hergroeperen. Tenslotte tilde hij zijn tong op en voelde naar zijn prijs.

Het was er, koud staal en doorzichtig plastic buisje. Het stootte tegen zijn mond toen het viel, en hij was extatisch.

Hij had het gedaan.

Vanuit zijn ooghoeken zag hij het plastic buisje van de zijkant van het bed verdwijnen en ergens in de kamer ronddwalen, zonder dat de inhoud nog in Malcolms lichaam terecht kon komen.

Hij glimlachte - of wat hij dacht dat een glimlach was - en sloot zijn ogen weer.

Slechts een kwestie van tijd...

Hij wachtte tot het effect van de drug was uitgewerkt, wachtte tot de prikkende naalden hun bereik hadden uitgebreid en zijn lichaam hadden overspoeld met het prachtige geschenk van beweging. Elk moment nu, en hij zou weer in staat zijn om te bewegen.

Wat was dat?

Hij voelde iets, of liever, begreep iets. Het was niet zozeer een gevoel, als wel een soort *weten*. Zijn lichaam stortte in, viel weer. Hij voelde de lijn van naalden zich terugtrekken, terug naar beneden in het oppervlak van zijn lichaam.

Nee!

Gewoon een beetje meer tijd.

Maar het mocht niet zo zijn. Malcolm's lichaam ging weer slapen. Hij kon niets anders doen dan toekijken, hulpeloos, terwijl zijn ogen de wereld om hem heen buiten sloten. Hij kon zijn ademhaling horen, het stijgen en dalen van zijn borst voelen, maar het was vreemd, alsof het niet zijn eigen lichaam was dat het controleerde.

Om zeker te zijn, probeerde hij zijn hoofd weer op te tillen. *Niets.*

Hij kon niet schreeuwen, kon geen geluid maken. Zijn geest sloot zich af, stuurde hem weer in slaap, en hij kon niet denken...

HOOFDSTUK 21

"AL RESULTATEN?" Dr. Torres begon gefrustreerd te raken terwijl ze wachtte op haar assistent, Charlie, om terug te keren naar haar tafel met de resultaten van de laatste tests die ze het monster hadden laten ondergaan.

"Nog niet," mompelde Charlie onder zijn adem. Ze hadden het monster aan een heleboel tests onderworpen - de standaard tests die het lab nodig had voor de samenstelling, de eigenschappen en de aannemelijke generatie, en nog een paar andere die Dr. Torres uren geleden had besteld. Charlie was op dit moment bezig met de laatste, een test om te bepalen welke effecten externe krachten op het monster zouden kunnen hebben.

Charlie kwam terug naar de tafel met een petrischaaltje met een uitstrijkje van het monster erin. Het verplaatsen van het monster van een observatieplaatje naar het schaaltje maakte het voorschrijven van testen veel eenvoudiger.

"Ik begrijp niet waarom je niet gewoon een e-mail stuurt naar Niveau 4 tot en met 8,' zei Charlie terwijl hij de schaal voor Dr.

Torres op tafel zette. "Wat kan er misgaan door er meer mensen bij te betrekken?"

Dr. Torres reageerde bijna niet, maar toen ze de schaal pakte, draaide ze zich om naar haar assistent. "Kom op, Charlie, je kent de regels. Deze is niet goedgekeurd door het bedrijf, dus dat gaan we echt niet doen."

"Ja, maar moedigen ze ons niet aan om privébaantjes te nemen?"

"Dat doen ze, maar alleen als ze het standpunt van plausibele ontkenning kunnen handhaven voor het werk van hun wetenschappelijke cliënten," antwoordde Dr. Torres.

Charlie fronste zijn wenkbrauwen. "Lijkt me een achterlijke manier van zaken doen, naar mijn mening."

Dr. Torres zuchtte. "Volgens *mij is* het een goede manier om uit de problemen te blijven. Jij en ik weten allebei dat er hier genoeg onbestraft werk is dat op een ramp is uitgelopen. Een van die lekken, en we hebben belastend bewijs in handen. Voor ons allemaal." Dr. Torres gaf Charlie een blik die moest betekenen dat het gesprek voorbij was, maar Charlie ging door.

"Ik snap het. Het bedrijf wil nergens de eer voor opstrijken tenzij het eindigt in dollartekens voor hen."

"Welkom in Amerika, Charlie."

Charlie liet de belediging gaan. Hij was opgegroeid in Idaho, en had in zowat elke kleine stad gewoond waar iemand uit Idaho ooit van gehoord had. Hope, Irwin, Twin Falls, en zijn ouders woonden nu in Mud Lake. Nu hij in Twin Falls werkte, leek het erop dat Charlie de rest van zijn leven binnen de grenzen van zijn thuisstaat zou blijven.

Hij was opgegroeid zoals de meeste normale Amerikaanse jongens. Straathockey in de zomer, vijverhockey in de winter, met andere willekeurige sporten buiten het seizoen. Hij had een gemiddelde lichaamsbouw, niet lang maar ook niet klein, waardoor hij een ideale kandidaat was om een team in te vullen voor zowat elke sport waarvoor hij probeerde uit te komen.

Tot zijn vaders grote ongenoegen was sport echter niet Charlie's sterkste kant. Voor de voetbaltrainingen en na schooltijd tijdens de herfst semesters, bracht Charlie zijn tijd door in de wetenschapsclub van zijn plaatselijke middelbare school. Wat zijn ouders dachten - en hoopten - dat een tijdelijke, vluchtige interesse zou zijn, bleek een carrièrekeuze te zijn voor de jongeman. Hij schreef zich in voor avondlessen aan de plaatselijke universiteit toen hij nog maar een jaar op de middelbare school zat, en overtuigde zijn ouders ervan dat het goed voor zijn toekomst zou zijn. Hoewel het later in zijn leven zeker nuttig was, was Charlie eigenlijk alleen maar geïnteresseerd in het bestuderen van robotica, iets waar zijn plaatselijke middelbare school geen programma voor had.

Na zijn eerste semester aan de universiteit liet hij de robotica studies voor wat ze waren en koos hij voor een studie microbiologie. Nadat hij summa cum laude was afgestudeerd, werd hij al snel gevraagd voor een stage bij een plaatselijk bedrijf voor klinisch onderzoek, vervolgens bij een farmaceutisch bedrijf, en uiteindelijk als assistent van Dr. Torres.

Charlie vond het een leuke baan; Dr. Torres was een goede baas en ze behandelde hem op de juiste manier - hard genoeg om hem uit te dagen te blijven leren, maar vriendelijk genoeg om hem te laten weten dat ze nog steeds om zijn opleiding gaf. Het was dankzij deze relatie en het leiderschap van Dr. Torres dat hij in zijn functie kon slagen en tegelijkertijd in het bedrijf wastervaring kon opdoen. Maar op avonden als deze wenste

Charlie dat hij ergens anders werkte, zo gelijkmoedig en mild als hij was.

Dr. Torres wilde maar niet stoppen. Ze waren nu al meer dan drie uur bezig, zonder einde in zicht. Hij vond het leuk om te ontdekken en te leren, net als elke wetenschapper, maar hij sliep ook graag. Bovendien voelde hij al dat hij weer honger kreeg.

"Hé, baas, het wordt al laat," zei Charlie. Hij haatte het om die kaart te spelen, maar hij was allang over zijn vermogen om effectief te zijn.

"Huh?" zei Dr. Torres zachtjes terwijl ze naar het monster en het bijbehorende rapport staarde. "Oh, juist, ik denk dat het een beetje laat wordt."

Ze keek op haar horloge.

10:57 PM.

Ze duwde haar bril terug op haar neus en zette de stapel papieren voor zich recht terwijl ze opstond van de tafel. "Ga je weg?"

Charlie had lang genoeg met Dr. Torres gewerkt om te weten wat de vraag echt betekende. *Genoeg gehad? Kun je de sleur van* echte *wetenschap niet aan?*

Hij had ook lang genoeg met haar gewerkt om te weten hoe hij met de situatie om moest gaan. "Ja, precies." Hij lachte. "We hebben elke test uit het boekje gedaan en alle rapporten liggen daar voor je. Ik wil best blijven om ze voor te lezen, maar ik ben er vrij zeker van dat je het zelf wel onder controle hebt." Hij grijnsde, een halve grijns van de linkerkant van zijn mond. Het was genoeg om Dr. Torres te vertellen dat hij serieus moe was, maar niet serieus genoeg om haar te vertellen dat het hem niet kon schelen. "Plus, je weet dat ik maar een e-mailtje van je verwijderd ben."

"Je hebt gelijk. Ik denk dat ik vanavond ook maar eens moet gaan slapen. Laat me dit even afmaken, dan ga ik ook weg."

Charlie vertrok, en Dr. Torres was alleen in het uitgestrekte laboratorium. Het was een ultramodern gebouw, waar ze zich voortdurend over verbaasde. Het had alles wat ze nodig kon hebben voor haar onderzoek, maar ook gadgets, gereedschap en instrumenten waarvan ze alleen maar kon raden dat ze door anderen in het gebouw werden gebruikt.

Het bedrijf waar ze voor werkten bestond al meer dan veertig jaar, en uit de verhalen die ze had gehoord, was het vanaf de eerste dag succesvol geweest. Sindsdien had het bedrijf elk boekjaar winst gemaakt, en het verbaasde haar dan ook niet dat het bedrijf kosten noch moeite spaarde voor zijn topwetenschappers.

Dr. Torres zelf was een fantastische wetenschapper, en dat wist ze. Maar hier, tijdens de weinige keren dat ze zij aan zij met andere werknemers kon werken, had ze het gevoel dat ze qua kwalificaties ergens in het midden van het peloton zat. Er werkten hier wetenschappers die ze nog nooit had ontmoet, maar die in elke maand van elk vakblad waarop ze geabonneerd was, waren gepubliceerd. Er waren ook wetenschappers die gesproken hadden op elke conferentie waar ze ooit van gehoord had.

Maar bovenal genoot Dr. Torres van haar positie in het bedrijf. Hoewel ze zeker niet de meest gewaardeerde wetenschapper in het gebouw was, wist ze dat ze zich alleen kon verbeteren door zichzelf uit te dagen. Wereldberoemd of niet, ergens werken waar je slechts een nummer tussen vele andere nummers was, zorgde ervoor dat je naar meer streefde dan je dacht dat je kon. De meeste dagen voelde Dr. Torres zich ook zo. Het was de reden dat ze zo ver was gekomen in haar carrière, en het was de reden dat ze het nog niet rustiger aan ging doen.

Ze pakte een stapel papieren en het petrischaaltje van de tafel en droeg ze door de gang naar haar kantoor. Charlie had een deksel op het petrischaaltje geplakt en het dichtgeplakt, compleet met een etiket waarop stond wat het monster bevatte.

Onbekend s.248 - monster 248.

De virale/bacteriële infectie die ze moest bestuderen.

Terug in haar kantoor plaatste zij het monster aan de muur naast haar persoonlijke microscopieset en nam het rapport mee naar haar bureau. Ze legde het op de stapel papieren die over haar bureau verspreid lagen, voorzichtig zodat er geen op de grond viel. Ze verplaatste een paar piepschuimen bekertjes en plastic meeneembakjes naar de prullenbak naast haar stoel en ging achter haar computer zitten.

Haar e-mail programma stond nog steeds in het midden van het scherm. Ze klikte op de laatste e-mail die ze had ontvangen en antwoordde.

>*Aan: Harvey 'Ben' Bennett <hbennett1419@yahoo.com>*

>*Van: Diana Torres <diana.torres@focalresearch.org>*

>*Subject: Re:*

>*Body: Ik denk dat we een deel van dit hebben uitgezocht. verslag bijgevoegd; p-protected. gebruik mijn bdate met zijn voornaam.*

>*Ik mis je. Is alles goed met je?*

Ze las de e-mail door om er zeker van te zijn dat de bijlage en de informatie die hij nodig zou hebben erin stonden. Ze was nog steeds verrast door de ontvanger, hoewel niet zo overdonderd als ze was geweest toen ze voor het eerst van hem had gehoord.

Het moet meer dan tien jaar geleden zijn, dacht ze. Ze kon zich de laatste keer dat ze elkaar aan de telefoon hadden gesproken niet herinneren. Toch was het verbazingwekkend iets van hem te horen. Dit waren niet bepaald de beste omstandigheden, maar ze wist dat als hij contact met haar opnam, het wel iets belangrijks moest zijn.

Op dat moment hoorde ze voetstappen door de gang komen. Kwam Charlie terug?

Nee, dacht ze, *Charlie droeg de hele dag gympen.* Deze voetstappen werden duidelijk gemaakt door een vrouwenschoen met hak of een geklede mannenschoen. Haar oren spitsten zich terwijl ze luisterde naar het geluid, dat nu luider werd.

Het miste de doelgerichte vlugheid van een vrouw op hoge hakken, en het leek zwaarder. *Wie bezocht haar?*

Ze wist zeker dat niemand anders op haar verdieping op dat moment binnen was. Na drie of vier keer van en naar het laboratorium op de vierde verdieping te zijn gegaan, kon ze met een snelle blik op de gang zien dat er behalve haar eigen licht geen ander licht brandde.

De voetstappen gingen verder in de richting van haar open deur. Ze stond op van de computer, vergat de e-mail even en draaide zich naar de deur.

Net toen ze zich omdraaide, kwam een man de ruimte binnen het deurkozijn binnen.

"Dr. Torres?" Vroeg de man. Zijn stem was schor; niet echt die van een levenslange roker, maar een die vermoeid of vermoeid leek door ouderdom.

Ze knikte.

De man stapte binnen en wierp een lange, trage blik in het rond.

"Kan ik u helpen?" vroeg Dr. Torres.

De wenkbrauwen van de man trokken abrupt op, alsof hij vergeten was dat hij de kamer deelde met een andere bewoner.

"Ah, ja. Dr. Torres, leuk u te ontmoeten." Hij stak zijn rechterhand uit. Ze reikte er aarzelend naar en stond toe dat hij hem vastpakte. Zijn hand nam de hare volledig in beslag, al kneep hij er niet stevig in. "Ik ben hier van het CDC, dat, zoals u weet, momenteel in een crisissituatie verkeert."

"Nou, dat wist ik niet precies," zei Dr. Torres, nog steeds overrompeld. "Bedoelt u de explosie in Yellowstone?" Charlie had haar op de hoogte gebracht van de gebeurtenissen van die dag toen hij uren geleden was aangekomen, maar ze had nog steeds niet gecontroleerd of ze al op de hoogte was.

De man glimlachte. Hij trok zijn hand terug en stopte die in zijn broekzak.

"Ja, in feite is dat precies waarom ik hier ben."

HOOFDSTUK 22

DE MAN GING DOOR MET UITLEGGEN, beide handen nu in zijn zakken. "Wij volgen dit ding ook; proberen het voor te blijven."

"Wel, weet je wat het is?" vroeg Dr. Torres. Ze ging weer op haar bureaustoel zitten en draaide zich naar hem toe.

"We denken dat het een soort bacteriofaag is; T4, Coliphage, zoiets." Hij wees naar een stoel. Ze knikte een keer, en de man haalde hem tevoorschijn en ging zitten. "Maar de resultaten van het lab zijn nog niet binnen. Daarom ben ik hier. Ik wilde weten of u al iets ontdekt had."

Dr. Torres fronste zijn wenkbrauwen. "Hoe wist je dat ik er aan werkte?"

De man glimlachte. "Het pakketje dat werd bezorgd. Een collega van u heeft het ontvangen en naar u opgestuurd, maar was zo voorzichtig om uw onderzoek en testfasen ook te documenteren."

Charlie, dacht ze. Ze fronste haar woede, maar herinnerde zich toen dat haar assistent alleen maar zijn werk had gedaan. Alle laboranten en assistenten van het bedrijf hadden de opdracht gekregen om alle testen bij te houden die ter plaatse werden gedaan op materialen die als "potentiële bedreigingen" konden worden beschouwd. Hoewel ze hun werk stil wilde houden tot ze een eindrapport kon opstellen, had ze er niet aan gedacht Charlie te vragen deze veiligheidsstap te omzeilen.

"Het is oké, Dr. Torres. Dit soort dingen gebeuren de hele tijd. Je wilt geen fouten maken in de onderzoeksfases en mogelijk je carrière beschadigen. Zelfs als je dit voor ons verborgen *had* gehouden, ben ik hier niet om je te berispen."

"Oké," zei Dr. Torres. "Mag ik vragen waarom u hier *bent*?"

"Informatie," zei de man zonder aarzeling. "Zoals ik al zei, we moeten deze voorblijven, vooral als het een soort bacterie is."

"Dat is het niet."

"Neem me niet kwalijk?"

"Het is geen bacteriofaag," zei Dr. Torres. "Eigenlijk, is het precies het tegenovergestelde."

"Wat bedoel je? De symptomen die we bij de patiënten zien suggereren dat het een soort van bacterie-virale combinatie is."

"Nou, daar heb je gelijk in," zei Dr. Torres, terwijl ze zich omdraaide in haar stoel en een bestand op haar computer opende. "Het is bacterieel *en* viraal, maar niet in de zin van een bacteriofaag. In plaats van een virus dat een bacterie aanvalt en doorboort, hebben we precies het tegenovergestelde herkend. Een bacteriële infectie binnen een groter virus."

De man stond op en begon door het kantoor te ijsberen. Dr. Torres koos ervoor om door te gaan.

"Het is een standaardvorm van een spirillum bacterie, alleen in het omhulsel van een ander lichaam gepropt. Ik heb nog nooit zoiets gezien, echt waar. Het is nogal verbazingwekkend.

De man draaide op zijn hiel. "En wie heeft er nog meer met jou aan dit project gewerkt?" vroeg hij.

"J - gewoon mijn assistent, Charlie Furmann."

"Ik begrijp het. En heb je het monster hier bij je?"

Dr. Torres friemelde aan haar stoel en voelde zich plotseling ongemakkelijk. Haar blik ging naar het reageerbuisje op tafel, en toen weer snel terug naar de man. "Het spijt me - mag ik nog eens vragen waarom u hier bent?"

De man was al begonnen zich naar de tafel te bewegen. Hij reikte naar beneden en pakte het kleine glazen flesje net toen Dr. Torres opstond van de stoel.

"De man hield met zijn rechterhand de buis weg van Dr. Torres en hief zijn linkerarm op. Hij sloeg met de rug van zijn hand naar het gezicht van Dr. Torres en raakte haar net onder haar linkeroog.

Dr. Torres strompelde achteruit, verbijsterd. Tranen begonnen zich in haar ogen te vormen terwijl ze naar adem hapte. De man liep door, reikte nu in zijn broekzakken en haalde er een paar latex handschoenen uit. In één vloeiende beweging stak de man zijn handen in de handschoenen en liep naar het kleine aanrecht.

"Wat ben je aan het doen?" vroeg Dr. Torres terwijl ze haar evenwicht hervond. "Wacht!"

De man gooide de flacon met het monster in de gootsteen. Het versplinterde met een luide klap, glas in de lucht werpend. De man liep al in de richting van de open deur. Hij greep naar de klink en stapte naar buiten, de gang in.

Dr. Torres zag de hand van de man in zijn jaszak reiken en er een ander flesje uithalen, dit bevatte een heldere vloeistof. Hij hield het buisje voor haar neus.

"Dr. Torres. Het spijt me dat het zover heeft moeten komen. Maar wees gerust, uw onderzoek en tijd zullen niet verloren gaan." Hij gooide het monster naar beneden. De harde vloer vernielde het glazen flesje, en de heldere vloeistof stuiterde omhoog, op Dr. Torres' voeten. Voordat ze kon reageren, sloeg de man de deur dicht en hoorde Dr. Torres het klikkende geluid van zijn schoenen die zich door de lege hal terugtrokken.

Ze rende naar de deur en probeerde hem open te krijgen, al klungelend en glibberend over de nu natte vloer. Uiteindelijk begaf de klink het, en ze viel bijna in de gang. Ze ademde zwaar, maar liep toch door de gang, het geluid van de schoenen van de man volgend. Net toen ze de lift bereikte, tikte hij.

De deuren schoven open, en een geschokte Charlie Furmann staarde naar zijn verfomfaaide baas. "Dr. Torres - ben je in orde?"

Haar ogen waren wijd en wild, en ze wist dat ze er krankzinnig uit moest zien, maar ze hield zich in. Ze liep weg van de lift, en maakte ruimte tussen haar en Charlie.

"Ik... ik..." stamelde ze. "Ja, ik ben... ik ben in orde. Ga naar huis, en ik bel je morgen," zei ze. Ze draaide zich weg van Charlie en de open deuren van de lift en sjokte naar de trap aan het eind van de gang.

HOOFDSTUK 23

NA HET VERLATEN VAN HET PAKHUIS WAAR JULIE'S
KANTOOR WAS GEVESTIGD, reed het tweetal naar de andere
kant van de stad. Net toen ze de stadsgrenzen passeerden en de
agglomeratie verlieten, veranderden de hoogbouwflats en kantoor-
gebouwen met meerdere verdiepingen langzaam in grotere, vlak-
kere gebouwen en individuele huizen in voorstedelijke straten.

"Ik ben hierheen verhuisd nadat ik tien jaar in de grote stad
had gewoond," zei Julie.

"Grote stad?"

"San Francisco. Ik zat overal middenin," antwoordde Julie. "In
het begin was het geweldig, maar na een tijdje begint het te
vervelen.

"Ja, dat geloof ik graag," zei Ben.

Julie lachte. "Nou, zeker, ik denk dat *elke* stad groot is voor
iemand als jij."

Ben dacht even na over de verklaring - eigenlijk een vraag -
voor hij antwoordde. "Ik heb niet altijd in niemandsland

gewoond," zei hij. Voordat Julie er iets aan kon doen, voegde hij eraan toe: "Maar ik denk dat ik dat wel altijd gewild heb."

De vrachtwagen reed verder en passeerde alweer een wijk vol met huizen van één of twee verdiepingen, bruin, bruin of beige geschilderd. Witte piket hekken scheidden hen van elkaar, en perfect onderhouden gazons duidden erop dat een strikte HOA de buurt bestuurde.

"Dus het park is een geweldige baan voor jou," zei Julie.

Ben knikte en keek uit het raam. Voor het eerst tijdens hun reis was hij slechts een passagier in het voertuig. Julie had aangeboden om van het kantoor naar haar appartement te rijden.

"Het is," zei Ben. "Ik denk, ik bedoel het was."

"Het komt wel goed," zei Julie, meer dan wie dan ook zichzelf proberen te overtuigen. "We komen er wel uit."

Nadat ze de wijk waren gepasseerd die zich rechts en links van hen over de weg uitstrekte, sloeg Julie een kleinere landweg in, en Ben zag de huizen en witte hekken in de verte opdoemen. Velden en boerderijen vervingen nu de buurten aan weerszijden van de weg.

"Ik dacht dat je in een appartement woonde," zei Ben terwijl hij naar een groep koeien keek.

"Ja," antwoordde ze, "maar het is gewoon de bovenkamer van een verbouwde schuur. Ik huur van de familie die de eigenaar is."

Terwijl ze de woorden uitsprak, draaide ze zich om en begon op een grindweg te rijden. Een groepje hoge dennen omringde een huis en een paar gebouwen, waaronder een grote schuur. Het was versleten, alsof de schuur al vele jaren niet meer was onderhouden.

"Aan de buitenkant ziet het er slechter uit," legde Julie uit. "Ze zijn in de jaren '70 gestopt met het gebruik als schuur, maar hebben hem in 2003 weer verbouwd. Hij is van binnen helemaal gerenoveerd en heeft alles wat ik nodig heb." Ze reed de lange oprijlaan op die naar de boerderij en de schuur leidde, en de vrachtwagen scheurde over kuilen en stenen die over de eenbaansweg lagen. "Het is rustig en helpt me ontspannen."

De telefoon in Ben's zak zoemde. Hij greep ernaar en staarde naar het nummer. Hij herkende het en nam op. "Hey - hoe gaat het?"

Een paar tellen later, "Wat? Ben je in orde? Hoe lang geleden?" Hij pauzeerde weer. "Waar ben je nu?"

Julie keek naar haar passagier toen de truck op een oprit met grind voor de schuur gleed. Ze zette de motor af, maar wachtte binnen tot Ben klaar was met zijn gesprek.

"Doe niet zo belachelijk. Ik kom eraan. Ik vertrek nu." Hij hing de telefoon op en stak hem terug in zijn zak.

"Waar gaan we nu heen?" vroeg Julie.

"Dat ben je niet. Je hebt hier werk te doen. Ik moet wel naar Twin Falls."

"Dat doe ik zeker niet. We zitten hier samen in, weet je nog?"

Hij herinnerde zich eigenlijk niet wanneer ze hadden besloten dat ze dit samen zouden doen, maar hij liet het gaan. "Luister, dat was Diana Torres, de persoon naar wie ik dat monster stuurde. Er moet iets mis zijn gegaan."

Julie bleef stil. "Ze is geïnfecteerd, en ik moet bij haar zien te komen..." zijn stem stokte.

Julie drong zich niet op door meer vragen te stellen. "Ben, het spijt me. Ik ga met je mee. Laat me wat spullen van het huis halen, en dan gaan we naar het vliegveld."

"Nee, ik vlieg niet. Het is toch minder dan een dag rijden van hier. Trouwens, het klinkt niet alsof ik er veel aan kan doen."

Julie wilde in dat geval vragen waarom het uitmaakte dat ze haar gingen bezoeken. Opnieuw was ze stil.

"Dat is prima, je kunt komen. Haast je daarbinnen - we moeten op weg."

HOOFDSTUK 24

Zes maanden geleden

Dr. Malcolm Fischer hijgde weer.

Ik leef nog.

Zijn ogen waren open, knipperend, alsof hij een sluier voor zich uit probeerde te krijgen. De kamer was hetzelfde, maar nu was het donker. Donkerder, in ieder geval. De lichten waren uit, maar er moest licht door het rechthoekige raam van de deur naar binnen zijn gesijpeld.

Hij tilde zijn hoofd op om te controleren. *Ja, dat is waar het vandaan komt.*

En toen..: *Ik tilde gewoon mijn hoofd op.*

Malcolm vroeg zich af of hij droomde. *Hoe controleren we dat?* Toen herinnerde hij het zich. Hij hief zijn rechterhand op en kneep in zijn linker.

Hij kon het voelen.

Er waren geen pinnen en naalden deze keer, geen sonderen achter zijn huid. Hij was wakker, en volledig. Hij knipperde nog een paar keer en probeerde recht te zitten.

Hij slaakte een kreun toen zijn rechterarm van het bed werd geduwd. Hij keek omlaag naar de plek van de pijn - zijn schouder. Er zat een grote paarsachtige striem op de plek waar hij de naald met zijn tanden had losgetrokken, en hij kon zien dat hij het niet goed had gedaan: de kleine metalen naald lag nog steeds op zijn huid, het uiteinde stak lichtjes in zijn arm.

Hij reikte met zijn linkerhand en schoof het voorzichtig naar achteren. Het kwam er gemakkelijk uit, en een klein vlekje bloed volgde vlak achter hem.

Hij zwaaide zijn benen van de tafel, wachtend op het geringste geluid.

Geen gepiep. Geen enkel instrument in de ziekenhuiskamer leek te proberen hun meesters te waarschuwen dat hun onderwerp was ontwaakt.

Hij zette zijn voeten op de grond en probeerde op te staan. Malcolm's lichaam zakte onmiddellijk in elkaar, en hij bleef even op de grond liggen voordat hij weer probeerde op te staan.

Hoe lang ben ik hier al? Hij probeerde het zich te herinneren. De laatste keer dat hij wakker was geworden, had hij zes maanden geslapen. *Niet genoeg tijd om volledig geatrofieerd te zijn.*

Hij dwong zichzelf weer te gaan staan. Wankel, maar hij was in evenwicht. Toen richtte hij zich op de buisjes in zijn lichaam. Hij zag een lezer op zijn vinger - was dit niet degene die zijn hartslag bijhield?

Als hij alles weghaalde, wist hij dat de machine weer zou gaan piepen, het alarm zou afgeven dat zijn hart gestopt was.

Wat moet ik doen?

Hij kon ook niet beginnen met de machines uit te schakelen. Ze zouden natuurlijk de gegevens van de machines volgen, en als de machines plotseling één voor één uit zouden gaan, zouden ze hier binnen een paar seconden zijn.

Hij keek om zich heen. Niets om als wapen te gebruiken, echt, tenzij hij James Bond was.

En hij was niet James Bond.

Trouwens, wat kon hij doen? Er waren minstens drie dokters in de buurt, en mogelijk de beesten die hem binnen brachten. Drie of meer tegen één klonk niet als goede kansen.

Hij had wel het verrassingselement. Tenzij er een stil alarm afging van een van de machines, hadden ze - wie ze ook waren - geen idee dat hij wakker was.

Wat hadden ze gezegd? "De chemische stof maakt de patiënt meestal comateus voor ongeveer vier tot zes maanden" of zoiets?

Hij dacht er even over na. Ze hadden ook gezegd dat het hoofdkwartier morgenvroeg zou komen. Als ze *waren* gekomen, zouden ze zeker de enorme striem op zijn arm hebben opgemerkt, en de misplaatste naald die er goed uit had moeten steken.

Dat betekende dat hij maar een paar uur had geslapen.

Hij had het gedaan.

Malcolm maakte een kleine vuistbeweging, meer om de beweging van zijn rechterarm te testen dan wat anders. Hij was wakker, maar hij moest daar weg, en snel.

Tenminste voor morgenochtend. Hopelijk al *lang weg* tegen morgenochtend.

Maar nogmaals: wat kon hij doen?

Hij keek nog eens rond in de kamer. De vele computers en instrumenten die op hem waren aangesloten, zouden niet *allemaal* iemand alarmeren als hij ermee ging rommelen. Naar degene die dat wel zouden doen, kon hij alleen maar raden. Toen zag hij een van de computers die op een van zijn vingers was aangesloten. Het stond op een rollend karretje, en hij kon niet zien dat het ergens op aangesloten was.

Hij strompelde erheen en gebruikte de bedrand als steun. Het was inderdaad een stand-alone machine. Werkt op batterijen.

Hij keek naar het scherm. Het *leek* op een hartslagmeter, van wat hij kon zien. Er flitsten getallen op elke centimeter van het scherm, maar het grootste deel ervan was een doorlopende grafiek, met pieken die elke seconde aan de rechterkant verschenen.

Nou, wat heb ik te verliezen?

Hij begon de rest van de trackers en monitorbuizen van zijn lichaam te halen. *Walgelijk.*

Daarna kwamen de naalden die door zijn borst, armen en benen staken. En tenslotte, de clip-achtige dingen die met zijn vingers verbonden waren.

Alles behalve de hartslagmeter.

Hij hoopte dat dat het enige was dat zijn ontvoerders zou alarmeren. Waarom zou het dat niet zijn? Ze verwachtten tenslotte dat hij volledig comateus was, geen waakzame, mobiele gevangene.

Hij controleerde de wielen van het karretje en begon het naar de deur te duwen. Malcolm controleerde de hendel, vond hem niet op slot, en duwde de deur open. Hij hinkelde achter het karretje, voorzichtig zodat de buis niet op de grond viel en hij erover kon struikelen.

Het *leek* op een ziekenhuisvleugel, maar dan eentje waar niemand anders in zat. Het was eigenlijk een beetje griezelig, besefte hij. Er was geen mens te bekennen, en de enige lichten die aan waren, waren de noodlichten die op en neer door de gang liepen tussen de felle tl-lampen.

Hij reed met de kar naar het eind van de gang. In tegenstelling tot wat hij van een "echt" ziekenhuis had verwacht, was er hier geen T-splitsing. De gang eindigde in wat voor hem een kast van de conciërge leek. Hij controleerde de deur. Op slot.

Hij had een plan nodig, en snel. Hij kon de hartmonitorcomputer niet over de trap naar buiten rijden, maar hij had geen idee hoe hij die kon uitschakelen zonder ergens alarm te slaan. Als hij hem uitzette, was hij er bijna zeker van dat er ergens in het gebouw een alarm zou afgaan - ongetwijfeld daar waar de nachtploeg nog aan het werk was - en dan zou zijn trucje voorbij zijn.

Tenzij...

Hij dacht even na. *Het zou kunnen werken...*

Maar waar?

Hij hinkelde verder, sneller nu, draaide de kar om en wees hem terug naar waar hij gekomen was. Hij liep langs zijn oude kamer, zag de deur open staan en trok hem dicht. *Je kunt niet voorzichtig genoeg zijn.*

Hij liep verder naar het midden van de gang en vond zijn T-splitsing. Hij was in de top van de "T", en dit stuk gang voor hem was kort - waarschijnlijk gewoon een brug of overdekte loopbrug naar een ander deel van het ziekenhuis. Hij ging naar binnen en zag dat de vloer in een lichte boog omhoog liep.

Hij liep iets omhoog tot in het midden van de brug en stopte toen voor een deur. *Elektrisch 2-A.*

Hij was op de tweede verdieping, en dit was de elektriciteitskast van gebouw A, waar hij net vandaan kwam of waar hij nu naar binnen zou gaan. Hij hoopte dat hij de juiste keuze had gemaakt toen hij de deur probeerde. Deze was niet op slot, en hij duwde de kar naar binnen.

Een lichtschakelaar aan de muur naast de deur deed een enkele gloeilamp aan, genoeg om de ruimte te verlichten in een schemerig geel bad van licht. Hij keek om zich heen en vond in eerste instantie niets anders dan een paar dweilen, wat bezems en stofblikken, en een plank met schoonmaakspullen.

Het lijkt erop dat hun conciërges deze kast ook hebben gevorderd.

Aan de rechtermuur vond hij echter wat hij zocht. Een elektrisch paneel, het soort dat de zekeringen en stroomonderbrekers bevatte, staarde naar hem terug. Het was met gemak even groot als hij.

Oké, dacht hij. *Laten we aan het werk gaan.* Wat hij ook probeerde, hij kon niet voorkomen dat de monitor signaleerde dat hij ermee knoeide. Maar hij kon wel proberen het systeem aan de *andere kant uit te schakelen,* zodat het het signaal niet zou ontvangen.

Hij opende het paneel en keek erin. Standaard dingen - elke stroomonderbreker was gelabeld met een cryptische tekst die alleen duidelijk was voor de elektricien die ze geïnstalleerd had.

67A.

46-49B + J34.

Het was maar goed dat hij er niets van hoefde te begrijpen. Was er ergens een meester?

Daar. Helemaal bovenaan het paneel, op ooghoogte, zat een grote stroomonderbreker die bijna over de hele breedte van het paneel reikte. Hij greep ernaar en trok er zo hard als hij kon aan. Hij voelde een knal toen de hendel van de zekering de andere kant van het paneel raakte, en hij meende een nog diepere *knal te* horen van ergens buiten de kamer.

Het licht in de kast bleef branden.

Hij keek nerveus om zich heen. Wat als het niet werkte?

Hij nam een besluit. Hij reikte naar boven en begon zo snel als hij kon, een voor een, de afzonderlijke stroomonderbrekers uit te schakelen. Als de meester niets had uitgezet, zou dit het zeker doen.

Hij bereikte de onderkant van de linkerkant en begon aan de rechterkant, deze keer van onder naar boven werkend. Hij ging steeds sneller en gebruikte nu de palm van zijn rechterhand om alle secties in één keer weg te vegen. Ergens in het midden sloeg hij op de stroomonderbreker van de kast waarin hij zich bevond, en de duisternis viel om hem heen. Hij wachtte tot zijn ogen zich hadden aangepast, maar dat deden ze niet. Het was *donker*. Zelfs het groenige schijnsel van de hartslagmeter was nutteloos.

Malcolm stak zijn hand weer uit en voelde aan de rest van de schakelaars, waarbij hij zijn linkerhand als gids gebruikte tot hij de rest van de schakelaars had uitgezet. Tevreden keek hij neer op de monitor die geduldig naast hem wachtte, als een huisdier. Hij rukte de klem van zijn vinger, en onmiddellijk weerklonk er een piepend geluid uit de machine. Hij draaide het karretje rond, op zoek naar een aan/uit-schakelaar.

Daar, aan de bovenkant van het achterpaneel, vond hij het. Een standaard I/O computerknop. Hij drukte erop en haalde diep adem toen de machine stierf. Voor de zekerheid probeerde hij hem te verbergen achter de dweilen en emmers die in een hoek stonden. Het was niet spionage-waardig, maar het zou in ieder geval niet direct opvallen.

Nu moest hij het gebouw uit. Hij nam aan dat er snel artsen en ander nachtpersoneel zouden komen om hem te controleren tot de noodgeneratoren aangingen. Hij schatte dat hij minder dan een minuut had om buiten te komen.

Stemmen riepen in de gang.

"Ja, ik zal het controleren. Waarschijnlijk een stroomstoring of zoiets."

"Oké, geef maar een gil als je iets nodig hebt."

Malcolm wachtte tot voetstappen langs de gesloten kastdeur renden. Net toen ze zich terugtrokken over de brugachtige loopbrug, opende hij de deur en keek naar buiten. Een kalende man rende naar de andere kant, de gang in waar hij de afgelopen zes maanden had geslapen. De man was nog maar enkele seconden verwijderd van het besef dat zijn patiënt er niet meer was.

Malcolm stapte de gang op en begon te rennen, stopte toen en stapte de kast weer in om een dweil te pakken. Hij rende weer de deur uit en probeerde de mopkop los te maken van de steel. Toen hij de ingang van het andere gebouw bereikte, viel de dweilkop eraf.

Hij rende door de open deuren en pauzeerde alleen om zich te oriënteren. De elektriciteit was hier ook uitgevallen - een goed teken, tenminste tot de generatoren aangingen.

"Iets?" hoorde hij een andere man vragen. Het geluid kwam van iets verderop, om de hoek.

Malcolm hoorde het klikkende geluid van een walkie-talkie, toen de beruchte slechte geluidskwaliteit van een andere stem aan de andere kant.

"Niets. Lichten hier beneden ook uit." Een pauze, dan zwaar ademhalen. "Inchecken op 0-10-7... wat de..." De stem bleef ademen, toen schreeuwde hij. "Hij is er niet. 0-10-7-5-4 is weg. Ik herhaal...

Malcolm had genoeg gehoord. Hij had geen idee of er één man om de hoek stond of twintig, maar hij waagde het erop. Hij wierp zich om het einde van de gang, opgelucht dat hij de last van het karretje met de hartslagmeter niet meer had.

Een eenzame jongeman van in de dertig zat met zijn rug naar Malcolm toe achter een rond bureau in het midden van een open atrium. Deze man was geen dokter, besefte Malcolm. Hij droeg een marineblauw pak en een zwarte riem.

Een agent huren.

Malcolm bleef rennen. Het atrium om hem heen was prachtig, zelfs zonder veel licht. Een paar honderd meter boven hem dreef maanlicht door dakramen in het plafond van het gebouw naar beneden, waardoor grote planten, met marmer bedekte vloeren en bureaus in scherp licht werden verlicht. Het leek wel een modernistische interpretatie van film noir - schaduwen die overal doorheen sneden terwijl ze neerdaalden in de verder ongerepte lobby.

Malcolm liep langs een glazen lift en ving een glimp op van een bordje dat aan de zijkant van de liftschacht was geplakt.

Verdieping 2.

En daaronder: *Drache Global.*

Drache Global - er klikte iets in Malcolm's hoofd. *Dat was het label op de tas.*

Malcolm was er nu zeker van dat de man hem kon horen aankomen, maar hij draaide zich niet om. In plaats daarvan drukte de huur-agent op de knop van de walkie-talkie en vroeg opnieuw: "Hé, hoor je me? What's up?"

De dokter probeerde te antwoorden, maar de verbinding viel weg of de dokter was onbekwaam in het gebruik van walkie-talkies. De stem flikkerde. "Patiënt... assistentie nodig..." De agent probeerde opnieuw te antwoorden, en realiseerde zich eindelijk dat er luide voetstappen achter hem waren.

Het maakte niet uit. Malcolm was nu binnen het bereik van de agent, en hij bracht de mop steel omhoog en boven zijn hoofd. Hij voelde het branden in zijn rechterschouder toen zijn spieren hun ongemak uitten, maar hij negeerde het.

Malcolm voelde een woede in zich opkomen. *Zes maanden. Mijn team, mijn studenten.* Hun gezichten flitsten door zijn hoofd toen de mop steel op het hoofd van de agent neerkwam net toen hij zich omdraaide.

Het handvat raakte de slaap van de man, en een blik van schok verscheen op de gezichten van beide mannen. De daad van geweld was niets voor Malcolm, maar hij zette door. De mop steel brak in tweeën, maar het kwaad was geschied.

Het hoofd van de agent knalde opzij, en hij viel van de kruk waarop hij zat. Hij gorgelde even van de pijn, maar zweeg toen hij op de marmeren vloer viel. Malcolm liet zijn helft van de mop steel vallen.

Zonder te controleren of de man nog leefde, draaide Malcolm zich naar de lift. *Er moet een...*

Daar. De trap. Aan de linkerkant van de liftschacht zag hij een kleine open ingang.

Hij ging twee trappen tegelijk af, zijn lichaam zowel opgewonden over de beweging die het nu mocht maken als worstelend om die te geven. Hij bereikte de bodem en bevond zich in een soortgelijke lobby.

Verdieping 1.

Drache Global.

Er was niemand bij de balie, maar hij nam geen risico. Hij vond een deur links van de trap met het opschrift *L1 - Garage*, en duwde die open.

Een scherpe windvlaag trof hem in het gezicht. *Zes maanden geleden dat ik frisse lucht heb gevoeld,* besefte hij. Hij had bijna al die tijd geslapen, maar zijn lichaam wist het. Hij haalde diep adem en rende naar buiten.

De parkeergarage liep schuin omhoog, en hij voelde nu de spanning op zijn spieren toen hij de vrijheid bereikte. Voor zich zag hij auto's voorbij scheuren. Het gebouw moet aan een drukke weg liggen.

Hij rende, durfde niet achterom te kijken. Dichterbij.

De rand van de straat was verleidelijk dichtbij.

Dichterbij.

"Hey!"

Hij hoorde de stem van de dokter van achteren schreeuwen. "Stop!"

Dichterbij.

Hij bereikte de uitgang van de parkeergarage, dankbaar dat de poort een onbemande, automatische machine was. Hij ontweek het en rende verder, zijn benen dwingend sneller te gaan.

Dichterbij.

Hij had het gehaald. Hij bereikte de straat, zonder te stoppen voor het verkeer. Auto's toeterden en zwenkten terwijl ze voorbij zoefden, maar Malcolm merkte het niet op.

Hij bereikte de andere kant, en bleef rennen. Een andere drukke straat in.

Aan zijn linkerkant raasden auto's voorbij. Hij stak een hand op, zwaaiend - smekend.

Eindelijk stopte er een auto. Malcolm vertraagde tot stilstand toen het raampje van de auto naar beneden rolde.

"Een lift nodig?"

De stem van binnenuit was die van een vrouw van middelbare leeftijd, schor van het roken. Haar haar zat door de war, maar ze had een brede grijns en deed de passagiersdeur van het slot.

"P - alsjeblieft." Hij wist niet wat hij anders moest zeggen. "Ik... ik weet niet waar ik heen moet."

De vrouw glimlachte groter. "Dat denk ik ook. Ik zou zeggen dat we je eerst wat kleren moeten geven."

Vernedering gierde door Malcolm heen toen hij op zijn lichaam neerkeek.

Hij was volledig, volkomen naakt.

HOOFDSTUK 25

VOOR WAT WEL DE HONDERDSTE KEER IN TWEE DAGEN LEEK, bestuurde Ben de truck terwijl Julie op de passagiersstoel sliep. Toen hij de oprit opreed die hij al jaren zo goed kende, werd hij overvallen door een golf van emoties. Hij parkeerde de truck vlak voor de gesloten garagedeur en stapte uit.

Julie stond op, geeuwde terwijl ze de passagiersdeur opende en zich uitstrekte op het gazon, zij en de truck werpen lange schaduwen op het huis.

"Is dit haar huis?" vroeg ze.

Ben was al op weg naar de voordeur.

"Dus hoe ken je haar eigenlijk?"

Het was de tweede keer dat ze de vraag stelde in de tijd dat ze samen waren, en de tweede keer dat hij hem ontweek. "Ze woont hier al bijna veertig jaar. Naar hier verhuisd vanuit St. Louis."

Hij klopte, maar wachtte niet op een antwoord. De deur was niet op slot, dus stapte hij het huis binnen. Julie volgde hem. Het huis was schemerig, met lage plafonds en een textuur uit de jaren 1970.

"Hallo?" riep hij.

De gedempte stem van een vrouw kwam van ergens achter in het huis, dus liep het tweetal door de smalle gang tot ze bij een gesloten slaapkamer kwamen. Ben haalde diep adem, pauzeerde voor hij opnieuw klopte.

Toen hij dat deed, hoorden ze een hese stem hen binnen vragen. Ben opende de deur.

"Maar blijf weg van het bed," zei de vrouw. "De besmetting is zeer krachtig. Een soort van virus-bacterie combinatie, niet zoals een bacteriofaag."

Ben haastte zich naar voren en knielde op de rand van het bed. Hij greep de hand van de vrouw en hield die in de zijne.

"Je hebt nooit goed geluisterd, Harvey." Ze knikte met haar hoofd, maar glimlachte tegelijkertijd. "Hoe gaat het met je?"

Ben slikte, probeerde zijn stem te vinden. "Ik - Ik ben in orde. Mam, dit is Julie. Ze werkt voor de CDC."

Julie's ogen werden groot toen het besef haar overviel. Ook zij naderde het bed.

"Blijf dicht bij de deur," zei Ben. "We kunnen niet toestaan dat je besmet raakt met dit spul."

"Ms. Torres? Hi. Leuk u te ontmoeten." Julie zwaaide onhandig vanuit de hoek van de slaapkamer. Ze staarde naar de grote man naast het bed, die alles deed wat hij kon om niet in tranen uit te barsten.

"Mam, wat is er gebeurd? Was het het monster? Een ongeluk?" En dan, alsof hij nu besefte dat hij in zijn ouderlijk huis was, "Waarom ben je niet in een ziekenhuis?"

"Rustig aan, Harvey. Nee, niets van dat alles. En jullie weten allebei dat een ziekenhuis hier niets aan kan doen. Het was niet jouw monster." Ze haalde twee keer scherp en wankelend adem.

"Ik bedoel, het was dezelfde soort, geloof ik, maar niet het monster dat jij stuurde." Opnieuw, een zucht. "Er was een man. Hij zei dat hij van de CDC was." Ze keek met pijnlijke ogen naar Julie. "Wat, zoals ik nu weet, een leugen was."

Ben stond op en liet de hand van zijn moeder vallen. "Wat bedoel je? Dit was geen ongeluk."

Tranen begonnen zich te vormen rond de ogen van de vrouw. Ze perste haar lippen op elkaar en schudde langzaam haar hoofd.

Ben voelde zijn wangen blozen. Zijn ogen vernauwden zich. "Mam. Wie was het?" De woorden waren afgekapt, op het randje.

Ze schudde opnieuw haar hoofd. "Ik weet het niet. Ik herkende hem niet. Hij liep mijn kantoor binnen en gooide je monster in de gootsteen, toen... toen..." Haar oogleden fladderden. Ze haalde weer scherp adem en probeerde verder te gaan. Ben merkte plotseling hoe rood haar gezicht was. Hij onderzocht haar nek en armen en ontdekte dat ze bedekt waren met dezelfde glimmende, borrelende uitslag die hij in Yellowstone had gezien.

"Hij gooide iets voor mijn voeten. Nog een reageerbuis, vol met een vloeistof. Na wat je me had verteld over het monster dat je stuurde, nam ik aan dat dit hetzelfde was, maar een veel dodelijker dosis." Ze haalde weer adem. "Luister, Harvey, ik heb niet veel tijd."

"Stop."

"Nee, luister. Je weet dit nu wel, maar luister toch. Er is meer aan de hand dan alleen een vreemd virus daar. De explosie, de man die zegt van de CDC te zijn, en de vreemde eigenschappen van het monster."

"Mam, we gaan naar..."

"Harvey, hou op." De woorden waren intenser dan ze waren

geweest, en Ben viel weer stil. "Dat kan me allemaal niets schelen. Ik kan het niet. Ik heb nog uren te leven. Luister naar me, oké?

Hij knikte.

"Harvey, ik hou van je. Het is meer dan tien jaar geleden dat ik nog iets van je gehoord heb, en je moet weten dat ik van je hou."

Een enkele traan viel over zijn rechterwang. Hij kon het niet verdragen dat Julie hem zag huilen, dus hield hij zijn ogen op het bed gericht en veegde de traan niet weg.

"Ik hou van je, en ik ben nooit gestopt met van je te houden. Na je - je vader..."

"Stop ermee, mam." Hij voelde zijn stem trillen. Was het merkbaar? Hij fluisterde. "Ik hou ook van jou, oké? Echt waar. Het spijt me."

De ogen van zijn moeder waren nu gesloten, en ze probeerde rustig te ademen.

"Het spijt me voor alles."

Hij stond op van het bed en verliet de kamer.

Julie haalde hem in de gang in en volgde hem naar de eetkamer, waar hij in elkaar zakte op een oude leren bank.

"Hé, ben je in orde?" vroeg ze. "Ik - ik ben zo... ik kan niet geloven..." stamelde ze, niet de juiste woorden vindend.

"Dat hoef je niet te doen," zei Ben. "Het gaat goed."

Hij staarde wezenloos naar de flatscreentelevisie die op een standaard in de hoek van de kamer stond. "Ik blijf hier vandaag, en misschien -"

"Ben," zei Julie. Ze wachtte tot hij haar aankeek. "Ben, ik weet hoe dit voelt, oké? Maar hoe langer we hier blijven..."

"Ik blijf hier."

"Ben, als we hier blijven, gaan we dood."

"Ik blijf hier," zei hij weer.

"Ben! Luister naar me. Je *weet* wat er gaat gebeuren. Als je nog niet geïnfecteerd bent, zul je het worden. En dan zal ik het zijn. Het is slechts een kwestie van uren, Ben. Je *hebt geen* uren om te wachten."

Ben wist dat ze gelijk had, maar hij kwam niet van de bank af.

Julie kwam uiteindelijk rond de bank en ging naast hem zitten. "Heb je iets nodig?" vroeg ze.

Hij schudde zijn hoofd.

Julie zuchtte en trok zich terug in de diepte van de bank. "Ben, laten we tenminste ergens heen gaan waar we kunnen praten, oké? Ergens waar we dit samen kunnen oplossen?"

Deze keer knikte hij. Ze reikte naar hem toe en legde haar hand op de zijne.

HOOFDSTUK 26

"NOG IETS?" De vrouw staarde naar het stel in het hokje voor haar.

Juliette Richardson schudde haar hoofd. "Het is goed, bedankt." De vrouw was weg voor ze haar zin kon afmaken.

"Ik dacht dat diners een goede service moesten hebben," zei Julie tegen Ben over twee borden wafels en koppen koffie.

Hij haalde z'n schouders op en nam een grote hap van z'n wafel met stroop.

Het restaurant lag net buiten de stad, aan de snelweg die ze naar Twin Falls hadden genomen. Het heette The Family Diner, en Ben en Julie - de enige twee gasten - wisten nog niet zeker of de woordspeling serieus bedoeld was of niet. Tot nu toe namen ze aan dat het satire was. Er was geen "familie" te bekennen - of zelfs maar een ander persoon, behalve hun serveerster.

"Het eten is tenminste goed," zei Julie, terwijl ze bijna een halve wafel in haar mond propte. Ze slurpte koffie om het weg te spoelen en merkte toen pas dat Ben naar haar staarde. "Wat?"

Hij grijnsde. "Hoe moeilijk dit ook is..." hij stopte.

"Ja?"

"Nee, alleen... hoe moeilijk dit ook is... ik ben blij dat je hier bent."

Julie slikte. "Ik ook. Ik bedoel, ik kan me niet voorstellen... Het spijt me, Ben." Ze nam nog een hap wafel, en voegde er deze keer een vorkje worst aan toe. "Trouwens, hoe zit dat met 'Harvey'?"

"Dat is mijn naam," zei Ben.

"Nou, ja, dat heb ik opgepikt," zei ze. "Maar zo doe je niet meer. Waarom niet?"

Hij haalde zijn schouders weer op. "Ik weet het niet. Ik heb hem laten vallen na de middelbare school. Leek me een beetje een nerdy naam, denk ik. Ben is makkelijker."

Julie overwoog dit. "Ik vind Harvey leuk."

Ben staarde haar wezenloos aan.

"Ik vind Ben ook leuk," voegde ze eraan toe.

Hij keek weer naar zijn bord en vergeleek zijn bord met dat van Julie. *Ze kan het echt wel wegwerken,* dacht hij. Hij schaamde zich er bijna voor hoe weinig hij gegeten had.

"Hé, ik heb nog een vraag. Had Diana - ik bedoel, je moeder - had ze assistenten of zo? Iemand die we konden contacteren?"

"Altijd aan het werk, hè?" Ben's antwoord was bot.

"Oh mijn God, nee, Ben... het spijt me -"

Hij schudde zijn hoofd. "Het is goed. Echt. Ik ben geschokt, maar dit is goed. Laten we verder gaan; uitzoeken wat de volgende stap is." Hij dacht even na en gebruikte de onderbreking in het gesprek om een diepe slok van zijn gitzwarte koffie te nemen. Hij huiverde.

"Te heet?" vroeg ze.

"Te waardeloos." Hij slikte, deed alsof hij stikte. "Waar heb je deze plek eigenlijk gevonden?"

"Google Maps. Heeft me tot nu toe nog nooit de verkeerde kant opgestuurd."

"Het werd tijd om iets anders te gaan gebruiken. Hoe dan ook, uh, ik heb geen idee over haar werk. Ik ben al meer dan een decennium in het park. Man, dat is een lange tijd geleden."

Een plechtige blik kwam over zijn ogen.

"Ben, het is oké. Als je het nodig hebt..."

"Nee, ik ben in orde. Ja, ik kan niets bedenken. Verdomme, ik weet niet eens wat ze doet. Ik herinner me dat ze voor een chemisch bedrijf werkte toen ik een kind was, maar ze nam deze baan niet al te lang geleden. "

"Heb je met haar gesproken?"

"Nee, ze e-mailde me nogal eens. Ik reageerde nooit meer dan een of twee keer, denk ik. Ik hield de e-mail account open, dat wel. Is er een manier om erachter te komen met wie ze samenwerkte?"

"Ik heb geprobeerd het op te zoeken in de bedrijfsgids, maar ze zijn vrij goed in het beschermen van hun werk en werknemers. Ik kan misschien wel wat hulp krijgen van mijn techneut." Ze nam een slok koffie, deze keer niet om haar maaltijd weg te spoelen. Aan de uitdrukking op haar gezicht te zien, kon ze het deze keer duidelijk beter proeven. "Wow, je maakte geen grapje. Dit is ruw."

Ben glimlachte, en hij ving haar blik. Hij kon bijna voelen dat ze hem onderzocht, de leerbruine contouren van een gezicht dat zelden een dag niet was blootgesteld aan de zon en de elementen.

"Hé," zei ze snel. "Ik heb een vraag."

"Schiet."

"Waarom ben je weggegaan?"

Ze hoefde het niet uit te leggen; hij wist wat ze bedoelde. Het was een eerlijke vraag, maar ook de verboden vraag, en ze danste er niet omheen of bouwde het op.

Hij haalde diep adem. *Niemand vraagt me dat,* dacht hij. Het was jaren geleden dat hij er nog over kon praten.

Een licht flitste voor het restaurant. Een andere bezoeker had geparkeerd en stapte uit zijn voertuig.

Zonder het te beseffen, was Ben plotseling in de nieuwkomer verdiept. Hij zag hoe de rechthoekige, vierkante koplampen uitgingen - het was een oudere sedan - en de bestuurder uitstapte. *Lang, dun, ik kan niet zien wat ze aanhebben. Geen passagier.*

De bezoeker liep snel, rechtstreeks naar de ingang. De man - Ben kon hem nu duidelijk zien - trok de deur open en liep naar binnen.

"Goedenavond, ga gerust ergens zitten," riep de monotone stem van hun serveerster van ergens achter in het restaurant.

Julie besefte dat Ben niet op hun gesprek lette en draaide zich om om te zien waar hij naar keek. De man liep verder naar hen toe. Ben keek hem aan en begon op te staan.

Toen hij dat deed, versnelde de man. Bens hart ging tekeer. De man was nu nog maar een meter van hun tafel verwijderd en de afstand werd snel kleiner. *Wie is deze man?*

Hij zag hoe de man in de zak van zijn jas reikte. Ben zag vanuit zijn ooghoek nog een lichtflits, en toen nog een. *Nog twee auto's.* Hij bukte en greep het dichtstbijzijnde ding dat hij kon vinden.

Een zoutvaatje.

Uit de zak van de man, een pistool. Klein, compact. *.380. Genoeg om serieuze schade aan te richten vanaf deze afstand.*

Ben wachtte niet. Hij sprong opzij en gooide het zoutvaatje. Het raakte de schutter in het voorhoofd, waardoor hij een paar stappen achteruit ging. Hij liet het wapen vallen en hief instinctief zijn handen op om zijn hoofd te beschermen tegen verdere aanvallen.

"Julie! Rennen!" riep Ben. Hij was terechtgekomen onder een paar barkrukken die naast de toonbank van het restaurant stonden. Hij krabbelde overeind en voelde de pijn in zijn heup kloppen.

Julie stond op en rende naar de deur, maar de man achtervolgde haar. Hij haalde haar in bij de tweede uitgang van het restaurant en greep met één arm haar middel vast. Zijn andere hand ging rond haar linker onderarm. Julie was hulpeloos, haar arm was volledig van haar lichaam afgeklemd. Ze probeerde verwoed met haar arm naar hem te zwaaien, maar de man ontweek de slagen met gemak.

Ben snelde naar voren, mikkend op de onderrug van de aanvaller. Net voordat Ben hem raakte, draaide de man zich om, Julie's buik blootstellend aan Ben's tackel.

Ben ging te snel om te stoppen, en de drie vielen achterover uit de deuren van het restaurant. Ze vielen in elkaar op het betonnen trottoir, maar hun aanvaller stond vrijwel onmiddellijk op zijn benen. Hij trok Ben omhoog en duwde hem tegen het hoge glazen raam. Ben hield zich vast aan de pols van de man en probeerde zich los te wurmen, maar de man gaf hem een stevige stomp in zijn buik.

Hij voelde hoe de wind uit hem werd geslagen, en hij ving een glimp op van Julie die op de man afrende voordat hij werd losgelaten en op de stoep viel. De man anticipeerde op de aanval en greep Julie's handen net toen ze naar zijn hoofd vielen. Hij verdraaide ze scherp, en Ben hoorde haar abrupte kreet van pijn. De man draaide harder, omhelsde haar lichaam dicht tegen het zijne en bewoog zijn handen naar haar nek.

Ze was omgedraaid, met haar rug naar hem toe, zodat haar stoten weinig effect hadden. Ze danste in het rond, probeerde haar hak tegen de bovenkant van zijn voet te schuiven, maar de man was ook op deze verdedigingslinie voorbereid.

De greep van de man op Julie's nek werd steviger.

Ben knipperde een paar keer met zijn ogen en ging tegen de muur zitten.

Sta op. Kom op, beweeg.

Hij dwong zijn lichaam om te werken. Zijn heup was niet gebroken, maar duidelijk zwaar gekneusd.

Hij hoorde Julie naar adem snakken, haar armen en benen wild zwaaiend.

Haal. Omhoog.

Hij dwong zijn longen om diep adem te halen. Het was pijnlijk, alsof iemand hem in de borst stak.

Niet zo pijnlijk als verstikt te worden, dacht hij.

Hij stond op. Julie's schorre stem brak door de zuchten. "H - Help," zei ze.

Hij rende vooruit. Zijn voetstappen waren zwaar.

De man kon zien dat hij kwam. Hij verwachtte het.

Toen Ben nog geen meter van de man verwijderd was, kreeg hij een elleboog recht in zijn neus. Brandende pijn schoot in zijn gezicht en hij kreeg tranen in zijn ogen. Ben strompelde achteruit en verloor bijna weer zijn evenwicht.

Net toen hoorde hij een schreeuw. De lichten van de andere twee voertuigen werden duidelijker.

Truckers.

Twee mannen renden op het trio af, een van hen schreeuwde. "Hé! Wat is hier in godsnaam aan de hand?" Een van de truckers zag dat de man Julie wurgde. Hij rende naar hen toe, en de aanvaller liet haar nek los. Ze zoog koude lucht in en viel op haar knieën op de rotsachtige grond van de parkeerplaats. Tranen vielen uit haar ogen.

De aanvaller was te laat om zichzelf te beschermen. De eerste trucker had hem bereikt en gaf hem een klap in zijn gezicht. Hij volgde de aanvaller achteruit terwijl deze worstelde om zijn evenwicht te bewaren, maar voordat hij zich kon vermannen, sloeg de grotere vrachtwagenchauffeur hem in de zij. Hij kromp ineen en de man gaf hem een knietje zo hard als hij kon.

De tweede vrachtwagenchauffeur had Julie bereikt, en hij bukte om haar te helpen. Ben kroop naar voren en probeerde zijn evenwicht te hervinden.

Hij keek toe hoe hun aanvaller overeind kwam en begon weg te rennen. Hij rende in de richting van een veld, kort achterna gezeten door de grotere vrachtwagenchauffeur. Toen het de trucker duidelijk was dat hij werd weggejaagd, keerde hij zich om naar de anderen.

"Gaat het?" vroeg hij aan Ben. Ben stond nu op zijn voeten, wiegend, nog steeds proberend op adem te komen.

"Ik ben in orde. Ik moet terug naar mijn truck; kijken of ik hem kan vinden."

"Je zult hem niet vinden," zei de tweede trucker. "Hij is snel, en hij heeft waarschijnlijk een lift ergens in de buurt. Bel de politie en laat hen het vanaf hier afhandelen."

Ben was ziedend. Hij liep naar Julie en liet zijn arm in haar zij vallen. Hij trok haar dicht tegen zich aan, wilde haar beschermen. *Daar is het te laat voor.*

Ze snikte, maar ze keek hem aan. "Ben je oké?"

Hij besefte hoe hij eruit moest zien. Hij voelde bloed uit zijn neus wegvloeien, en hij kon moeilijk op adem komen. "Met mij gaat het goed. En met jou?"

Ze slikte hard. "Het doet pijn, maar ik ben oké." Ze draaide zich om en keek de twee vrachtwagenchauffeurs aan. "Ik ben jullie mijn leven verschuldigd. Dank u."

"Geen probleem. Het is niet mijn eerste bargevecht, maar..." hij keek naar het nu lege restaurant. "Ik denk dat het de eerste is die ik heb gebroken in een plaats als deze. Waarom gaan jullie niet naar binnen, om iets te eten?"

Ze schudde haar hoofd. "We zijn in orde, echt. Dank u, jullie beiden."

De eerste vrachtwagenchauffeur nam het woord. "Hebben jullie iets nodig? Een telefoon, een lift?" Hij pauzeerde. "Een drankje?"

Ben knikte. Het was tijd om hun truck te dumpen. "We kunnen wel een lift gebruiken."

Hij wist dat de aanvaller - of iemand - terug zou komen. Wie het ook was, ze zouden naar hen op zoek zijn. Ze moesten daar weg zien te komen, en snel.

HOOFDSTUK 27

"WAT BEDOEL JE, DAT JE *GEFAALD HEBT*?" vroeg Valère.

Hij probeerde zijn stem te stabiliseren, om hem sterker te laten klinken dan hij was, voor de andere twee mannen.

Roland en Emilio. Beiden stonden achter hem, hun ontmoeting met Valère onderbroken door deze vierde man.

"Het spijt me zeer, meneer Valère," zei de man. "Ik kwam ze tegen in een klein eethuisje, en toen ik -"

"Hen?"

"Ja. Het doelwit was met een andere man. Groot, gebouwd, maar niet echt een vechter. Ik was in staat om..."

"*Waarom* leeft het doelwit dan nog?" vroeg Roland. Zijn stem galmde over Valère's schouder, waardoor Valère huiverde. Had *ik zijn bevelende toon maar*, dacht hij.

De man die voor hem stond wist niet goed wat hij moest zeggen. "Ik - ik denk..."

"En *dat* is het probleem," zei Emilio. "Je *denkt*, terwijl we je alleen maar gevraagd hebben om *te handelen*."

Emilio legde een hand op Valère's schouder en leunde naar beneden, fluisterend.

"Uw voorzichtigheid laat ons in de steek, meneer Valère. Ik stel een snelle oplossing voor deze zaak voor."

Valère beefde opnieuw en vouwde zijn handen samen. Zijn nervositeit was zijn hele leven al aanwezig. Het begon als een lichte tik in zijn jongensjaren en groeide uit tot een merkbare rariteit in zijn tienerjaren. Als jonge volwassene had Valère geleerd het te beheersen, het terug te brengen tot een subtiel, nauwelijks merkbaar niveau dat zich niet lichamelijk manifesteerde.

Maar het was er nog steeds.

Valère werd voortdurend herinnerd aan zijn zwakte. Het zweten, het huiveren, het tandenknarsen. Het was allemaal een vorm van nervositeit, een simpele reactie op *opwinding*.

Positief of niet, elke opwindende prikkel in Valère's leven deed hem deze momenten herbeleven, wachtend tot ze voorbij waren. Hij durfde niet hardop te spreken of zich op te winden, uit vrees dat zijn zwakheid hem opnieuw in haar macht zou krijgen.

Hij knikte. "Ja," zei hij, zacht. "Daar ben ik het mee eens."

De ogen van de man verwijdden zich. "W - wat is... wat kan ik doen..."

Valère stak een hand op, en de man stopte.

"Praat alstublieft niet. U heeft mijn partners al van streek gemaakt, en ik vrees dat u mij alleen maar van streek maakt als u doorgaat."

"B - maar ik kan het goed maken. Ik *zweer het*. Je hoeft me niet te vermoorden -"

"Genoeg!" schreeuwde Valère en sloeg met zijn vuist op de tafel voor hem. Hij voelde de nervositeit in hem groeien, snel

verdrongen door de kalmerende sensatie van de wetenschap dat hij zelfs zijn partners die achter hem stonden had laten schrikken.

Hij zag in zijn periferie elke man een stap terug doen.

De man - de mislukkeling - voor hem slikte.

"Nu," ging Valère verder. "Waarom denk je dat ik je ga laten vermoorden?"

De man draaide zijn hoofd een beetje.

"Nee, mijn vriend. Ik beloon een complete *mislukking niet* met een snelle en genadige dood. Het is echt niet mijn stijl, trouwens. De rommeligheid van dit alles, het... wel, het stoort me.

"Ik heb een beter idee. SARA?"

"Ja, Monsieur Valère?"

De man trok zijn wenkbrauwen op toen hij de stem hoorde die uit de muren rondom hem kwam.

"Ik wil graag dat je Mr. Olsen naar onze faciliteit in Brazilië brengt."

"Natuurlijk, Monsieur Valère. Is er een bepaalde bestemming die u in gedachten heeft?"

Valère knikte. "Dat doe ik. Waarschuw NARATech voor een mogelijke testkandidaat die zich opmaakt voor stagnatie."

"Stasis?" vroeg Roland.

De man voor hen sloot zijn ogen. "Alstublieft, meneer Val -"

Valère schudde zijn hoofd, maar SARA nam het over. *"Meneer Olsen, onthoudt u zich alstublieft van verder commentaar. Uw geplande stasis voorbereiding zal over precies vijftien minuten beginnen. Ik heb de beveiliging gewaarschuwd, en zij zijn onderweg voor escorte. Volg alstublieft de groene pijlen die ik zal verlichten op de muren."*

De man, berustend, verliet de kamer en zakte ineen in de hal.

"Valère, wat is *stasis*?" vroeg Roland opnieuw. "Emilio - wat vertel je me niet?"

Valère wendde zich tot zijn partners, de dikke man die links van hem stond onderzoekend. "Mr. Jefferson, ik geloof dat ik veel te lang heb gewacht om mijn gezag over dit kleine project weer te laten gelden. Alstublieft -"

"Laat je je gezag opnieuw gelden?" Roland Jefferson schreeuwde. "Waar heb je *het* over, Valère? Dit project is ons gegeven door -"

"Nee, Roland," zei Emilio. "Dat is waar je het mis hebt. Dit project is aan meneer Valère en mijzelf gegeven, en we hebben jou meegenomen vanwege je... *troeven,* die we waardevol vonden." Emilio wendde zich tot Valère om verder te gaan.

"Ja, Roland," zei Valère. "We zijn verheugd te kunnen zeggen dat het bedrijf het gebruik van deze activa niet langer nodig heeft. Onze investeringen elders hebben bewonderenswaardig gepresteerd, en jouw gebrek aan leiderschap tot nu toe bij dit project heeft onze beslissing beïnvloed."

"Uw... beslissing?" Roland Jeffersons enorme gestalte was van achter Valère's bureau tevoorschijn gekomen, en hij stond, opdoemend, voor hem. "Je kunt niet... je kunt dit niet *doen*!"

"Uw investeringen zijn in niets anders dan bedrijfsobligaties en louche onroerend goed, Mr Jefferson. Het meeste ervan droogt op terwijl we spreken, dankzij het werk van *onze* investeringen. Uw bedrijven zijn *onze* bedrijven, en uw kostbare vastgoedbezittingen over de hele wereld worden nu gesloopt of opgeknapt, om plaats te maken voor onze volgende fase."

"Dit is een schande!" brulde hij, woedend.

"Het is zo, Roland. Dat is het echt. Voor jou. Voor ons - voor het bedrijf - is het een natuurlijke progressie. Uiteindelijk worden we allemaal nutteloos en moeten we worden *omgeleid.* "

"Ik wil niet als een kind worden aangesproken! Ik ben mijn nut nog niet voorbij!"

"Correct," zei Valère. "SARA, ben je er nog?"

"Altijd, meneer. "

"Perfect. Zorg dat Mr Jefferson zich bij onze vriend Mr Olsen in stase voegt."

"Absoluut, Monsieur Valère. En zal ik ook zorgen voor zijn levering in Brazilië?"

"Nee, eigenlijk niet," zei Valère. Hij zag Jeffersons ogen wijd opengaan. "Regel Roland's levering aan onze bezittingen in Antarctica. Hij zal onze faciliteiten daar voorschieten, maar ons stase-onderzoek heeft bewezen zeer effectief te zijn bij langdurige opslag."

"Goed, Monsieur Valère. Mr Jefferson, uw geplande stasis voorbereiding zal over precies vijftien minuten beginnen. Ik heb de beveiliging gealarmeerd en ze zijn onderweg voor escorte. Volg alstublieft de groene pijlen..."

HOOFDSTUK 28

KRAK! Het geluid van het geweerschot drong door de lucht en weerkaatste toen het over het kalme, open water kaatste. Randall Brown ging hoger op de picknicktafel zitten en gaf advies.

"Goed schot. Je raakte hem, maar hij zat niet in het midden."

Zijn vrouw grijnsde naast hem, lachend om Randy's instructie.

Zijn tienerzoon knikte en herlaadde het .22 kaliber Remington geweer. "Ik heb het tenminste geraakt."

Randy glimlachte. "Dat is waar. Als het nog had geleefd, was het dat nu niet meer." Hij nam het vredige tafereel in zich op, keek hoe de kleine stukjes kleischijf onder het oppervlak van het meer verdwenen en hoe het zonlicht zich over de zachte golven verspreidde.

Veel beter dan op kantoor zijn. Hij keek op zijn horloge. Laat in de middag. Normaal zou hij de temperatuur van de server controleren en de laatste diagnostische tests doen, en zich dan klaarmaken om naar huis te gaan. Randall Brown werkte al vier jaar voor het CDC en verhuisde een jaar geleden naar het kantoor in

Montana. Hij had een korte tijd in tech startups gewerkt voordat hij besefte dat hij in die wereld als een "dinosaurus" werd beschouwd - hij was pas zesenveertig jaar oud. Zijn wereld van IBM, mainframes, netwerken en accreditaties was in de afgelopen tien jaar vervangen door een nieuwe wereld, een van slanke laptops, bloggen, cloudplatforms en agile ontwikkeling. Het was niet dat hij niet nodig of nuttig was; het was gewoon dat hij niet gewaardeerd werd.

Niemand leek te weten, of zich erom te bekommeren, wat voor ervaring en kennis hij kon bieden als IT-consultant, netwerkbeheerder, of algemene "techneut". Bij de twee startups waar hij voor werkte, was hij meestal niet meer dan een bijzaak.

In het begin kon het hem niet schelen. De banen betaalden altijd goed, dankzij een mix van jeugdige overmoed en arrogante marktvoorspellingen, maar Randy wist wel beter. Hij had een jaar gewerkt bij een startup die probeerde eenvoudige beeldmanipulatie naar tablets en mobiele apparaten te brengen, maar zag al na een paar maanden dat er iets aan de hand was. Het bedrijf had een lange lijst van kapitaalkrachtige investeerders die vrijwel niets wisten over de computerwereld, en ze hadden een even indrukwekkend bedrag aan VC-financiering. Het probleem was dat het product niet winstgevend was. Erger nog, de jonge eigenaars van het bedrijf leken zich niet te bekommeren om de toekomst van de productlijn van het bedrijf.

Randy stapte over naar een ander bedrijf, waar hij veel van dezelfde problemen aantrof, maar geen van de oplossingen. Nadat hij zich realiseerde dat zijn carrière zo goed als voorbij zou zijn als hij aan boord bleef, besloot hij een stabielere positie te zoeken.

Die positie werd gevonden in de CDC's Threat Assessment divisie, als de directeur van IT voor een nieuwe afdeling. Het was een relaxte baan, die nooit te veel stress of overweldigende werktaken met zich meebracht. E-mail draaiende houden, de servers afstoffen die intranetondersteuning boden via hun SecuNetportaal, en de koffie in het hoofdkantoor warm houden.

Maar terwijl de baan zelf fatsoenlijk was, was het de *baas* die hij niet kon uitstaan. David Livingston. De man was harder, schurender, en ronduit onbeschofter dan iedereen die hij ooit had ontmoet.

Crack! Nog een geweerschot bracht Randy terug naar de echte wereld. Vakantie, een week, het huis van een vriend aan het meer. Er was niets in het afgelopen jaar waar Randy meer naar had uitgekeken dan dit moment.

Hij zag zijn zoon naar hem glimlachen, en merkte toen pas de brokkelige stukjes klei op die in het meer vielen. Allemaal even groot, allemaal dezelfde relatieve vorm.

"Wow - heb je het?" vroeg hij.

Zijn zoon knikte. "Precies in het midden."

Randy stond op van de picknicktafel en klapte in zijn handen en draaide ze rond in een grote cirkel. Een "applausje." Zijn vrouw kreunde. Een "vader grapje," maar, nou ja, hij was een vader.

"Serieus, pap?" vroeg zijn zoon. "Gebruik je die grap nog steeds?"

"Wat? Het is nog steeds grappig."

"Het was nooit grappig."

"Hé," zei Randy, terwijl hij naar de rand van het meer liep waar zijn zoon het geweer vasthield. "Weet je wat grappig *zou* zijn? Als ik dat ding van je af zou pakken en je ermee neer zou schieten."

Het pistool was een geschenk voor Drew, iets wat hij al een hele tijd wilde. Ze waren met z'n drieën, Randy, zijn vrouw

Amanda en Drew, naar het huis aan het meer gegaan voor een korte vakantie, en om Drew's zeventiende verjaardag te vieren.

"Je mag het proberen, oude man," zei Drew. Hij overhandigde het geweer aan Randy. Randy bekeek het wapen en bewonderde het vakmanschap en de bouwkwaliteit. Voordat hij het aan zijn schouder kon optillen, ging zijn mobiele telefoon.

"Werkt je telefoon hier?" vroeg zijn vrouw. "Het lijkt erop dat het werkt." Ze pakte de telefoon van de tafel en liep ermee naar haar man.

Randy zag het nummer en haalde zijn schouders op. "De regering betaalt ervoor, dus ik denk dat ze het beste netwerk gebruiken." Het nummer verscheen op het scherm net onder de naam van de beller. Juliette Richardson. Nou, het was in ieder geval niet Livingston.

Hij wrikte aan de telefoon om hem op te nemen. "Hallo?" hij gaf het geweer terug aan Drew en liep terug naar de tafel.

"Randy - hey, het is Julie. Sorry, ik weet dat je op vakantie bent. Heb je een minuutje?"

"Natuurlijk, wat is er?" In tegenstelling tot David Livingston, mocht iedereen Julie. Ze was leuk, knap en avontuurlijk. Ze wachtte nooit op de bureaucratie.

"Bedankt. Luister, ik weet niet of je het nieuws hebt bijgehouden, maar er gaat iets gebeuren, en ik probeer het voor te blijven."

Randy *had het nieuws niet bijgehouden*, wat deel uitmaakte van het familieconvenant van hun vakantie. Omdat hij tijdens zijn werk voortdurend werd gebombardeerd door technologie, nieuws uit de industrie en media, had zijn vrouw hem laten beloven dat hij dat zou opgeven voor de week dat ze de stad uit waren. Geen TV, geen internet, geen computer. Alleen zij, het meer, en rust en stilte voor een week.

Hij wierp nu een blik op haar. Ze had geen blije uitdrukking op haar gezicht, wetende dat Randy's mobiele telefoon hun verbond verbrak. Hij haalde verontschuldigend zijn schouders op.

"Uh, ja, oké. Wat is er aan de hand?" Het CDC had vaak iets waar ze "voor moesten blijven", dus het was niet ongewoon dat Julie om een werkgerelateerde gunst vroeg. Maar het feit dat ze hem direct op zijn mobiel belde, leek Randy vreemd.

En haar gehaaste toon van de stem.

"Sorry, ik kan het nu niet allemaal uitleggen. Kun je me toegang geven tot een computer?"

"Zeker - is het verbonden?" Randy aarzelde niet om te antwoorden. Ook al was het een expliciet onderdeel van zijn taakomschrijving, hij beschouwde het als "hacken" als hij toegang moest krijgen tot een andere CDC machine. En hij *hield van* hacken.

"Uh, ja, het is, maar het is niet onsite."

"Wat bedoel je? Het heeft toch SecuNet toegang?"

"Nee, sorry, ik bedoel, het is *verbonden*, zoals met het internet, maar..."

"Julie, vraag je me om een externe machine te hacken?" vroeg Randy.

"Niet hacken, alleen... toegang krijgen. Ik moet wat informatie krijgen over..."

"Dat heet hacken, Julie. Dat is *letterlijk* de definitie van hacken."

Randy hoorde zijn vrouw een geërgerde zucht slaken van naast hem op de bank van de picknicktafel. Hij keek haar aan en bedekte de microfoon van de telefoon met zijn handpalm. "Sorry... ik... het is gewoon iets heel snel."

"Hallo? Randy? Hé, kom op. Dit is een serieus verzoek. Kun je me helpen?

Randy wist niet wat hij moest zeggen. "Julie, dit is... dat kan je niet doen. Het is niet legaal, en ik kan ontslagen worden als ik het probeer. Waarom kan Livingston geen formeel verzoek indienen om gegevens in beslag te nemen?"

"Je weet hoe lang die duren, Randy. En kom op. Livingston? Ik heb hem al een week niet meer gezien."

Het was waar. Hun baas had genoten van een reeks "werk-gerelateerde" excursies, waaronder golf, lunches van vier uur en stripclubs. Hoe hij het voor elkaar kreeg om alles te declareren bij de boekhouding van het bedrijf was Randy's onbegrijpelijk.

"Oké, prima. Ik neem aan dat je iets groots van plan bent, maar ik kan nog steeds niet..."

"Het is een kwestie van nationale veiligheid, Randy."

"Serieus?" Randy lachte bijna hardop. "Probeer je me met die zin een schuldgevoel aan te praten?"

"Randy, zet het nieuws aan. Zo onwetend kun je toch niet zijn. Na de bom in Yellowstone, was er..."

"Wat? Een *bom* in Yellowstone?"

"Ja, Randy, een bom. En het heeft iets in de lucht losgelaten. Een soort virus dat iedereen dood die in de buurt van de explosie is geweest. Het is besmettelijk, zeer dodelijk, en we moeten uitzoeken of iemand er iets over weet."

Randy staarde geschokt naar het water. Nog nooit, in het jaar dat hij bij de CDC werkte, had Julie er zo... hectisch uitgezien. Ze was altijd kalm, aangenaam en relaxed, zij het op een harde, 'krijg-het-gedaan' manier.

Hij wist niet goed hoe te reageren. "Ik... Ik denk..."

"Oké, geweldig. Ik heb het ook snel nodig. Kun je het pakken, Randy?" Ze pauzeerde. "Randy? Ben je daar?"

Crack! Drew vuurde het geweer opnieuw, maar miste het schot. Hij bereidde onmiddellijk een tweede schot voor en lanceerde de schijf uit de kleiduivenwerper naast hem.

"Sorry, ja, ik zat te denken. Ik weet het niet, ik heb mijn laptop maar ik ben...

"Randy, het spijt me, maar er is geen tijd. Ik kan hier niet op wachten. Echt niet. *Alsjeblieft. "*

Crack!

"Randy, wat is dat? God, het klinkt als een pistool."

"Het is - sorry, het is prima. Mijn zoon is aan het kleiduiven schieten." Hij nam de telefoon van zijn oor. "Drew! Hou er even mee op, oké? Ik ben aan het bellen!"

"Randy, je weet dat ik je dit niet zou vragen tenzij het serieus was. Vertrouw me." Julie pauzeerde aan de andere kant van de lijn.

Randy zuchtte. "Ik weet het. Ik vertrouw je wel. Het is nogal wat, dat is alles. Maar ik snap het. Ja, ik denk dat ik het kan doen. Geef me tot morgenmiddag...

"Ik heb minder dan een dag, van wat ik kan vertellen. Ik moet aan de slag voordat het een media rage wordt, en ik wacht nu op meer informatie van jou."

"Oké, oké. Ik kan het doen. Ik moet naar de stad, een koffieshop zoeken." Hij dacht even na. "Het zal niet veilig zijn, maar waar ben je naar op zoek? Ik zal het doormailen."

"Randy, dank je. Ik sta bij je in het krijt. Haar naam is Diana Torres. We moeten iedereen opsporen voor wie deze persoon werkte, of met wie ze samenwerkte. Ik stuur je een email met haar naam, email adres, en het bedrijf waar ze werkte. Zij is de enige persoon die we kennen dic het virus bestudeerde, en zij weet misschien wat het is. Alles wat zij te weten is gekomen staat op haar computer, bij dat bedrijf."

Randy dacht na over de volgende vraag die hij ging stellen. *Wilde hij echt het antwoord weten?* "Waarom kun je het haar niet zelf vragen?"

Julie voorzag de vraag en antwoordde onmiddellijk. "We hebben het geprobeerd. Ze is een paar uur geleden gestorven, en we denken dat haar bedrijf erachter zat. Ze hebben ook iemand gestuurd om ons te vinden. Randy - Ik heb deze informatie nodig, en wel nu."

Randy bevestigde dat, maar Julie had al opgehangen. Seconden nadat hij de verbinding verbrak en het gesprek beëindigde, ging de telefoon over met een nieuwe e-mail van haar.

Hij zette het scherm van de telefoon uit en stopte hem in zijn zak, terwijl hij weer opstond van de picknicktafel. "Sorry, schat, ik, uh..." ze staarde hem aan. "Ik denk dat ik de regels voor een paar uur moet breken."

HOOFDSTUK 29

HET HOTEL WAS, gelukkig, beter ingericht dan The Family Diner. Het lag in de buitenwijken van Twin Falls, Idaho, en was gekocht van een failliete keten en had een lodge-achtige stijl gekregen. Het straatnaambord, de vooringang en de twee gebouwen die samen het hotel vormden, hadden een consequente houten buitenkant.

De achttienwieler en zijn drie passagiers reden de parkeerplaats op een half uur na het incident bij het restaurant.

Ben schudde de hand van de chauffeur voordat hij de trap van de truck af gleed. Hij bood de man een fooi aan en greep naar zijn portefeuille. De chauffeur weigerde en vroeg het tweetal of ze geld nodig hadden of nog meer hulp.

"Je bent meer dan aardig geweest," antwoordde Julie. De man was vrachtwagenchauffeur, werkte voor twee grote rederijen en had tussendoor nog wat andere baantjes. Hij had een gezin in Rhode Island, twee kinderen en een vrouw, en was bezig aan zijn laatste jaar voordat hij met vervroegd pensioen zou gaan. Ben waardeerde hem om nog een andere reden: hij praatte veel en kon goed met Julie opschieten. Hun gesprek bevatte zo weinig lege ruimte dat Ben het grootste deel van de rit uit het passagiersraampje zat te staren.

"Luister, hier is mijn kaartje," zei de trucker, terwijl hij Julie een versleten visitekaartje gaf dat hij ergens onder het dashboard vandaan had gehaald. "Als je nog iets nodig hebt, laat het me weten."

"Dat doen we, bedankt, Joe," antwoordde Julie. Ze glimlachte en schudde de hand van de man, bedankte hem nogmaals terwijl ze uit de truck sprong. Ze stond naast Ben toen de vrachtwagen wegreed.

"Klaar?"

Hij knikte en stapte naar de grote ingang van het hotel van de lodge.

"Ik kan nog steeds niet geloven wat er gebeurd is. Weet je zeker dat je in orde bent?"

Ben knikte weer. "Gewoon moe. Jij?"

"Ja, ik ook," antwoordde ze.

Ze bereikten het voorste atrium, waar een jonge vrouw hen verwelkomde vanachter een met kroonluchters verlichte houten balie. Alles zag er warm en geruststellend uit, zonder twijfel gebouwd en ontworpen met precies dat doel voor ogen.

"Hebben jullie gereserveerd?" vroeg de vrouw.

"Dat doen we," antwoordde Ben. "Ik heb eerder vandaag gebeld om het te regelen. Sorry, we zijn een beetje laat."

"Geen probleem," glimlachte de vrouw terwijl ze de ID uit Bens uitgestoken hand pakte. "Bent u in slecht weer terechtgekomen? Er waren eerder wat onweersbuien in de buurt."

Ben fronste, nadenkend over wat te zeggen. "Nee, uh, we zijn gewoon... een beetje opgehouden."

Julie glimlachte en probeerde het ook te verkopen. De vrouw keek hen beiden aan en grijnsde. "Ik begrijp het. Geen probleem." Ze knipoogde naar Ben.

Ben wist niet zeker wat de vrouw dacht te begrijpen, maar hij drong er niet op aan. Ze hadden de politie niet gebeld, maar toen de vrouw van het restaurant eindelijk naar de parkeerplaats was gekomen, had ze aangeboden voor hen te bellen. Misschien had ze nog gebeld nadat ze waren vertrokken, mogelijk om de truck te melden die ze op de parkeerplaats van het restaurant hadden achtergelaten.

Het plan was om de volgende dag een auto te huren en die bij het hotel te laten afleveren. Nadat ze er zeker van waren dat ze niet meer gevolgd werden, gingen ze terug naar het restaurant en haalden Julie's truck op.

De vrouw aan de balie tikte iets in haar reserveringssysteem en keek weer op, nog steeds glimlachend. "Ik heb u genoteerd voor twee volwaardige bedden in kamer 201. Het spijt me, ik kan..."

"Nee," zei Ben, haar onderbrekend. Hij wilde niet zo brutaal klinken, maar het was te laat. "Sorry. Ik weet het, ik heb het expres zo geboekt. We zijn...

Hij wist niet hoe hij hun relatie moest verklaren. Hij wilde ze beslist in dezelfde kamer hebben, voor het geval er iets zou gebeuren. Ze waren tenslotte volwassen, maar er was geen reden om een bed te delen.

"Oh." De vrouw leek teleurgesteld. "Dat is prima - we zijn goed om te gaan, dan. Heeft u een creditcard die u in het bestand wilt laten staan? Ik heb er een nodig voor een aanbetaling."

"Zou je contant willen betalen?" vroeg Julie. Het was een gok, maar ze waren niet van plan om een creditcard te gebruiken die aan een van hun namen gekoppeld was.

"Het spijt me, mevrouw Richardson," zei de jonge vrouw. "We hebben er een nodig in geval van schade. We zouden echter wel een pinpas accepteren."

Julie gaf haar een creditcard. "Dit is die van mijn bedrijf; het zou goed moeten zijn." Ben zag dat de naam op de kaart in feite de naam was van haar kantoor bij het CDC. Het stelde niet veel voor, maar het zou hen een klein beetje bescherming kunnen bieden.

"Heel goed." De vrouw typte nog wat en gaf de kaart terug aan Julie. "Dank u. Hier zijn uw sleutels, en heeft u vanavond nog iets anders nodig?"

Ben schudde zijn hoofd en nam het pakje met de kamersleutels.

"Heb je wijn? Rode, misschien? Iets, uh, soort van... romantisch?" vroeg Julie.

Ben voelde zijn gezicht onmiddellijk vuurrood worden. Zijn ogen verwijdden zich toen hij Julie's glimlach zag, snel geëvenaard door de vrouw achter de balie. "Nou, ik denk dat we wel iets kunnen brengen. We hebben eigenlijk geen roomservice, maar zoals u waarschijnlijk weet, hebben we een fantastisch menu in ons restaurant."

De vrouw wees naar een gang naast het atrium, onder een bordje met *Le Petit Paris - Frans-Amerikaanse keuken.*

"Jullie twee gaan zitten, en ik breng je een fles in een paar minuten." Ze draaide zich terug naar de computer toen het tweetal wegliep, met een zelfvoldane blik op haar gezicht.

Toen ze de lift naderden, buiten gehoorsafstand van de balie, trok Ben een nog steeds grijnzende Julie naar de zijkant. "Wil je me vertellen wat dat in godsnaam was?"

"Je had je gezicht moeten zien!" Toen ze besefte dat Ben niet lachte, zette ze een neppe pruillip op. "Wat? Het is niet zo dat we haar ooit nog zullen zien. Trouwens, ze leek zo teleurgesteld toen ze dacht dat we niet meer samen waren."

"We zijn *niet* samen!" Ben stormde naar de open deuren van de lift, Julie draafde achter hem aan.

Ze gingen zwijgend de lift uit en vonden hun kamer direct aan de linkerkant. Ben stak de sleutel in het slot en zwaaide de deur open. "Ik ga even naar de balie om wat toiletartikelen te halen. Heb jij iets nodig?"

"Ik heb alles wat ik nodig heb," zei Julie, terwijl ze de koffer die ze op haar boerderij had ingepakt de kamer inreed. "Je mag mijn tandpasta en zo gebruiken, als je wilt."

Hij staarde haar aan en liet de deur dichtslaan.

Toen hij een paar minuten later in de kamer terugkwam, vond hij Julie languit op een van de bedden, met een glas rode wijn in haar hand en een pyjamabroek en een versleten t-shirt aan. Ze keek op toen hij binnenkwam, nog steeds met de grijns op haar gezicht. "Het is goed," zei ze, terwijl ze een beetje met het glas zwaaide. "Je zou wat moeten proberen."

Ben schudde zijn hoofd, maar merkte dat hij glimlachte - een klein beetje maar. Hij gooide de kleine tas met toiletartikelen die hij net had gekocht op het aanrecht en ging op het lege bed zitten. Julie had zich blijkbaar snel opgefrist. Haar haren zagen eruit alsof ze gekamd waren, vielen zachtjes om haar schouders en vielen over het kussen achter haar. Ben keek een paar seconden toe hoe ze van de wijn dronk, tot ze zich omdraaide en hem aankeek.

Weer voelde hij zijn gezicht blozen. *Kom op, Harvey, verman jezelf.*

Julie lachte. "Wat? Is het al een tijdje geleden dat je een meisje in je kamer had?"

Dat was zo.

"Hou je mond," zei hij, terwijl hij naar een wijnglas en de fles Merlot reikte die op het nachtkastje tussen de bedden stond. Hij schonk zichzelf een glas in en nam een slok. *Wanneer heb ik voor het laatst een glas wijn gedronken?* De meeste van zijn collega's dronken bier, als ze al dronken. Ben prefereerde een glas bourbon of whiskey, single malt on the rocks.

Ze keken elkaar even aan en probeerden te beslissen wat ze nu zouden zeggen. Julie verloor als eerste haar interesse en keek weer naar wat er op de televisie was.

Ben wilde haar vragen naar haar leven. Wie was ze eigenlijk? Waar kwam ze vandaan?

Was er nog iemand anders in haar leven?

Als iemand die niet erg geïnteresseerd is in het leven van andere mensen, was hij verbaasd over zijn gedachtegang.

Maar in plaats daarvan vroeg hij naar hun plannen. "Wat is het volgende? Na vanavond, bedoel ik?"

Julie keek even verward en keerde zich toen naar hem om. "Randy neemt waarschijnlijk snel contact met me op, en hij zal ons vertellen waar we nu heen moeten. Degene die met je moeder samenwerkte woont waarschijnlijk in de buurt, en van daaruit kunnen we hem vrij gemakkelijk opsporen."

Ben knikte. "Klinkt logisch. Denk je dat Randy ergens zal geraken?"

"Dat doet hij altijd. Hij is een genie met computers. Hij is vrij nieuw bij de CDC, maar we kunnen goed met elkaar opschieten.

Hij is er waarschijnlijk nog steeds mee bezig sinds ik hem eerder belde. De echte vraag is of Diana haar bevindingen met iemand anders heeft gedeeld of niet.

"Geen idee. Ik heb haar al meer dan tien jaar niet meer gesproken. Ze was nooit het geheimzinnige type, dus ik kan me voorstellen dat ze open staat om met iemand anders te werken."

Julie nam de informatie in zich op, en beiden lagen een paar minuten stil.

"Oké, nou, ik moet gaan slapen," zei ze. "Ik heb mijn telefoon aan, voor het geval Randy belt. We kunnen alles uitzoeken van wie hier in de buurt kan zijn, dan zorg ik voor vliegtickets naar Billings voor morgenavond."

Ben schudde zijn hoofd. "Ik breng de huur terug. Ga jij maar."

"Wil je niet vliegen?"

"Nee."

"Waarom?"

"Ik doe het gewoon niet. Ik vind het niet leuk."

"Kom op, het is volkomen veilig. Het zal veel sneller gaan.

"Ik ga niet vliegen, Julie."

"Ben, wat is het probleem? Je gaat toch niet..."

"Hou op, oké? Ik heb het je al gezegd, einde verhaal. Laat het vallen." De woorden kwamen er hard en gespannen uit. Hij had er spijt van, maar het kwaad was geschied.

"Wat de hel, Bennett? Waarom zo'n houding?"

Hij reageerde niet.

"Serieus, Ben, wat is er? Waarom ben je zo?"

"Julie..."

"Nee, ik heb het gehad. Je praat nauwelijks met iemand, je behandelt me als oud vuil, en je bent al tien jaar verdwenen. Wat is er met jou dat je zo *koud* maakt?"

Ben keek scherp op. Hij dacht dat hij Julie's ogen kon zien opwellen.

Hij wist niet wat hij moest zeggen. Hij *wilde* niets zeggen. *Verdomme, wat doe ik hier?* Dacht hij.

Hij stond op van het bed en liep de kamer uit, de deur achter zich dichtslaand. Julie bleef staan, met een geschokte uitdrukking op haar gezicht.

HOOFDSTUK 30

ZIJ WAREN DE ENIGE GASTEN IN HET RESTAURANT. *Le Petit Paris* werd alleen bezocht door gasten van de lodge, en deze week was een zeer rustige week voor het hotel.

Ben en Julie zaten aan de hoekbank en genoten van een schotel wafels, worst, spek, eieren en toast. Blijkbaar leunde het restaurant zwaar op het Amerikaanse deel van de "Frans-Amerikaanse keuken."

"Sorry van gisteravond." Ben zei de woorden langzaam, nauwgezet, sprekend door een mond vol ontbijt eten.

"Maak je er geen zorgen over," zei Julie. "Ik ben te ver gegaan. Ik had niet..."

"Je hebt niets verkeerds gedaan," zei Ben, haar tegenhoudend. "Ik voel me ongemakkelijk bij mensen, als je dat nog niet geraden had. Ik kan niet goed tegen confrontaties en gevoelens in het algemeen."

Julie lachte. "Zou je willen dat je een robot was?"

Ben dacht even na en grijnsde. "Ja, een beetje. Dat zou goed zijn."

"Echt? Geen eten proeven, geen vreugde voelen, geen, uh, *meer plezierige* emoties?"

"Ik voel ook geen pijn."

"Pijn is niet erg, Ben. Het maakt de goede dingen zoveel beter."

Hij spotte en pakte een andere wafel. "Eet je deze wel eens met pindakaas?"

"Smerig. Meen je dat?"

"Oh yeah. Je hebt er geen idee van. Het is de *enige* manier om ze te eten. Mijn vader..."

Hij betrapte zichzelf en koos ervoor om een extra grote hap te nemen.

"Je vader wat?" Julie drukte.

"Niets. Hij vond het gewoon leuk. Ik moet het van hem gekregen hebben."

Julie slikte. "Mag ik je iets vragen?"

Ben keek haar aan. "Misschien."

"Wat zou je doen als deze bom niet was afgegaan? Als er geen virus was, en jij alleen was, in Yellowstone?"

"Je bedoelt naast het rondslepen van lastige beren door het park?"

"Ja, ik bedoel *na* het werk. Wat doet Harvey Bennett in zijn vrije tijd?"

Ben overwoog de vraag. "Nou, ik ben bezig geweest met het kopen van een eigen huis, eigenlijk."

"Ja?"

"Yeah. Wat land ver weg in Alaska. Ik wil er ooit een hut op bouwen. Ik ben in de laatste fase van de deal, maar ik heb gewacht op de bank om dingen af te ronden. "

"Wow - Alaska?"

"Ik ben er eigenlijk nog nooit geweest." Hij lachte. "Ik zag het land online, zag wat ze ervoor vroegen en belde ze die middag op. Het was spotgoedkoop vanwege de ligging. Het was eigendom van een pelsjager die een paar jaar geleden is overleden. Het land werd geveild en een lokale bank kocht het, in de hoop winst te maken."

"Jij lijkt me iemand die veel mensen om zich heen nodig heeft en in een stad wil wonen, waarschijnlijk in een flatgebouw.

"Ja?" Ben glimlachte. "Lijkt me wel."

Julie pauzeerde om een paar happen te nemen, en Ben nipte aan zijn koffie. Hij wist wat er nu ging komen. Julie verdiende de waarheid.

"Je moeder. Diana Torres. Je hebt me niet verteld dat ze je moeder was, en je noemde haar 'Diana Torres'. Waarom?"

Hij haalde zijn schouders op. "We hebben lang geleden ruzie gehad. Ze heeft het me nooit echt vergeven. Ik denk dat we het elkaar allebei nooit vergeven hebben."

"Wat is er gebeurd?"

Julie was niet iemand die tijd verspilde. Ben vond dat leuk aan haar, maar het beangstigde hem toch.

"Het was dezelfde tijd dat ik wegliep van alles. Dertien jaar geleden, vlak voordat ik in het park begon. Ik was aan het kamperen met mijn vader en mijn broertje. Hij was toen negen, en hij liep het kamp uit en kwam klem te zitten tussen een beer en haar jong. Mijn vader ging hem halen, en de beer viel hem aan."

Julie bedekte haar mond met een hand.

"Hij werd hard geraakt, en raakte bewusteloos. Mijn broer was behoorlijk geschaafd, maar oké. Mijn vader werd met een vliegtuig weggebracht en lag een paar maanden in coma, daarna stierf hij."

"God, Ben, het spijt me."

Hij wuifde het weg. "Mijn moeder - zo hard als ze was - ze heeft het me nooit echt vergeven. Het was echt pa, denk ik, op wie ze kwaad was, omdat hij het liet gebeuren. Maar ze kon dat niet uiten, weet je? En ze probeerde het te vergeten, denk ik. Ze veranderde haar naam terug naar haar meisjesnaam, Torres. We liepen daarna een tijdje op eieren, tot ik het opgaf. Ik heb wat klusjes opgeknapt, school afgemaakt, en ben gewoon... weggegaan."

"Ik had geen idee," zei Julie. Ze was weer aan het huilen.

"Waarom zou je? Ik praat er niet over met een reden, Julie. Het is niet iets waar ik trots op ben, en ik denk er niet graag over na."

"Dus waarom Yellowstone?"

"Klinkt logisch, voor een man als ik. Geen opleiding, houdt van buiten zijn, en heeft een hekel aan mensen. Leek me logisch, echt waar. Het is ook een geweldige organisatie, dus ik geniet echt van de mensen daar."

Genoten, dacht hij. Hij keek op en zag dat Julie haar hoofd schudde.

"Wat is er?" vroeg hij.

"Het is - het is gewoon dat ik je nog steeds niet snap. Het spijt me, echt waar, maar je hebt niet *echt* een hekel aan mensen. Je zei het gewoon, weet je? Je houdt van die jongens waar je mee werkt, en dat weet je. Je geeft om ze, maar je laat ze er niet in. Toch?

Ben voelde weer, voor de derde keer in vele jaren, zijn gezicht rood worden. "Ja, ik snap het. Luister, Julie, dit is wat mensen zoals jij - mensen die die rare *hoop* in de mensheid hebben - niet snappen. Weet je wat pijn veroorzaakt? Echte, *echte* pijn? Mensen doen dat. Als je van mensen afkomt, kom je van pijn af."

"Dat is stom."

"Stop met denken dat de wereld op een andere manier werkt, Julie. Stop met te proberen het te laten werken zoals jij het wilt."

De serveerster kwam langs en schonk hun koffie bij, terwijl Julie en Ben zwijgend aan de kleine tafel zaten. Julie hield haar tranen in terwijl ze uit het raam staarde. Ben keek recht voor zich uit en maakte geen oogcontact met de serveerster.

Toen hij eindelijk opkeek, trof hij de vrouw aan die hem wetend aanstaarde en hem vreemd aankeek. "Laat het me weten als jullie twee iets nodig hebben," fluisterde ze. Ben knikte.

"Kom op, Julie, wat is er?"

Julie draaide haar hoofd om. "Je moet volwassen worden, Ben."

Hij fronste zijn wenkbrauwen.

"Mensen geven om je. Mensen *houden van* je, en je duwt ze weg omdat je een keer gekwetst bent. Ik snap het, maar je moet het loslaten."

Hij stond op om weg te gaan, maar zij reikte uit en pakte zijn arm. "Stop. Loop niet weer weg, Ben. Je moet dit horen, er over praten."

Hij wilde zo graag doorgaan, de kamer uitlopen. Blijf dan lopen.

Maar hij deed het niet. Hij wist niet zeker waarom, maar hij was het met haar eens. Hij had haar nodig om hem uit te schelden. Of was het meer dan dat?

Voordat hij een antwoord kon bedenken, ging Julie's telefoon. Ze hield hem omhoog en las de naam voor: Randall Brown.

HOOFDSTUK 31

"PAP! HET ONTBIJT IS KLAAR!"

Randall Brown hoorde zijn zoon schreeuwen vanuit de eetkamer. Zijn vrouw had duidelijk tegen hun zoon gezegd dat hij hem moest halen voor het ontbijt, en dit was zijn interpretatie. Seconden later hoorde hij zijn vrouw, Amanda, terugschreeuwen naar Drew.

"Kom op, Drew, *pak* hem. Dat had ik zelf kunnen doen."

Randy glimlachte, hij kende de uitwisseling tussen zijn familieleden maar al te goed. Hij wist wat het volgende was: "Waarom deed je het dan niet?" Vroeg Drew.

Hij schudde zijn hoofd, wetende dat Amanda nu *echt* boos zou worden over de respectloze opmerking. Ze zou waarschijnlijk zijn geweer-schieten privileges intrekken, of erger.

Wanneer groeien ze er overheen? vroeg hij zich af. Drew was een goede jongen, maar Randy was regelmatig verbaasd over de vluchtige houdingen en fasen van tienerjongens. Drew hield hen scherp, en Randy was er zeker van dat Drew de oorzaak was van het merendeel van de grijze haren op zijn hoofd.

"Ik kom er zo aan!" riep hij terug. Verrassend genoeg hoorde hij zijn vrouw hun zoon niet berispen. Ze moet besloten hebben dat het de moeite niet waard was. Nog steeds glimlachend, draaide hij terug naar zijn mobiel en draaide Julie's nummer.

Het ging drie keer over voordat ze opnam. "Hallo?"

"Hey, Julie, ik ben het - Randy."

"Hé, Randy, goed om van je te horen. We zijn net klaar met ontbijten. Iets lekkers?"

"Kan nuttig zijn, maar ik weet niet of het *goed is.*"

"We nemen alles wat je hebt, Randy."

"Trouwens, wie zijn wij? Werk je samen met Stephens aan deze zaak?"

"Uh, nee, een jongen die ik in Yellowstone heb ontmoet. Stephens is thuis. Wat heb je gevonden?

Randy dacht er even over na. *Een of andere vent?* Julie was niet onvoorzichtig, en ze was zeker niet promiscue, maar hij twijfelde niet aan haar. "Oh, uh, ik heb haar - Diana's - assistent gevonden. Charlie Furmann, woont in Mud Lake, Idaho met zijn ouders en heeft een appartement in Twin Falls."

Julie pauzeerde even, en hij nam aan dat ze aantekeningen aan het maken was. "Moddermeer? Is dat een echte plaats?"

"Het is. Een stad met zo'n vierhonderd inwoners, voor zover ik heb begrepen. Het zal niet moeilijk zijn om hem daar te vinden."

"Oké, geweldig. Nog iets anders over hem?"

"Niet veel. Hij was een promovendus in iets dat 'moleculaire modellering' heet en werkte met Diana als een soort werkstudent."

Weer een pauze.

"Luister, Julie. Ik moet echt gaan." Hij dacht aan zijn zoon in de eetkamer, wachtend met Amanda om het ontbijt te beginnen. *Amanda.* Ze was al boos dat hij gisteren een paar uur weg was geweest, en ze zou nu ook niet blij met hem zijn. Hij kon haar op zijn minst vertellen wat er in Yellowstone was gebeurd en hopen dat het verklaarde waarom hij afwezig was geweest.

"Juist, ja, sorry. Randy, bedankt voor dit. Serieus."

"Geen probleem." Hij begon op te hangen, maar hoorde Julie's stem weer uit de kleine luidspreker.

"Oh, hey. Heb je al iets gehoord van Stephens?"

Randy fronste, maar plaatste de telefoon terug aan zijn oor. "Stephens? Nee, waarom?"

Het was niet abnormaal voor Randy om geen contact te hebben met Benjamin Stephens. Randy was de IT-specialist van het kantoor, geen vast teamlid. Meestal was hij belast met het opzetten en onderhouden van de intranetserver van het bedrijf, SecuNet, en het opzetten van e-mailadressen en het verlenen van andere IT-ondersteuning. In sommige gevallen speelde hij een actievere rol door ter plekke te zorgen voor informatie-updates en logistiek, maar het was vooral een hands-off baan.

"Ik heb ook niets van hem gehoord, en gewoonlijk overlaadt hij me met e-mails en houdt hij me op de hoogte van dingen. Ik dacht dat met een zaak als deze, mijn inbox wel vierhonderd emails van hem zou hebben."

"Vreemd. Nee, ik heb niets gehoord."

"Oké. Staat de server aan? Nog grote downtime?"

Randy was bijna beledigd. "Natuurlijk niet. Waarom zou dat zijn? Je weet dat ik 24/7 waarschuwingen heb die me ook zouden bereiken als ik in een Afghaanse grot zat."

"Woah, chill. Ik dacht, het kan geen kwaad om het te vragen," zei Julie. "Sorry - ik weet dat je er bovenop zit. Het is gewoon raar dat Stephens me nog niet gemaild heeft."

"Ja, dat is het. Geef me een minuutje. Ik ga naar binnen en kijk of er iets vreemds aan de hand is. Ik sms je over vijf minuten."

"Bedankt, Randy. Ik sta bij je in het krijt."

"Koop een keer een biertje voor me, en we staan quitte." Hij klikte de telefoon uit en liep naar de eetkamer. "Amanda, Drew. Gisteren is er een bom afgegaan in Yellowstone. Er is daar tegelijkertijd iets in de lucht vrijgekomen, en niemand weet wat het is, maar het doodt mensen."

De ogen van zijn vrouw werden groot, en Drew's mond hing open.

"We zijn in orde hier, maar dat is waar ik aan gewerkt heb. De CDC heeft mensen in het veld, maar ik moet zo nu en dan blijven controleren. Vind je dat goed?"

Zijn vrouw knikte, nog steeds het vreselijke nieuws in zich opnemend.

"Okay. Geef me vijf minuten om iets te controleren, dan kom ik terug."

Hij verliet de kamer en gebruikte de remote desktop applicatie op zijn telefoon om toegang te krijgen tot zijn terminal op kantoor.

Alles leek in orde - de servers waren operationeel, de intranet-bekabeling leek geen storingen te vertonen, en de inkomende internetverbinding functioneerde naar behoren. Hij scande door de lijst van configuratiebestanden en vond geen problemen.

Tenslotte klikte hij op de email server link en bladerde door de inkomende en uitgaande verbindingen. Via dit portaal kon hij elke e-mail zien die door elk lid van zijn toegangsgroep was verzonden en ontvangen - vijfentwintig mensen in totaal. Het was een veiligheidsprotocol, waarvoor hij een veiligheidsmachtiging moest hebben om in dienst te kunnen blijven. Hij bladerde door de lijst en las de namen van de afzenders en ontvangers van elke e-mail.

Hij zag namen van andere werknemers die e-mails verstuurden en ontvingen van andere personeelsleden over de huidige stand van zaken in Yellowstone. Hij zag e-mails van Stephens naar Julie's e-mail adres, en hij zag e-mails naar David Livingston.

Niets ongewoons.

Behalve...

Hij zag geen *ontvangen* e-mails met Julie's naam of e-mailadres. Stephens had ze wel verstuurd, maar ze hadden haar inbox blijkbaar nooit bereikt.

Randy was onmiddellijk bezorgd. Dit was zijn gebied, zijn verantwoordelijkheid. Als er iets mis was met de mailserver...

Toen zag hij iets wat nog vreemder was.

Voor elke verzonden e-mail van Stephens aan Julie, was er een duplicaat van ontvangen e-mail met Livingstons adres erop.

Zeker raadselachtig.

Hij opende het configuratiebestand voor de mailserver, gewoon om te zien of er iets vreemds aan de hand was met de routing. Alles klopte. Hij vond ook niets verkeerds in de naamserver instellingen.

Er was nog één plaats om te controleren. Randy opende het doorstuurgedeelte van het SecuNet beheerportaal en las de lijst door. De meeste items waren auto-responders, ingesteld voor medewerkers die op vakantie waren, op afstand werkten of hun e-mail via een andere provider wilden ontvangen. Maar één was een specifiek doorstuuradres dat hij herkende.

Benjamin Stephens.

Randy zag de naam van de man als een adres dat werd doorgestuurd, en hij klikte door om precies te zien naar wie zijn e-mails werden doorgestuurd.

Hij was geschokt toen hij het antwoord vond. *David Livingston.*

Het doorsturen was ook door Livingston opgezet. Om wat voor reden dan ook, had Livingston een e-mail forwarder op de SecuNet server gezet voor al Stephens' mail. Alles wat de man verstuurde, werd door zijn baas ontvangen.

Het was ook slecht gedaan. Randy kon geen encryptie vinden op het doorstuur record, noch was het adres gemaskeerd tot een ijdel email adres. Het was alsof het de man niet kon schelen wie er keek, of nog waarschijnlijker, het niet kon schelen *waarom* iemand keek.

Het was zeker iets voor Livingston om zijn personeel zo te wantrouwen dat hij een e-mail doorstuurde naar een account, maar waarom Stephens? En waarom niet gewoon Randy vragen om het voor hem te controleren?

Randy wist waarom: omdat Livingston de macht wilde. Hij wilde het gevoel hebben dat hij de baas was, en Randy toelaten in zijn spelletje was hetzelfde als iemand anders de trein laten besturen. Randy walgde er onmiddellijk van, maar hij stond nu voor een groter dilemma: moest hij de voorwaartse verwijderen?

Als hij dat deed, zou Livingston snel genoeg weten dat de forward niet meer werkte. Maar als hij dat niet deed, kon Livingston gewoon inloggen op SecuNet en zien dat 'rbrown' onlangs had ingelogd en de doorstuurpagina had gezien.

Het was een moeilijke beslissing, maar hij had wat tijd om over zijn opties na te denken. Er was echter één beslissing die hij al had genomen.

Hij sloot de remote desktop applicatie op zijn telefoon en draaide Julie's nummer.

HOOFDSTUK 32

"HET LIJKT WEL OF WE ALLEEN MAAR RIJDEN," zei Julie vanaf de passagiersstoel van haar truck. De weg waarop ze reden was versmald tot een tweebaansweg, omringd door land-bouwgrond.

"Je bedoelt dat *ik* alleen maar rijd," antwoordde Ben. Ze hadden die ochtend het hotel verlaten, op weg naar Mud Lake, Idaho, nadat Julie de tip had gekregen van haar computerman, Randy Brown.

"Ik heb je al gezegd dat ik het niet erg vind - laat me weten wanneer je wilt wisselen."

Ben lachte. "Het is prima, echt. Ik hou van rijden, en ik hou van het landschap."

"Bedoel je korenvelden zover het oog reikt?" Julie grinnikte. "Ik zou voor *iets* anders kunnen gaan."

"Het zijn sojabonen, ten eerste, maar ja. Het bevalt me wel. Het is open, en er zijn niet overal gebouwen. En ik heb je al eerder gezegd dat je kunt vliegen waar je maar heen wilt. Ik geef gewoon de voorkeur aan autorijden."

Ze kwamen bij een dwarsstraat en sloegen rechtsaf een boerenweg in die blijkbaar verder leidde in de grote uitgestrektheid van velden en boerderijen. Volgens Bens kaart waren ze ongeveer tien minuten van Mud Lake verwijderd. Julie had hem bijna een uur lang op de vingers getikt over de kaart - een Rand McNalley wegenatlas die hij in de souvenirwinkel van het hotel had gekocht - maar hij was nu degene die lachte.

Ben vertrouwt niet graag op technologie en kocht de kaart "voor het geval dat". Hij had zo'n voorgevoel dat geen van hun mobieltjes een behoorlijke dataverbinding zou hebben om hen naar Mud Lake te brengen, en dan naar het huis van Charlie Furmanns ouders buiten de stad. Sinds ongeveer een half uur geleden, bleek hij gelijk te hebben.

"Ik vind het niet erg om te rijden, vooral als ik niet, uh, echt *rij*." Ze draaide zich om en grijnsde naar hem, ging toen verder. "De CDC is niet zo dol op vliegen, omdat het een van de beste manieren is om ziektes via de lucht te verspreiden, maar ze kiezen er wel voor als we snel iets moeten opzetten. Trouwens, wat is er met je vliegangst?"

"Het is geen *vliegangst*," schoot Ben terug. "Ik vind het gewoon... niet leuk."

"Oh, juist, en mensen die 'gewoon niet van hoogtes houden' zeggen dat ze ook niet 'bang' zijn."

"Het is anders. Ik zweer het. Ik hou er gewoon niet van om me zo... hulpeloos te voelen."

Julie dacht even na en keek uit het raam. "Ik snap het. Klinkt logisch - al die tonnen metaal, breken de wetten van de fysica -"

"Hé, ik hoef er niet aan herinnerd te worden."

"Dus je *bent* bang om te vliegen! Ik kan het niet eens over vliegen hebben zonder dat je helemaal overstuur raakt."

"Je bent meedogenloos, weet je dat?" Zei Ben.

"Dat doe ik. Hoe lang nog?"

"Ongeveer tien minuten, denk ik. Kijk op de kaart." Julie pakte de open atlas die op de middenconsole lag uitgespreid en keek er een paar seconden fronsend naar.

"Wat? Heb je al een tijdje geen technologie meer nodig?"

"Hou je kop. Ik kan het gebruiken. Ik moet alleen mijn positie bepalen."

"Ik heb letterlijk de route uitgestippeld waar we op zitten. Kijk maar naar de rode lijn - we zijn aan het eind ervan."

Julie dacht nog een paar seconden na over de kaart, gooide hem toen weer naar beneden en keek weer uit het raam.

"En?" Vroeg Ben.

"Ja, ongeveer tien minuten."

Ben lachte.

Tien minuten later zagen zij een eenzame silo die zich uitstrekte over een veld van diepgroene, gebladerde planten. Toen de silo groter werd, zagen ze een paar kleinere gebouwen verspreid over de uitgestrekte sojavelden, waaronder een gele boerderij. Maar het waren de voertuigen voor de boerderij die Bens huid deden kriebelen.

"Zijn dat politieauto's?" vroeg Julie.

"Ja. Vier van hen."

"Oh, man, dit wordt steeds beter."

Ben reed een eindje verder tot hij een zandweg zag die naar de boerderij leidde. Hij begon het voertuig af te remmen, klaar om te draaien, maar Julie hield hem tegen.

"Doe dat niet. Ze laten ons daar niet zomaar rondlopen, en als er iets gebeurt, helpen we onszelf niet door op de stoep te staan."

Ben wist dat ze gelijk had.

"Trouwens, de politie gaat ons niets geven totdat ze het uitgezocht hebben. Zeker niet als er een misdaad is gepleegd. Laten we teruggaan naar de stad en kijken of iemand weet wat er aan de hand is."

Ben versnelde weer en pakte de atlas. "Deze weg kruist met een andere boerderijweg die parallel loopt aan de hoofdweg. Het zou ons terug moeten brengen naar Mud Lake."

Na nog een minuut vonden ze de weg, en tien minuten later waren ze aan de rand van de stad.

Stad, was echter een te sterk woord.

"Goedenavond. Deze plaats telt nauwelijks als een stad," zei Julie. "Wat is de bevolking hier? Vier?"

Mud Lake, Idaho, leek niet veel meer dan een rustplaats op weg naar iets groters. Een paar stoplichten, een winkel met een paar benzinepompen en een grote industriële fabriek was alles wat de hoofdstraat van de kleine stad te bieden had.

Ben trok de F450 naar de kleine parkeerplaats voor de winkel en parkeerde.

"Is het open?" vroeg Julie.

"Geen idee. Laten we eens kijken." Ze stapten uit en liepen naar de voordeur. Ben greep de klink en zag tot zijn verbazing dat die gemakkelijk openging en dat er een aantal belletjes rinkelden die aan een touwtje aan de deur hingen.

"Een ogenblik!" riep een stem van ergens achter in de winkel. Ze wachtten nog een paar seconden bij de toonbank tot een kleine, mollige man met rode wangen en piekerig wit haar uit een hoek tevoorschijn kwam. Hij schuifelde voort en leek bijna gewichtloos omdat zijn bovenlichaam nauwelijks bewoog. Hij had een indrukwekkende glimlach, geholpen door zijn grote, vrolijke ogen, en zijn algemene indruk vertelde het echtpaar dat zij de juiste plaats hadden gevonden om hulp te vragen.

"Waarmee kan ik u van dienst zijn?" vroeg de man. Zijn stem paste in alle opzichten bij zijn uiterlijk. Kernachtig, licht, en genuanceerd op een manier die alleen een oudere man met jarenlange communicatie-ervaring kon weergeven.

Julie glimlachte terug, en Ben voelde zich ook meteen op zijn gemak. "We zijn op zoek naar informatie. Over iemand die hier woont."

De man knikte langzaam en bekeek elk van hen een kort moment. "Het is een kleine stad, zoals je ongetwijfeld al hebt begrepen," zei hij. "We hebben de neiging om elkaar vrij goed te kennen."

Ben voelde een aarzeling in de man. *Misschien was dit een slecht idee...*

"Zijn naam is Charlie Furmann," zei Julie. "Ik denk dat hij hier woont met zijn ouders, net buiten de stad-"

De man stak een hand op en hield Julie tegen. Ben zag hoe de uitdrukking en het postuur van de man vrijwel ogenblikkelijk veranderden, van een vredige, uitnodigende winkeleigenaar in een verwarde, geërgerde oude man. "Ga weg. Nu." Hij wees naar de deur. "Ga alstublieft weg."

"Sir - we zijn gewoon-"

"Nee. Eruit."

Ben klemde zijn tanden op elkaar en probeerde te interpreteren wat er net gebeurd was. De man kende Charlie duidelijk, of wist van hem. *Misschien kent hij zijn ouders?*

"Meneer, het spijt ons dat we storen. Echt. Maar we zijn van de CDC... de Centers for Disease Control." Het gezicht van de man verzachtte lichtjes, maar hij leek nog steeds drie seconden verwijderd van het grijpen van een bezemsteel en hen de winkel uit te jagen. Ben ging verder. "Er is iets uitgebroken, en we proberen uit te zoeken wat het is. We denken dat Charlie er misschien iets van weet..."

"Het maakt niet uit wat hij *wist*," zei de winkelier.

"Wacht," zei Julie. "Wat bedoel je? Is Charlie..."

De man knikte.

"Mijn God," zei ze. "We vinden het zo erg. We reden langs de boerderij van zijn ouders en zagen de politieauto's... waar... hoe?"

De man zuchtte, zich realiserend dat hij niet zo gemakkelijk van deze patroons af zou komen als hij eens dacht. "Hij is gevonden in zijn appartement, in Twin Falls. Hij had die uitslag, die ten oosten van hier rondgaat.

Julie knikte en nam alles in zich op.

"Zijn ouders zijn er kapot van, natuurlijk. Vreselijk. En die bom... Weten jullie iets over die uitslag?"

Ben schudde zijn hoofd. "Nog niet. Er zijn al veel mensen gedood die bij de explosie waren, dus we denken dat er een verband is."

"Ik hoop het niet, zoon. Het lijkt erop dat dit land al naar de hel is gegaan in een handbak. Hij was ook al vijf jaar niet thuis geweest. Helemaal gericht op zijn werk in de stad. Mr. en Mrs. Furmann zijn buiten zichzelf."

Ben bedankte de man en draaide zich om, Julie volgde hem. Ze liepen in stilte naar de parkeerplaats en de truck, en Ben schoof op de bestuurdersstoel.

Julie wachtte tot de truck op de hoofdweg door de stad was voor ze sprak. "Twin Falls ligt *honderden kilometers* buiten de ontploffingsradius, Ben. En het virus is technisch gezien nog niet *uitgebroken* - het is niet onder controle, maar het heeft zich nog niet buiten Wyoming verspreid."

"Ik weet het," zei Ben. "Mijn moeder was er ook niet bij in de buurt. Wie haar ook te pakken heeft gekregen, moet Charlie een bezoekje hebben gebracht..."

Ze lieten allebei die informatie op zich inwerken. Wat het betekende, wat het *zou kunnen* betekenen, was nog angstaanjagender.

HOOFDSTUK 33

NA DE ONTMOETING MET DE WINKELIER IN MUD LAKE, besloot Julie dat het beter was om haar kantoor te bellen om te zien of ze iets nieuws hadden. Terwijl ze in stilte reden, controleerde ze haar telefoon opnieuw om te zien of ze verbinding had.

"Iets?" Vroeg Ben.

"Nog niet," antwoordde ze, "maar ik herinner me dat er buiten Twin Falls een paar bars zijn. Als we terug zijn bij de snelweg, zal het wel lukken."

"We zijn maar een paar mijl weg. Blijf controleren."

Na een paar minuten zag Julie haar mobieltje oplichten met een enkele balk dienst, en een minuut later vertelde een snelle trilling haar dat ze een wachtende voicemail had van Randall Brown. Ze speelde het af via de luidspreker van de telefoon zodat Ben kon meeluisteren.

"Hé Julie, het is Randy weer. Ik heb SecuNet gecontroleerd op iets vreemds. Alles werkt naar behoren, maar ik heb wel iets vreemds gevonden. Livingston heeft Stephens' e-mail account geforward -

alles wat hij de afgelopen 48 uur stuurde kwam direct bij hem terecht. Daarom heb je waarschijnlijk nog niets gehoord."

Julie keek geschokt op naar Ben.

"Hoe dan ook, ik heb de forward niet verwijderd. Livingston zou meteen weten dat ik er was als hij Stephens' updates niet meer kreeg. Maar als hij weer op SecuNet inlogt, ziet hij mijn tijdstempel. Ik zit in deze situatie tussen twee vuren, Julie, dus laat me weten wat je wilt dat ik doe."

"Dat meen je niet," zei Julie.

"Denk je dat Livingston paranoïde is over iets?" vroeg Ben.

"Denken? Ik *weet dat* hij dat doet. Livingston is het toonbeeld van paranoia, maar toch - bemoeienis met een overheidsonderzoek als dit? Dit gaat te ver."

"Hij is je baas, toch?"

"Ja, hij heeft natuurlijk de macht en het overzicht om te kunnen 'meeluisteren' met de veldcommunicatie, maar hij kan de informatiestroom zoals deze niet *helemaal* voorkomen." Julie schudde haar hoofd en staarde naar de telefoon.

"Wel, wat denk je dat hij van plan is?" vroeg Ben.

"Niets. Ik bedoel, ik denk niet dat het zo is," antwoordde Julie. "Ik denk dat hij me gewoon in toom probeert te houden. Het lijkt erop dat hij altijd al een probleem met me heeft gehad. Ik ben niet iemand die elke tien minuten langskomt, weet je?

Ben glimlachte. "Ja, dat had ik al door. Dus, je denkt dat hij gewoon op veilig speelt? Er zeker van wil zijn dat hij alle troeven in handen heeft?"

"Ik denk het, maar het maakt het nog steeds een beetje zinloos om hier rond te rijden, proberen dingen uit te zoeken, als hij ons gewoon bij elke stap gaat blokkeren."

"Ongetwijfeld, maar het klinkt alsof hij niet denkt in termen van wat het beste is voor het onderzoek," zei Ben.

Julie knikte en keek uit het raam. Een bord naar Twin Falls maakte haar duidelijk hoe ver ze van de grote stad verwijderd waren. *135 mijl.*

"Hoe ver zijn we van Idaho Falls?"

"Ik denk ongeveer een uur, misschien minder. We komen bij snelweg 26, die die kant op gaat. Waarom?"

"Er is daar een regionaal vliegveld. Ik kan meeliften op een van de kleinere jets als die vandaag vertrekken." begon Julie. Ze zag Bens ogen. "Maak je geen zorgen. Ik vlieg terug naar Billings en regel alles op kantoor, dan kun jij de truck terugbrengen."

Ben hield haar in de gaten terwijl hij over de snelweg reed.

"Wat?" zei ze, lachend. "Je houdt van rijden, toch?"

"Alleen als je het me vriendelijk vraagt."

Ze rolde met haar ogen. "Wil je *alsjeblieft* de truck voor me terug rijden?"

Hij zuchtte. "Tuurlijk. Wat is nog eens vijf uur rijden, eigenlijk?"

"Eigenlijk, zes. Je zult rond Yellowstone willen gaan."

Net toen, ging haar telefoon. *Stephens.* Ze beantwoordde hem en zette de telefoon weer op luidspreker.

"Stephens?"

"Ja, hé Julie, hoe gaat het?" Vroeg de gedempte stem.

"Goed, denk ik. Heb je mijn e-mails gekregen?"

"Dat heb ik. Krijg je de mijne?" vroeg hij.

Ze aarzelde. "Uh, nee, ik heb eigenlijk nog geen tijd gehad om te controleren." Het was een slechte leugen, maar het zou haar tijd winnen. Stephens pauzeerde aan de andere kant.

"Oké, goed. Hé, hoe ging het laatste contact? Nog informatie?

Julie had haar reisroute naar Stephens gemaild voordat ze Mud Lake bezochten, en daarin had ze de informatie opgenomen die Randy Brown had meegestuurd.

"Het was... niet vruchtbaar." Ze veranderde van onderwerp. "We zijn nog bezig met de volgende stap, maar ik denk dat ik later vandaag terug ga naar kantoor."

Hij pauzeerde. "Oké, klinkt goed. Uh, luister, we hebben wat nieuws. Ik wilde erover bellen, gewoon om zeker te zijn dat je de informatie kreeg. Livingston en een paar hoge pieten van het CDC en het Ministerie van Binnenlandse Veiligheid hebben een team graafmachines laten komen om het gebied onder Yellowstone Lake en het West Thumb gebied te onderzoeken.

"Waar de bom afging?"

"Juist. Ze weten dat er een paar grotten in dat gebied zijn, maar geen enkele is erg lang of diep. Maar ze hebben ze allemaal gecontroleerd voor het geval dat."

Ben luisterde naar het gesprek terwijl hij reed en krabde aan een jeuk op zijn arm.

"Wat hebben ze gevonden?"

"Ze vonden een tunnel in de wand van een van de grotten."

"Een tunnel?"

Ben krabde weer aan zijn arm.

"Ja, door de mens gemaakt. En recentelijk ook doorgesneden," zei Stephens.

"Wow. Denken ze dat de bom zo daar is gekomen? Waar hij geplaatst is?" vroeg Julie.

"Nee, het zou de tunnel hebben vernietigd, of op zijn minst het grootste deel ervan hebben laten instorten. Ze hebben hem nog niet helemaal gevolgd, maar hij lijkt perfect intact te zijn."

Ben begon zich te ergeren aan de jeuk in zijn arm. *Wat is dat?*

Uiteindelijk keek hij naar beneden naar zijn onderarm. Een rode uitslag begon zich uit te spreiden over zijn handen. Zijn ogen verwijdden zich. *"Julie,"* fluisterde hij.

Julie heeft hem niet gehoord.

"Wat denken ze dat er aan de hand is, dan? Weten ze het?"

"Dat weten ze niet," antwoordde Stephens. "Maar ze hebben een idee. Ze denken dat de eerste bom een waarschuwing was, om onze aandacht te trekken."

Julie schudde snel haar hoofd. "Wacht, wat? Wat bedoel je met *eerste* bom?"

"Julie." Ben zei haar naam luider, in de hoop dat ze naar hem zou kijken. In plaats daarvan, hield ze haar wijsvinger op. *Wacht.*

"Ze denken dat er een tweede bom is, Julie. Een grotere. Het kan wel of niet een virale lading hebben zoals de eerste, maar hoe dan ook, als hij ontploft..."

"Julie!" Schreeuwde Ben eindelijk. Zijn stem vulde met gemak de cabine van de vrachtwagen, en ze sprong op. Ze keek naar hem terwijl Stephens verder ging.

"...Wacht - Julie, was dat Ben? Die kerel van Yellowstone?"

Haar ogen verwijdden zich toen ze zag waar Ben zo panisch over was geworden. De uitslag bedekte zijn handen en onderarmen, maar hij keek niet naar zijn eigen armen. In plaats daarvan wees hij naar de hare.

Ze liet de telefoon op haar schoot vallen en stak haar armen voor zich uit.

Een opkomende huiduitslag begon langzaam haar onderarmen te bedekken en haar handen.

HOOFDSTUK 34

DE F450 DEED HET UITSTEKEND. Ben gaf gas en stuurde de grote grijze truck over de smalle snelweg die door Billings, Montana kronkelde. Hij ging zeker tot het uiterste, maar het stuurde goed. Hij passeerde weer een auto vol met toeschouwers, verbaasd over zowel zijn snelheid als zijn schijnbare achteloosheid voor andere reizigers op de weg.

Maar het kon hem niet schelen wat ze van hem dachten. De uitslag was uitgezaaid tot net onder zijn schouders, hoewel het nog steeds alleen op zijn handen en armen zat. Het ging veel langzamer dan hij in Yellowstone had gezien, maar het ging wel. Hij kon alleen maar hopen dat Julie's eigen uitslag nog langzamer ging.

Hij reed voor een andere achttienwieler, deze vervoerde een lading gloednieuwe voertuigen naar een dealer. De bestuurder gaf hem een klap, maar dat kon Ben niet schelen. Hij moest naar het ziekenhuis. Naar Julie.

Ze bereikten het regionale vliegveld in Idaho Falls, maar tegen die tijd had ze Ben bijna overtuigd om door te rijden, om hen samen in Billings af te leveren. Ze was doodsbang om te vliegen met de uitslag, ervan overtuigd dat die zich zou verspreiden en de virale uitbraak alleen maar zou verergeren. Ben wist dat ze gelijk had - het was tot nu toe een uiterst besmettelijke ziekte gebleken, maar hij had aangevoerd dat er gewoon geen andere manier was om haar zo snel in Montana te krijgen. Ze vocht terug en herinnerde hem eraan dat dit nog steeds een commerciële luchthaven was - zelfs als er vandaag een vlucht naar Billings *was*, zou die misschien niet eens in de komende paar uur vertrekken. Wat had vliegen voor zin als ze hem niet voor kon zijn op kantoor?

Gelukkig was de ruzie bijgelegd toen haar telefoon ging. Het was haar baas, David Livingston, en hij was verrast toen hij het nieuws hoorde. "Ik heb een vliegtuig voor je klaarstaan," had hij gezegd. Het bleek een privéjet te zijn, eigendom van een zakenmagnaat die vaak met Livingston golfde. Het stond klaar om te vertrekken wanneer ze aankwamen - ze konden zelfs direct het tarmac oprijden om tijd te besparen. Julie was dolgelukkig, bedankte Livingston hartelijk en beloofde dat ze hem ooit zou terugbetalen. Ben weigerde nog steeds te vliegen, zelfs als hij het luxueuze comfort van een privévliegtuig met alle voorzieningen overwoog, dus zette hij haar af op het vliegveld, tankte de benzinetank van de truck vol en ging op de snelweg richting Montana.

Een uur geleden had zijn telefoon gerinkeld met een onbekende beller. Toen hij opnam en aan de andere kant de stem van Benjamin Stephens hoorde, wist hij dat het alleen maar slecht nieuws kon betekenen.

"Julie is hier," meldde Stephens.

"Goed om te horen," zei Ben. "Is ze nu op kantoor?"

"Nou, dat is waar ik eigenlijk over bel. Ze is niet op kantoor. We hebben haar in quarantaine in een lokaal ziekenhuis dat een vleugel heeft omgebouwd voor de virusuitbraak. Ze is nu verdoofd, en wordt volledig in de gaten gehouden."

"Wat?" Ben kon niet geloven wat hij hoorde. "Is ze in orde?"

"Voorlopig wel," zei Stephens. "De uitslag heeft zich uitgebreid naar haar nek en begint nu haar torso te bedekken. Het is nog in het beginstadium, van wat de dokters kunnen vertellen, maar het stopt niet."

Ben slikte hard. *Shit.*

"Oké, ik kom er aan. Waar is de...

"Dat kan niet, Ben. De hospitaal vleugel is volledig verboden terrein, en-"

"Waar is het ziekenhuis?" schreeuwde hij in de telefoon.

Stephens pauzeerde, en Ben kon hem horen zuchten aan de andere kant. "Luister, ik doe dit alleen omdat ze zei dat ik jou moest bellen." Hij gaf Ben het adres van het ziekenhuis, en voegde er nog een gedachte aan toe. "Als het personeel je daar betrapt, Ben, breekt de hel los. Dit is een totaal onbekende kracht waar we mee te maken hebben, en je kunt er maar beter vanuit gaan dat er pakken van elke tak daar zullen zijn, om uit te zoeken wat de deal is. Het is niet meer alleen de CDC."

Ben begreep wat hij bedoelde. *Als je niet voorzichtig bent, kan je in de gevangenis belanden. Of erger.*

"Ik hoor je. Stephens - bedankt."

"Geen probleem. Veel geluk, Ben. Hou me op de hoogte."

Ben hing de telefoon op en concentreerde zich op het verkrijgen van meer snelheid.

Een uur later, kwam hij aanrijden op de parking voor het ziekenhuis. Het was klein, en duidelijk oud. Het gebouw was prachtig, zonder twijfel gebouwd in het begin van de 20e eeuw, en het voldeed aan het stereotype van een oud ziekenhuis. Groene, verzorgde gazons strekten zich uit over een hectare voor het gebouw, omgeven door een hoog ijzeren hek met bakstenen torens op de hoeken. Picknicktafels stonden her en der verspreid, elk in de schaduw van massieve, eeuwenoude eikenbomen. Het ziekenhuis zelf had een grootse ingang en lobby, aan weerszijden begrensd door twee ziekenhuisvleugels van vijf verdiepingen.

Hij parkeerde op een bezoekersparkeerplaats en keek op de klok. Het werd al laat, maar hij wist dat er nog nachtpersoneel zou zijn. Het probleem was dat hij niet wist hoe laat de wissel zou plaatsvinden; wanneer de meeste van het dagpersoneel naar huis zou gaan voor de nacht. Hij haalde een paar keer diep adem om zich te ontspannen en overzag de omgeving.

Hij zag een paar ongemarkeerde voertuigen in een groepje achter zijn truck geparkeerd staan. Ze hadden allemaal diep getinte ramen en leken gloednieuw. Hij nam aan dat ze van de overheid waren, maar hij had geen idee van welk departement. Hij kon niet zien of ze onbezet waren.

Hij keek naar het voetgangersverkeer voor het oude ziekenhuis. Een ouder echtpaar liep over het terrein, de vrouw hield haar man vast en steunde hem terwijl hij zich wankelend over de stoep bewoog. Een ander stel, jonger, zat onder een van de eikenbomen te lachen.

Een paar mensen in schorten liepen via een zij-ingang het gebouw binnen. Hij zag hoe ze een kaart gebruikten en binnenkwamen, de deur achter hen dichtsloegen. *Dat was het dan.* Als hij toegang kon krijgen tot een van hun kaarten, kon hij binnenkomen zonder al te veel aandacht te trekken.

Het zou nooit werken. Wat moest hij dan doen, een arme oude dokter in elkaar slaan en hun ID-kaart stelen? Hij lachte bijna hardop. *Dit is belachelijk. Ik probeer in te breken in een ziekenhuis.*

Hij wist dat hij dat niet kon - hij was een parkwachter.

In plaats daarvan opende hij de autodeur en liep doelbewust naar de ingang. Als de regeringspakken hem inderdaad in de gaten hielden vanuit hun verkenningsvoertuigen, moest hij er uitzien als een bezoeker. Hij liep naar de voordeur en opende een van de deuren.

"Goedenavond, meneer," riep een jonge man aan de balie. "Waarmee kan ik u van dienst zijn?"

Hij raakte in paniek. *Wat moet ik doen?* Zijn gedachten werden brij. "Uh, hoi, ja. Ik ben hier om iemand te zien die ik, uh, ken."

De glimlach van de man vervaagde een beetje. "Oké, natuurlijk. Het bezoekuur is eigenlijk voorbij, maar -"

"Dat is goed, toch bedankt." Ben begon te zweten. Hij draaide zich snel om en liep terug naar de voordeur. *Jij dwaas.*

Toen hij de uitgang naderde, wierp hij een snelle blik over zijn schouder. De receptionist was aan de telefoon, gebogen over zijn werkplek. Een paar andere verpleegsters en dokters liepen door de grote hal, maar niemand leek hem op te merken. Hij zag een dunne deur tegen de muur, behangen om te lijken op de gestreepte tweekleurige muur van de lobby, en hij greep naar de knop.

Het draaide volledig, en hij duwde het open. Hij sloot de deur achter zich en keek om zich heen. Een klein oranje lampje aan het plafond verlichtte de kamer voldoende om hem te vertellen wat hij nodig had: het was een kleine conciërgekast, gevuld met dweilen emmers, bezems, en schoonmaakmiddelen. Hij vond een omgekeerde vijf-gallon emmer tegen de muur. Hij ging erop zitten en vatte zijn plan samen.

Er was niet veel om op te noemen: *ga de lobby in, zoek een schuilplaats.*

Wacht.

Wachten op wat?

Hij had geen idee. Hij wist dat hij Julie moest zien, om zeker te zijn dat ze in orde was, maar hij zat er tot over zijn oren in. Hij was een grote, logge parkwachter, geen kleine spichtige spion.

Hij wachtte een paar minuten, probeerde de activiteit buiten zijn kleine kast te peilen. Hij kon niet veel horen. Voetstappen hier en daar, die hem niets anders vertelden dan de algemene locatie van de persoon aan de andere kant van de deur.

Nog eens vijf minuten gingen voorbij, en hij hoorde weer voetstappen die langs zijn kast liepen.

Nee, ze gaan niet voorbij.

Ze kwamen naar *hem* toe.

Ben wachtte, hopend dat de voetstappen zich in de verte zouden terugtrekken.

De voetstappen stopten. Iemand stond nu direct voor de deur.

Ga alsjeblieft weg.

De hendel draaide, en hij greep naar iets - wat dan ook - om als wapen te gebruiken. Er was niets anders dan een emmer met dweilen die binnen handbereik stond. Hij pakte er een en draaide de steel los van de basis.

Een seconde later, gleed de deur open. Licht drong door de schemerige kamer.

Ben hief de mop steel, en huiverde.

Het silhouet van een man stond in de deuropening, maar hij kwam de kamer niet binnen.

"Jij moet Harvey Bennett zijn. Ben, geloof ik?"

HOOFDSTUK 35

"WIE BENT U?" vroeg Ben. "Hoe weet je mijn naam?"

De man deed een stap naar voren, en Ben hief de mop steel hoger.

De man stak een hand op. "Woah, daar, zoon. Ik ga je geen pijn doen." Hij pauzeerde en deed nog een stap in de kast. Hij keek naar de mopsteel. "Werkt ook beter dan je zou denken."

Ben fronste zijn wenkbrauwen maar liet zijn greep op het wapen niet los.

De man was nu volledig in de kamer, en het licht van de lobby was genoeg om Ben een idee te geven van wie er was binnengekomen.

Een conciërge.

De man, gekleed in een kraakheldere blauwe overall en een bijpassende blauwe pet, was ouder dan Ben, maar ongeveer even lang en ongeveer even stevig gebouwd. Lang witachtige lokken haar vielen rond de pet en Ben kon zien dat hij glimlachte.

Een gestreken naamplaatje staarde terug naar Ben vanuit de borstzak van de man.

Roger.

"Jij... jij bent een conciërge?" Vroeg Ben.

De man knikte. "Wij geven de voorkeur aan 'sanitaire technicus', maar ja, conciërge werkt ook."

"Hoe weet je wie ik ben?" vroeg hij weer.

"Ik zag je hier binnenkomen na je *schrijnende* ontmoeting met Junior."

Junior moet de jongen van de balie zijn.

"Dat verklaart nog steeds niet hoe je weet wie ik ben."

"Juist, sorry. Er is meer aan de hand dan dit, maar Julie heeft het me verteld."

Het noemen van Julie's naam bezorgde Ben een rilling over zijn rug. "Is alles goed met haar?"

"Ze is in orde. In de quarantaine afdeling, maar ze geven haar een kalmerend middel dat de pijn verzacht en de bloedstroom vertraagd. Het is niet genoeg om het virus te stoppen, maar het zal helpen."

Ben raakte met de seconde meer en meer in de war. Voor hem stond een man - een *conciërge* - die wist wie hij was, wie Julie was, en blijkbaar wat voor uitbraak er gaande was in de quarantaine van het ziekenhuis.

"Ze vertelde me dat je hier zou komen en probeerde een beetje uit te leggen hoe je eruit zag. Ik was daar ongeveer een uur geleden, toen ze haar binnen brachten. Er is een hazmat kamer opgezet net buiten de ingang, maar alleen personeel en faciliteiten, zoals ik, kunnen naar binnen."

Ben schudde zijn hoofd. "Luister, dat is geweldig. Ik moet bij haar zien te komen. Kun je me helpen?"

"Rustig aan, rustig aan," zei de man. "We komen er wel in. Wil je die mopsteel laten vallen?"

Ben besefte niet dat hij nog steeds klaar stond voor een aanval. Hij ontspande zich een beetje en liet de houten stok vallen.

"Dus je was daar aan het schoonmaken, en begon toevallig met haar te praten?"

De glimlach van de man verdween, en Ben kon hem ernstig zien worden. "Oh, nee. Je begrijpt het niet. Ik ben hier al een hele tijd mee bezig. Het is zeker toeval dat het lot haar hier bracht, maar het is helemaal niet het lot dat hetzelfde voor mij deed."

Ben had geen idee waar hij het over had. "Werken aan *wat*?"

"Het virus. Ik probeer erachter te komen wat het is. Ik bestudeer het - zoveel als ik kan, in ieder geval, al maanden. Dit ziekenhuis *moet er* op een of andere manier bij betrokken zijn, maar ik weet niet precies hoe. Ik begon de hoop te verliezen, maar een paar dagen geleden hebben ze de eerste verdieping van de oostvleugel in quarantaine veranderd en ik hoorde fluisteren dat ze hielpen met het Yellowstone Virus."

Ben dacht daar even over na. *Het Yellowstone Virus.* Hij had niet geluisterd naar wat de media te berde brachten, maar hij was er zeker van dat de bijnaam kon worden toegeschreven aan een of andere marketing-gerichte nieuwsagent.

"Oké, dus je hebt het goed geraden. Maar er zijn andere ziekenhuizen in de buurt die ook zo'n quarantaine hebben, toch? Als het virus zich verspreidt, zullen er alleen maar meer..."

De man schudde een vinger naar hem. "Nee, dat is het juist. Het *moest* deze zijn. Dit ziekenhuis is gedeeltelijk eigendom van een bedrijf genaamd Rainbaucher's, dat zelf grotendeels eigendom is van een ander bedrijf, Dragonstone Corp. Er zijn ook twee farmaceutische bedrijven, een in Noorwegen, genaamd Drage Medisinsk, en een hier in Canada genaamd Drache Global." Hij keek afwachtend naar Bens reactie. Omdat hij niets hoorde, ging hij verder.

"Dragonstone is de organisatie achter deze aanvallen."

"Wacht, ben je serieus? Zit hier een *bedrijf* achter?"

De man knikte. "Vergeet niet dat een bedrijf uit mensen bestaat, misschien uit één persoon. Iemand - wie daar ook aan de touwtjes trekt - zit erachter. Ik volg slechts de broodkruimels."

Ben dacht even na. "Hoe wist je waar je moest beginnen? Hoe ben je eigenlijk aan deze informatie gekomen?"

"De kleinere bedrijven, zoals dit ziekenhuis, moeten openbare jaarrekeningen indienen. Die zijn natuurlijk zo ingewikkeld en omslachtig dat ik er niets aan heb, maar het gaf me tenminste een glimp van de andere bedrijven die erachter zaten. Ik had genoeg voorkennis over dit alles om te weten waar ik moest beginnen met zoeken."

"Wat bedoel je?" Vroeg Ben. "Wacht, voor je antwoordt, help me Julie te bereiken. Ze moet dit horen."

De man knikte en stak toen zijn hand uit. "Ik ben blij dat ik je gevonden heb, zoon. Jullie twee kunnen helpen dit ding te stoppen."

Ben stak zijn hand uit om de man de hand te schudden, en trok hem toen terug. *De uitslag.*

De conciërge, Roger, lachte en pakte Bens hand toch vast. "Maak je daar maar geen zorgen over. Het doet er niet meer toe. Leuk je te ontmoeten."

Ben fronste zijn wenkbrauwen, maar schudde zijn hand. "Ook leuk jou te ontmoeten, uh... Roger."

De man lachte. "Ha! Ik was vergeten dat ik dit aan had." Hij liet Bens hand los en streek over de kleine vlek op zijn overall. "Ik moest een beetje 'undercover' gaan toen ik hier begon. Je mag me Malcolm noemen."

"Malcolm?"

"Dr. Malcolm Fischer."

HOOFDSTUK 36

MALCOLM BLEEK EEN BELANGRIJKE AANWINST TE ZIJN. Er was een kruipruimte-achtige zolder boven de gang waar Julie werd vastgehouden, ondersteund door een metalen loopbrug. Gebruikt voor elektrische leidingen, loodgieterswerk voor de bovenverdiepingen, en het gemoderniseerde HVAC systeem, was het in de eerste plaats bedoeld om kabels en leidingen te huisvesten, geen mensen. Toen Malcolm Ben de kleine ruimte liet zien waar ze zich in moesten wringen, dacht Ben dat hij een grapje maakte.

"Dat kun je niet menen."

"Als ik het kan, kan jij het ook," was Malcolm's antwoord.

Ben was niet claustrofobisch, maar dit scheelde niet veel. De ruimte was ongeveer een meter hoog en een meter breed. Genoeg voor een hond of klein dier om er makkelijk door te komen, maar een groot mannelijk mens? Dat zou krap zijn.

"Ik ga eerst, jij volgt achter mij. Er zal een luchtopening direct boven haar kamer zijn, maar die moeten we heropenen. De CDC ploeg die hier was heeft alle luchtstromen afgesloten en omgeleid zodat ze alles binnen konden houden.

"Juist." Ben keek nog steeds naar de kleine kruipruimte. "Wijs de weg."

Malcolm wurmde zich omhoog en in de ruimte, Ben verassend met de kracht en snelheid van de oudere man. Hij volgde erachteraan en kreeg een gezicht vol schoenrubber toen hij de schacht binnenging.

"Misschien wil je wachten tot ik een beetje vooruit ben."

"Ja, dat heb ik," zei Ben.

Ze gleden langzaam door de schacht, kruipend over lijnen van elektriciteits- en netwerkkabels, PVC-buizen en andere vergeten infrastructuur. Het was heet in de tunnel, en ze werkten zich snel in het zweet. "Hoe lang nog?" vroeg Ben.

"Ongeveer tien minuten. Het gaat langzaam, maar we kunnen in en uit haar kamer gaan zonder dat iemand het weet. De moeite waard."

Ben was het ermee eens, maar hij wenste nog steeds dat het wat comfortabeler was in de schacht.

Eindelijk stopte Malcolm. "Ik ben boven het rooster. Ik ga beginnen met de lambrisering los te schroeven, maar jij moet het omhoog houden. We kunnen het niet op haar laten vallen."

Ben volgde zijn instructies op en schoof naast Malcolms benen omhoog. Het bovenlichaam van de man was gekromd en teruggedraaid, waardoor hij de vrijheid had om een kleine schroevendraaier te bewerken, terwijl Ben ruimte kreeg om zich naast hem te wringen.

"Nog een minuutje," zei hij.

Ben voelde het rooster ploffen met de laatste schroef en hield het op zijn plaats. Het was zwaarder dan hij zich had gerealiseerd, maar het viel niet. Samen draaiden de twee mannen het rooster op zijn kant en trokken het door het plafond omhoog. Toen het door het gat heen was, duwde Malcolm het boven zijn buikige lichaam, verder de schacht in.

Een koele luchtstroom raakte Ben, en hij ademde het in. Het deed zijn huid jeuken, vooral het gebied rond zijn halslijn, borst en armen, waar de uitslag zijn huid bedekte. Het gevoel veroorzaakte een gevoel van urgentie in hem toen hij zich opnieuw de ernst van hun situatie herinnerde. Hij stak zijn hoofd door het open gat in het plafond en keek de kamer in.

Julie.

Ze lag daar, met gesloten ogen, op een bed in het midden van de kamer. Een paar infuuslijnen liepen in haar armen, en Ben kon de paarsachtige uitslag op haar huid zien, maar verder leek ze onge-deerd. Er was verder niemand in de kamer.

Hij zuchtte opgelucht en keek weer op naar Malcolm. "Jij gaat eerst, aangezien je op je voeten kunt staan. Geef me een hand als je beneden bent."

Malcolm knikte en zwaaide zijn voeten naar beneden en door het gat. Hij viel sierlijk van de loopbrug aan het plafond de kamer in. "Klaar," riep hij naar boven.

Ben zakte door het gat tot hij druk op zijn voeten voelde. Hij liet zich langzaam zakken, terwijl Malcolm hem naar beneden hielp. Toen zijn voeten de vloer van de ziekenhuiskamer raakten, fladderden Julie's ogen open.

"Ben?"

"Julie! Hé, hoe voel je je?" Hij haastte zich naar haar toe.

"Ik - ik ben in orde, denk ik," zei ze. "Een beetje groggy, maar ik ben oké. Het zijn vooral de medicijnen. De uitslag - is die weg?"

Ben keek naar haar. Ze was omgekleed in een lichtblauwe

ziekenhuisjas en onder een laken gelegd, maar haar nek en armen lagen buiten de deken. De uitslag was nu paars, verdiept in het begin van steenpuisten en blaren net onder het oppervlak van haar huid.

"Uh, ja. Je ziet er geweldig uit," zei hij glimlachend.

"Hou je kop. Je bent een eikel," zei ze. Haar stem was trillerig, maar ze leek alerter. "Haal me hier uit."

"Julie, dat kunnen we niet doen. Het spijt me - je bent niet sterk genoeg..."

"Hou ermee op. Kijk naar jezelf. Als jij hier in kan komen, kan ik er ook weer uit." Ze ging een beetje rechtop zitten en begon aan de infuuslijnen in haar armen te trekken. "Wat zijn dit eigenlijk?"

Malcolm stapte naar voren. "Waarschijnlijk geven ze de medicijnen af die je licht verdoofd houden," zei hij. "Ze doen waarschijnlijk niet veel met je op dit moment, behalve de pijn tegenhouden en je bloed een beetje vertragen.

Ze fronste en probeerde zich te herinneren waar ze hem had gezien.

"Lieve hemel, ze hebben je zeker behoorlijk verdoofd gehouden." Hij stak een hand uit en legde die op haar schouder. "Mijn naam is Dr. Malcolm Fischer, weet u nog? We hebben elkaar ontmoet toen je hier werd gebracht."

Ze knikte, langzaam.

"Ik ontmoette je vriend hier een paar minuten geleden in een kast van de conciërge."

Ze trok een wenkbrauw op. "Eindelijk uit de kast gekomen, hè, Ben?"

"Echt? Nu meteen?"

Ze lachte en draaide zich weer om naar de infuuslijnen. "Ik

waardeer je plan om me op te zoeken, maar dacht je echt dat je hier zomaar binnen kon walsen, 'hoi' zeggen en dan weggaan?

Hij was stomverbaasd. Wat *was* zijn plan?

"Ik heb een beter idee," ging ze verder. "Jullie twee halen me uit dit ziekenhuis, brengen me ergens waar we kunnen praten, en jij," ze wees naar Malcolm, "vertel me wat je weet."

Malcolm glimlachte. "Ik hou van een meisje met pit." Hij gaf Ben een duwtje en knipoogde. "Klinkt als een plan."

Julie trok de twee naalden uit haar arm en ging hoger in het bed zitten. Ben hees Malcolm omhoog en in het ventilatiegat in het plafond, en draaide zich om om Julie te helpen. Ze stond nu, haar evenwicht herwonnen. Haar haar zat door de war en haar ogen zagen eruit alsof ze al tijden niet geslapen had. Ze haalde tevergeefs een hand door haar haar, gaf het toen op en draaide zich terug naar Ben.

Ze stapte voor hem uit, haar blote voeten recht voor zijn schoenen. Toen ze daar stond zonder schoenen aan, een kop kleiner dan Ben en alleen een ziekenhuisjasje aan, merkte hij hoe *klein* ze leek. Ze keek naar hem op met haar grote bruine ogen.

"Waar wacht je op, ranger?" vroeg ze. "Laten we dit doen."

Ze pakte zijn handen en legde ze op haar zij. Hij voelde zijn gezicht blozen, en hij slikte.

"Wat? Stop met gek worden. Het is net als je middelbare school dans, behalve dat je me nu in de lucht moet tillen." Ze pauzeerde en hield haar hoofd opzij. "Je *bent al* eerder naar een bal geweest, toch?"

Hij slikte weer.

"Wat is jouw deal?"

"Ja, wat is de wacht daar beneden?" riep Malcolm vanaf het plafond.

"Jij - jij bent gewoon, uh, een beetje..."

Ze grijnsde. "Een beetje *wat*, Ben?"

"Een beetje naakt, denk ik..."

Ze knipperde met haar ogen, beet op haar onderlip en staarde hem aan, liet hem een paar seconden in zijn eigen verlegenheid sudderen.

Hij verstevigde zijn greep op haar zij, bereidde zich voor om haar omhoog te lanceren, en...

Ze leunde voorover en *kuste* hem. Lang en traag, het soort kus dat hij nog nooit had ervaren.

Zijn oren voelden plotseling heet aan. Ze trok haar hoofd iets terug maar schoof haar lichaam dichter naar het zijne. Toen leunde ze voorover, dicht bij zijn warme oren, en fluisterde.

"Helpt dat een beetje?"

Hij slikte voor de derde keer, niet in staat om woorden te maken. Hij knikte een keer.

"Goed. Bedankt dat je me kwam halen."

HOOFDSTUK 37

Terwijl Ben zijn rechtervoet door het gat in het plafond liet glijden en het ventilatiepaneel wilde vervangen, hoorde hij iemand de deur naar Julie's kamer openen.

"Uh oh, jongens," zei hij tegen Malcolm en Julie voor hem in de kleine schacht, "we hebben een probleem."

Plotseling klonk er een schreeuw vanuit de kamer onder hen. "Code nul! We hebben een breuk in de quarantaine sector!"

Ben sprak geen paramedisch, maar er was niet veel voor nodig om die code te kraken. Hij begon de andere twee te roepen dat ze moesten opschieten, maar toen hij opkeek kwam hij voor een nieuw probleem te staan.

We halen het nooit.

Zelfs als zij zich op de een of andere manier snel door de krappe ruimte zouden kunnen manoeuvreren, zouden het ziekenhuispersoneel en de andere regeringsambtenaren hier alleen maar aan de andere kant op hen hoeven te wachten.

Ze hadden een ander plan nodig.

"Malcolm, kunnen we op een andere manier uit deze schacht komen?"

"Zeker, maar dan moeten we het rooster weer losschroeven, zoals we bij Julie's kamer hebben gedaan."

Ben heeft het overwogen.

"Doe het bij de volgende die je vindt. Ze zullen snel doorhebben wat we deden om in en uit die kamer te komen, en we moeten hier op een andere manier weg."

Malcolm stopte niet met voorwaarts gaan totdat hij een plafondrooster boven een andere ziekenhuiskamer had bereikt. Julie schoof naast hem om te helpen, maar toen Malcolm twee van de vier schroeven had losgedraaid die het rooster op zijn plaats hielden, bedacht hij zich.

"Schuif een beetje naar achteren. Ik ga dit op de snelle manier doen." Hij gleed naar voren, over het rooster, en liet zijn schoenen er direct boven rusten. Hij tilde zijn voet zo hoog op als hij kon in de kleine ruimte en sloeg hem neer.

Ben zag het rooster draaien en door het gat vallen, een van de overgebleven schroeven was geknapt onder de kracht. De vierde en laatste schroef was de enige die het rooster op zijn plaats hield, maar Malcolm boog hem uit de weg en sprong naar beneden de kamer in.

Julie en Ben volgden.

"Ze gaan elke kamer doorzoeken, maar ze zullen waarschijnlijk traag zijn omdat ze de pakken moeten aantrekken en alles onder controle moeten houden," zei Julie. "Dat risico nemen ze niet."

De twee mannen knikten en keken om zich heen. Ze bevonden zich in een andere ziekenhuiskamer, even klein als die van Julie, maar deze had twee bedden - beide leeg. Blijkbaar betekende "quarantaine" voor het ziekenhuispersoneel niet hetzelfde als "luxe vertrekken".

Ben haastte zich naar de deur en opende hem op een kier. "Er is nog niemand in de hal. Die dokter die ons verraden heeft, is vast al terug in de hal."

"Ze komen wel binnen," zei Malcolm. "Laten we in ieder geval uit deze kamer gaan."

Ze volgden Malcolm naar buiten, de hal in. Toen Ben de kamer uitstapte, zag hij de dubbele deuren aan het eind van de lange gang opengaan, gevolgd door drie mannen in insluitings-pakken en twee anderen achter hen, die strakkere, doorzichtige beschermende pakken over hun gewone kleding droegen.

Maar het waren niet de pakken die Ben het eerst opmerkte.

Het waren de *geweren* die de drie mannen vasthielden.

"Stop, of we schieten!" schreeuwde een van de mannen. Julie draaide zich onmiddellijk om en rende de andere kant op. Malcolm en Ben hadden geen andere keus dan te volgen. Ben wachtte op kogels die in hun rug zouden inslaan, maar die kwamen niet. In plaats daarvan hoorde hij hun voetstappen toen ze begonnen te rennen, en hun conversatie.

"Sir, moeten we aanvallen?" vroeg een van de mannen.

"Negatief. Alleen als er gevaar is voor een breuk," antwoordde een ander.

Ze liepen naar de enkele deur aan de andere kant van de gang, en Malcolm drukte op de horizontale stang om hem te openen. Hij duwde naar binnen, maar de deur bewoog niet.

"*Natuurlijk* is het op slot," zei hij vloekend.

"Hierheen!" riep Julie van rechts. Ben draaide zich om om te zien waar ze was en vond haar in een grote kantoorruimte, vol met hokjes en computerstations. De mannen volgden haar naar binnen, en ze sloot de deur achter hen. "Het is een kantoor, maar het is leeggehaald toen ze de gang in quarantaine hebben gezet. Er is nog een ingang een eindje terug, dus die deur moeten we ook blokkeren."

Ze liep naar de andere kant van de kamer en keek naar de deur. Ben kwam helpen, en samen schoven ze een paar van de hoge archiefkasten tegen de deur. Malcolm deed hetzelfde bij de deur waardoor ze waren binnengekomen, en kwam toen weer samen in het midden van de kamer.

"En wat is er aan de andere kant van deze deur?" vroeg Malcolm, wijzend naar een derde deur die naar buiten leek te leiden.

"Geen idee," zei Julie, "maar het is geen goed nieuws. Als het naar buiten leidt..."

"Kunnen we het niet gewoon open maken en kijken?" vroeg Ben. Hij liep naar de deur, duwde op de horizontale balk aan de voorkant en ontdekte dat hij op slot zat. "Nou, daar gaat die optie."

"Het maakt niet uit, nu," zei Julie. "Die deur, en die aan het eind van de gang, leidt naar buiten." Ze wees naar het verlichte exit teken dat boven de deur hing. "Dat betekent dat we zijn overge-gaan op een ander protocol." Ze zakte onderuit in een bureaustoel die in de spleet tussen twee hokjes was gerold.

"'Een ander protocol?" Zei Ben. "Wat betekent dat?"

"Het betekent dat die jongens gaan schieten zodra ze deze deuren open krijgen."

Als op het juiste moment, schalde er een gebonk door het kleine kantoor.

"Ze zijn hier," zei Malcolm.

"Waarom zullen ze gaan schieten, Julie?" Ben probeerde haar

te laten uitleggen waar ze het over had. "Je hebt het gehoord, toch? Hij vroeg of ze moesten aanvallen, en de andere man zei 'nee'."

"Omdat ze werken volgens het noodprotocol voor inperking in geval van een mogelijke uitbraak."

Beide mannen staarden haar wezenloos aan.

"Dat betekent dat ze werken volgens de CDC-normen voor dreigingsanalyse. Als er een mogelijke inbreuk is in een beveiligde faciliteit - zoals deze - gaan ze aan de slag om de dreiging *in te dammen*. Als ze dat niet *kunnen*, of als ze denken dat de dreiging 'onmiddellijk aannemelijk' is, zoals het geschreven staat, gaan ze de dreiging *elimineren*. Aangezien deze deuren naar buiten leiden, zullen ze onze ontsnappingsroutes afsluiten."

Ben begreep het nog steeds niet.

Malcolm pakte de draad weer op. "Het is een utilitaire beslissing."

"Precies," zei Julie. Ze besteedde niet veel aandacht meer aan het gesprek, in plaats daarvan concentreerde ze zich op de barrières tussen hen en de mannen met geweren.

"Een wat?" Vroeg Ben.

Malcolm antwoordde. "Het betekent *dat wij* nu de bedreiging zijn, Ben. Ze gaan proberen zoveel mogelijk lange-termijn slachtoffers te voorkomen..."

"...door de dreiging te elimineren," eindigde Ben.

"Yep," zei Julie. "Het staat in het draaiboek. We hebben het virus door ons heen lopen. Beperk het aantal doden tot een minimum, weet je?"

Het was een harde realiteit, maar het was logisch. Ben knikte en kreeg plotseling serieuze belangstelling voor hun verdedigbare positie. "Hebben we hier iets dat we als wapen kunnen gebruiken?" Hij keek rond, maar kon niets vinden dat het proberen waard was. *Computermuizen, toetsenborden, monitoren...*

"Oké," zei Ben tegen de anderen. "Ze zullen zich waarschijnlijk opsplitsen - vijf in totaal, drie gewapend. Dus verwacht één, misschien twee mannen met wapens die door elke deur komen."

Het gebonk ging door, nu van achter elk van de twee deuren van de gang. Ben stond tegen de ene deur, Malcolm en Julie achter de andere. Julie reikte omhoog en drukte op een lichtknop aan de muur naast haar, waardoor de kamer bijna in het donker viel. Hij keek toe hoe zijn deur steeds een beetje verder naar binnen schoof toen de man er op inbeukte.

Met een laatste klap viel de man voorover in de kantoorkamer, zijn lichaam bijna volledig bedekt door het hazmat pak.

Dat is mijn voordeel, dacht hij. Het pak van de man bedekte zowel zijn hoofd als zijn lichaam, en blokkeerde het grootste deel van zijn perifere visie.

Ben manoeuvreerde rond de dossierkasten, stopte toen hij bijna achter de opengaande deur was. De man kwam de kamer binnen en richtte zijn geweer, op zoek naar een doelwit...

...net toen Ben de deur zo hard als hij kon naar voren sloeg met een stevige trap. De deur schoot op de man af en raakte hem in zijn rug en hoofd. De man gilde en vloog naar voren, liet zijn pistool vallen en viel op de grond.

Een tweede gewapende man kwam de kamer binnen achter zijn kameraad, maar Ben had zich al om hem heen bewogen. De man stond op net toen Ben zijn pistool op hem richtte.

"Blijf daar, meneer. Ik zal je neerschieten."

De ogen van de man waren zichtbaar door het pak, en Ben richtte zich op hen. Hij zette zich schrap en durfde niet terug te deinzen. De man gaf uiteindelijk toe, liet zijn pistool op de grond vallen en hief zijn handen boven zijn hoofd. Ben hoorde achter zich nog een klap - de derde schutter was de kamer binnengedrongen.

De man voor Ben keek met zijn ogen omhoog, weg van Ben, en toen weer terug.

Shit.

Ben anticipeerde de schoten, geen moment te vroeg. Hij dook naar de ongewapende man voor hem en viel opzij, net toen achter hem twee schoten klonken.

"Ben!" hoorde hij Julie vanaf de andere kant van de kamer roepen.

Hij lag op de grond, tastend in het duister, op zoek naar het pistool dat hij uit zijn handen had voelen glippen. De tweede man die de kamer binnenkwam was in een oogwenk bij hem en worstelde Ben tegen de grond.

Ben was hulpeloos. De man boven op hem was groter, zwaarder. Hij sloeg Ben's handen achter zijn rug en greep een handvol van Ben's haar.

Nog een geweerschot.

Ben deinsde terug, maar de hand van de man liet zijn hoofd los, en hij voelde het gewicht van zijn rug getild worden.

Hij rolde zich om, hief zijn armen op om een klap af te weren waarvan hij wist dat die zou komen, maar in plaats daarvan hoorde hij nog een geweerschot.

Deze keer slaakte de derde schutter die was binnengekomen een kreet, en hij keek toe hoe de man op de grond viel. Een derde en vierde schot stuurden Bens worstelpartner tegen de dossierkasten tegen de muur.

Ben keek op en zag Julie over het lichaam van de derde

schutter staan, met haar kaken op elkaar geklemd van woede en een pistool in haar hand.

"Gaat het, ranger?" vroeg ze.

Hij controleerde mentaal zijn spieren en botten. Hij vond dat alles in orde was, ging rechtop zitten en knikte. "Ja, ik ben in orde. Bedankt."

"Nee, dank je," zei ze. "Bedankt dat je het pistool mijn kant op hebt gegooid. Goed bedacht."

Hij stond op. "Uh, yeah. Geen probleem. Waar is Malcolm?"

"De deur raakte hem toen die kerel hem openbrak. Ik denk dat hij gewoon knock-out geslagen is."

"Hetzelfde gebeurde met deze kerel. Hij zal wel snel wakker worden. We kunnen hier beter weggaan voordat hij dat doet, en jou terugbrengen naar je kantoor."

Ze fronste haar wenkbrauwen toen hij naar Malcolm liep om te kijken. "Ben, we gaan niet naar het kantoor. Heb je die andere twee jongens niet gezien?"

Ben herinnerde zich plotseling dat er *vijf* mannen in de gang waren die hen achtervolgden. Drie lagen languit op de grond voor hen, maar de andere twee...

"Wie waren het?"

"Het was Livingston. En Stephens."

HOOFDSTUK 38

"WAT IS HET VOLGENDE?" Julie had haar gebruikelijke zelfverzekerde houding aangenomen toen ze naar de twee mannen opkeek.

Malcolm en Ben staarden Julie aan de andere kant van de tafel aan. Ze waren net gestopt bij een hotel in de buurt van het ziekenhuis en zaten in een kamer die Malcolm had geboekt onder zijn pseudoniem 'Roger Ebert'. Het feit dat Roger Ebert de naam was van een beroemde filmcriticus die slechts een paar jaar daarvoor was overleden, ontlokte Malcolm slechts een schouderophaal. "Ik vond zijn kritieken toch altijd al verschrikkelijk," was zijn antwoord.

Het plan was om daar te blijven tot ze een beter plan hadden.

"We moeten een bommenploeg naar Yellowstone sturen," zei Malcolm.

"Welke andere afdelingen er ook mee bezig zijn, ze hebben het waarschijnlijk al gedaan, dus het zou tijdverspilling zijn om het zelf te proberen en er een op te zetten. Julie kan bellen en ervoor zorgen onderweg."

"Onderweg waarheen?" vroeg ze.

"We moeten hulp voor je halen. We kunnen natuurlijk niet terug naar dat ziekenhuis, maar er moet ergens anders een quarantaine zijn."

Julie keek omlaag naar haar armen en toen naar die van Ben. "Jij zit in hetzelfde schuitje, Ben. En trouwens, het lijkt er niet op dat het erger is geworden."

Ben fronste zijn wenkbrauwen. "Je hebt gelijk," zei hij terwijl hij aan zijn onderarmen krabde. "Dit is ongeveer hoe het eruit zag voordat ik naar het ziekenhuis ging."

"De mijne werd een beetje erger toen ik daar was," zei Julie, "maar het is sindsdien niet uitgezaaid. Hé, en jij?" Julie keek naar Malcolm.

"En ik dan?"

"Je bent in orde. Geen virus, geen uitslag."

Ben draaide zich ook om om de oudere man kritisch te bekijken. "U heeft wat uit te leggen, Dr. Fischer. Uit het niets opduiken en me vertellen over dat bedrijf in Dragonstone. Hoe heb je dit allemaal uitgevogeld?

Malcolm zuchtte. "Ja, u hebt gelijk, Ms. Richardson. Ik heb geen uitslag, en ik zal het ook niet krijgen. Ik geloof dat het virus, hoewel zeer besmettelijk, niet terugkerend is."

"Niet terugkerend?"

"Het betekent dat het niet terugkomt," zei Julie. "Zoals waterpokken."

"Maar dat betekent..."

"Juist. Het betekent dat ik het virus al heb *gehad*. Ik geloof dat ik zes maanden geleden aan het virus ben blootgesteld, toen ik in coma lag. Ik geloof dat ik het toen opgelopen heb, omdat ze er behandelingen voor aan het testen waren. Ik weet niet zeker of het gelukt is, maar ik heb ze horen zeggen dat het virus 'door mijn systeem was gegaan' en dat ik immuun was.

Julie was verbijsterd. "Waar heb je het over?"

"Wel," begon Malcolm, "ongeveer een jaar geleden was ik op een onderzoeksreis met enkele studenten van mijn universiteit, in het Noordwestelijk Territorium -"

"Jij bent die professor!" Zei Julie. "Die studenten..."

"Dat ben ik. Het team verdween, en de persagentschappen hielden ons maandenlang in de media, maar niemand van de expeditie is ooit gevonden, zoals u zich herinnert."

Julie's ogen werden groot toen Malcolm verder ging. "Maar het was geen onschuldig ongeluk, zoals velen dachten. We zijn niet door een bevroren meer gevallen of opgegeten door beren. Mijn studenten zijn vermoord."

Deze openbaring verraste Ben ook. "Vermoord? Wat bedoel je?"

Malcolm slikte, proberend de woorden op te brengen. "Ik... ik heb er sindsdien niet meer over gesproken, maar... er was een helikopter. We hadden een ontdekking gedaan, en ik neem aan dat een van de studenten me tegenwerkte. Ze moeten de moordenaars hebben gealarmeerd over onze locatie, en wat we vonden.

"Het was een poederachtige substantie, een soort wit poeder dat de consistentie van zand had. En munten. Vreemde munten die we nog nooit eerder hadden gezien. Ik denk dat het penningen waren van de inheemse stam uit dat gebied, waarschijnlijk dezelfde mensen die het poeder maakten."

"Gemaakt?" vroeg Julie.

"Ja, nu ik de tijd heb gehad om erover na te denken, denk ik dat het poeder de overblijfselen waren van een inheemse plant, de vergane resten van de gedroogde bladeren. Ze hebben het misschien gebruikt tijdens het leven, maar na het rotten en drogen, en zoveel jaren ongestoord liggen..."

"Denk je dat het iets met het virus te maken heeft?"

"Ik geloof dat het het virus *is*, althans voor een deel," zei Malcolm. "Hoe dan ook, ik kom er wel. Dus we vonden deze dingen in een grot, maar we hebben ze niet kunnen uitgraven. Toen we terugkwamen in het kamp..."

"De helikopter," zei Ben.

Malcolm knikte, en slikte opnieuw. "Ja. De helikopter kwam, en nam me mee. De rest van de studenten..."

Hij hoefde de zin niet af te maken.

"De compagnie die mijn team afslachtte, moet goed opge-ruimd hebben. De zoekploegen vonden onze tenten en uitrusting mijlenver van onze eigenlijke locatie. Ze hebben niets achterge-laten dat op verdachte activiteiten zou kunnen wijzen."

"Maar de hele zaak *was verdacht*," zei Julie. "Het was een grote zaak. Elk nieuwsblad in het land berichtte erover, en er waren ook samenzweringstheorieën over."

"Ik weet het, ik weet het. Maar zoals ik al zei, het bedrijf heeft zijn werk goed gedaan."

"Je hebt het steeds over een bedrijf," zei Ben. "Hoe weet je dat?"

Malcolm knikte. "Ze namen me mee naar een plek met de modernste medische faciliteiten en ondervroegen me. Ze hebben me niet gemarteld, want ik betwijfel of ze dachten dat ik de facili-teit ooit zou verlaten, maar ze waren er niet tevreden mee dat ik zo goed als niets wist over dit poeder. Ze brachten me in een medisch geïnduceerde coma, en haalden me er pas uit na maanden onder narcose te zijn geweest."

"Mijn God," fluisterde Julie.

"Ik had genoeg tijd om na te denken. Het was vreemd om in

die toestand te zijn. Ik kon min of meer gedachten vormen en de dingen doornemen die ik me kon herinneren, hoewel het een langzamer proces was dan wanneer ik helder was geweest. Maar het was toen ik wakker was, of tenminste meestal wakker, dat ik probeerde de informatie bij elkaar te puzzelen. De dokters die in mijn kamer werkten droegen elk hetzelfde logo op hun jas, en ze werkten in regelmatige shifts - een grote operatie. Uiteindelijk ving ik een glimp op van de naam van het bedrijf. Drache Global.

"Drache?"

"Ja," zei Malcolm. "Drache Global. Een farmaceutisch bedrijf, gevestigd in Canada. Ik had nog nooit van ze gehoord, maar ik beloofde mezelf dat ik daar weg zou komen en uit zou zoeken wie ze waren. Ik had tijd genoeg, weet je nog, want ik lag maanden in een ziekenhuisbed. Ik stelde een plan op, en op een nacht kwam ik eruit." Malcolm keek naar de muur en bestudeerde het rastervormige behang.

Ben zag dat er meer achter de ontsnapping van de man zat, maar hij zette hem niet onder druk.

"Ik stapte uit, en ik rende. Ik rende voor mijn leven. Ik wilde me verstoppen, maar ik wilde meer dan wat dan ook het onrecht rechtzetten dat mijn studenten en hun families was aangedaan. Ik moest uitzoeken wat Drache Global was."

"En deed je dat?" vroeg Julie. Ben merkte dat ze een hand op Malcolms onderarm op de tafel had gelegd.

"Zoiets, ja. Dat is wat me leidde naar het ziekenhuis waar je naartoe gebracht werd, Julie. Drache Global is, net als het ziekenhuis, eigendom van een groep aandeelhouders. Het is een conglomeraat. Beursgenoteerd, maar niet makkelijk te achterhalen wie de *echte* eigenaren zijn. Ik heb zoveel mogelijk bestuursleden onderzocht, maar vond weinig veelbelovende aanwijzingen.

"Ik heb vele uren doorgebracht in de diepte van bibliotheken en op het web, en alles wat ik kon achterhalen was dat ze semi-legitiem zijn, althans aan de oppervlakte. Ze hebben gewerkt aan talloze subsidievoorstellen, grote non-profit medische onderzoeksprojecten, en meer publieke goodwill campagnes dan een politicus. Maar ik denk dat er een eenvoudige draad is die hen verbindt met andere organisaties met bipolaire persoonlijkheden."

"Welke draad is dat?" vroeg Julie.

"Ze hebben dezelfde namen," zei Ben.

"Ja," zei Malcolm glimlachend. "Heel goed. Dragonstone, Drache Global, Drage Medisinsk. Ze lijken allemaal erg op elkaar, en gebruiken verschillende talen die allemaal 'draak' betekenen."

"Waarom zouden ze dat uitzenden? Als ze onder de radar willen opereren, waarom dan een gemeenschappelijke naam delen?" vroeg Julie.

"Veel bedrijven lenen die naam. Hij is niet bijzonder uniek, zelfs niet binnen de medische en farmaceutische onderzoeksindustrie. En ik denk dat het meer een soort visitekaartje is. Een merk, zo je wilt."

"Dus jij denkt dat dit 'draken' bedrijf samenwerkt met zijn zusterorganisaties om een wereldwijd virus te creëren?" vroeg Ben. Hij krabde aan zijn onderarmen. Hoewel het nog steeds jeukte, leek het er in feite op dat het virus tot stilstand was gekomen.

"Nee," antwoordde Malcolm. "Ik denk dat het het werk is van een handjevol mensen, niet van een wereldwijd bedrijf. Geheimzinnig of niet, ik kan niet geloven dat zoiets grootschaligs onopgemerkt kan blijven door wereldregeringen. Ik geloof ook dat ze niet de hele wereld als doelwit hebben, maar de Verenigde Staten. Door het zich verspreidende virus, de bom in Yellowstone...

"Oké, maar wat is er zo belangrijk aan de bom? Moeten we

ons niet eerst richten op het virus?" vroeg Julie, ongeduldig. Ze draaide Randall Browns nummer opnieuw, maar het stond nog steeds uit.

"We kunnen ons nu niet focussen op het virus,' zei Ben. "De bom is een grotere bedreiging. *Veel* groter."

"Waarom?"

"Vanwege de locatie. Als het inderdaad is waar ze zeggen dat het is, zit het bovenop de grootste *actieve* vulkaan in de hele wereld."

Ze keek hem ongelovig aan.

"Ik ben serieus," ging hij verder. "De Yellowstone caldera is een actieve vulkaan, die direct onder het park ligt. Wetenschappers discussiëren er al tientallen jaren over."

"Wat is daarmee? Dat het een echte vulkaan is?"

Malcolm antwoordde. "Nee, dat is een wetenschappelijk feit. Hij wordt eigenlijk beschouwd als een 'supervulkaan'. Waar ze ruzie over maken is wanneer hij precies weer zal uitbarsten."

"Juist," zei Ben. "Sommigen zeggen dat het 'moet', terwijl anderen gewoon zeggen dat het een compleet mysterie is. Maar wat ze volgens mij *niet* tegenspreken, is dat als er een bom ondergronds zou zijn, ergens in dat gebied, en die zou afgaan..."

"Zou het een kettingreactie veroorzaken?" vroeg ze.

"Op zijn zachtst gezegd... De korst is daar dunner dan op de meeste andere plaatsen op Aarde, en er is niet veel voor nodig om de enorme massa gesmolten gesteente daaronder van streek te brengen."

Julie dacht hier even over na. "Wat zou de ontploffingsstraal zijn?"

Ben en Malcolm keken elkaar aan, maar Ben antwoordde. "Ik weet het niet precies, maar de laatste keer dat hij ontplofte, schoot hij as zo'n twintig kilometer de lucht in, en was hij ongeveer 1000 keer krachtiger dan de berg St. Helens."

"Dus, totale vernietiging."

"*Totale* vernietiging, tenminste voor het westen van de VS. Maar dan heb ik het nog niet eens over de neerslag achteraf, met de as die neerslaat."

Julie floot. "Dus we hebben een mysterieuze organisatie die Yellowstone en de helft van de VS wil opblazen, terwijl ze *ook bezig is* met het verspreiden van een virus naar de *rest* van de VS."

Ze had het goed samengevat. Malcolm knikte. "Het is de vernietiging van een hele natie, in een tijdsbestek van slechts enkele dagen."

"En jij denkt dat Stephens en Livingston er op een of andere manier bij betrokken zijn?" vroeg Ben.

"Nee, dat doe ik niet. Ze volgden gewoon het protocol daar. Ze probeerden het onder controle te houden. Maar Livingston's acties eerder - Stephens' e-mails blokkeren, voorkomen dat ik ze krijg - *dat* zit me niet lekker."

"Maar ik dacht dat je zei dat het klonk als hem om zoiets te doen. Dat hij een paranoïde freak is?" vroeg Ben.

"Dat is hij ook," antwoordde Julie, "maar *zo erg is* hij niet. Ik had verwacht dat hij één keer per week zou inloggen en de e-mails zou lezen die over en weer zijn gestuurd, maar ze niet echt zou *doorsturen*."

Ben en Malcolm luisterden terwijl ze de situatie en de persoonlijkheid van haar baas uitlegde.

"Denk je dat hij vermoedt dat jij erbij betrokken bent? vroeg Malcolm.

Ben en Julie keken scherp op.

"Hé, het kan geen kwaad om het te vragen," voegde Malcolm

eraan toe. "Ik vraag me alleen af of hij het op jou gemunt heeft. Denkt dat je erbij betrokken bent, of op zijn minst iets weet wat hij niet weet. Als je beschrijving klopt, klinkt hij als het soort persoon dat op de hoogte moet zijn."

"Ja, dat is hij zeker. En nu ik erover nadenk, ik *was* al in de buurt van Yellowstone toen de bom afging. Ik zou werken aan een onderzoeksproject in het gebied, maar voor zover hij weet, kon ik hier zijn voor ... andere redenen. "

Ze pauzeerde. "Maar toch, hij is niet dom. Hij heeft geen reden om te denken dat ik betrokken ben, behalve mijn nabijheid tot de explosie. Waarom zou hij zo snel tot die conclusie komen?"

De twee mannen deelden een blik. "Julie, hoe goed ken jij je baas?" vroeg Malcolm.

Weer pauzeerde ze voor ze sprak. Toen ze dat deed, was haar kaak gespannen en haar ogen strak. "Niet goed genoeg, denk ik."

Toen ze klaar was, trilde haar telefoon op de tafel voor haar. *Onbekend.* Ze fronste haar wenkbrauwen, maar beantwoordde hem toch.

"Hallo?"

Ze wachtte.

"Randy! Mijn God, ben je in orde? Ik heb geprobeerd..."

Ze zette de luidspreker op de telefoon aan zodat Malcolm en Ben het konden horen.

"-Fijn. Ik wilde niet met mijn telefoon bellen voor het geval hij getraceerd wordt. Hoe dan ook, ik zag een e-mailbericht tussen Livingston en Stephens. Ze zeiden dat je in een ziekenhuis was? Is alles goed met je?

"Ik ben oké. Het is het virus, maar het lijkt te zijn vertraagd voor het moment. Ik ben bij Ben..." ze wist niet goed hoe ze Malcolm's aanwezigheid moest verklaren, dus ging ze verder.

"Luister, Randy, ik weet het niet zeker, maar ik denk dat Livingston hier iets mee te maken heeft.

Geen antwoord.

"Ik weet dat je al onder vuur ligt, maar ik moet hem echt in de gaten houden. En blijf me alles sturen wat je vindt over Diana Torres en waar ze aan werkte."

"Ja, ik heb het."

"Ik ben je iets schuldig."

"Je bent me heel wat verschuldigd."

Ze heeft opgehangen.

HOOFDSTUK 39

David Livingston klapte de 75-inch gebogen televisie in zijn woonkamer uit. De Samsung, gloednieuw en nog steeds zo duur als hij was, was zijn trots en vreugde, althans voor deze maand.

Hij had satelliet- en kabeltelevisie, Netflix, en een collectie actiefilms van meer dan duizend titels, en hij kon nog steeds niets vinden om naar te kijken. Hij gooide de afstandsbediening naar de andere kant van de bank. Niet wetend hoe hij zijn verlangen naar vermaak kon bevredigen, zat Livingston een minuut lang in stilte.

Juliette is hierbij betrokken, dacht hij. Hij *wist* het. Het was sterker dan het standaard gevoel van paranoia dat hem voortdurend plaagde over elk van zijn werknemers; dit was *echt*. Hij had bewijs.

Stephens geloofde hem. Beide mannen waren in het ziekenhuis geweest, om haar te ondervragen nadat ze de informatie die ze had verkregen tijdens haar "klus" in het veld, niet had doorgegeven. En nadat Livingston had ontdekt dat Randall Brown, zijn eigen IT-technicus, Julie had *geholpen*, was dat voor Livingston genoeg om haar te veroordelen.

Hij wist niet precies hoe, of waarom, maar hij wist dat Juliette Richardson betrokken was bij deze puinhoop. Hij had genoeg tijd in de regering doorgebracht om te weten dat carrières werden gemaakt of gebroken door de mannen die extra moeite deden om muiterij binnen hun gelederen te voorkomen.

En zijn carrière zou *gemaakt* zijn. Hij had alleen wat meer bewijs nodig, en een motief zou ook geen kwaad kunnen. Hij had Randall Brown opgedragen alle gesprekken die Julie met hem voerde op te nemen en naar hem door te sturen, maar hij had ook zelf een paar IT-bugs op Browns netwerk geplaatst. Alle gesprekken die de IT-technicus voerde of ontving, zouden onmiddellijk worden opgenomen en naar Livingston gemaild.

Het waren dit soort toneelstukjes waarvan Livingston wist dat ze hem uiteindelijk zouden opvallen in Washington. Hij was niet naïef genoeg om te denken dat de machthebbers daar kwamen door te profiteren van hun goede daden.

Hij stond op van de bank, ijsbeerde een keer voor hij zich naar het kantoor begaf. De hal van zijn huis was smetteloos, kleiner dan hij had gewild, maar niettemin indrukwekkend. Hij betaalde een paar honderd dollar per maand aan een huishoudelijke hulp om het huis schoon genoeg te houden om aan zijn eisen te voldoen, en nog eens een paar honderd aan de huishoudelijke hulp zelf voor "neven"-activiteiten. Het had een paar maanden geduurd voordat hij een vrouw had gevonden die met zijn voorwaarden akkoord ging, maar zoals hij in zijn eigen carrière had ontdekt, kwam een beetje geld een heel eind. Het gezelschap verzadigde zijn eenzaamheid niet, maar het hielp wel om zijn grote huis een beetje bewoonbaar te maken.

Hij ging het grote kantoor aan de voorkant van zijn huis binnen en bewonderde zijn versierde werk. Een enorme buste van een eland of een eland - hij wist niet zeker welke, en hij had hem toch niet geschoten - lachte hem toe vanaf de verste muur, die recht boven een grote open haard hing met een antiek ogende schoorsteenmantel. Hij had een paar fotolijstjes, met de stockfoto's er nog in, op de schoorsteenmantel geplaatst en in de kamer op zwevende planken.

Maar zijn voornaamste bezit, het *pièce de résistance*, was het enorme Schotse wapenschild dat boven zijn bureau hing. Het plakkaat was enorm, bijna een meter breed en een meter hoog. Het was rood, geel en groen, en paste bij niets anders in zijn huis. Maar het was *hem*. Zijn geschiedenis, zijn naam, zijn afkomst.

Het stelde hem voor, en alles waar hij voor stond, en hij stond er een ogenblik voor, het houten schild bewonderend.

Hij liep achter zijn bureau, pakte de karaf met whisky en schonk zichzelf een glas in. Hij stond nog een ogenblik oog in oog met het wapenschild, genietend van de warme vloeistof. Tenslotte draaide hij zich om om te gaan zitten.

En zag een man in het midden van de kamer staan, die hem aanstaarde. Herkenning spoelde snel over Livingston, maar hij was boos dat de man hem had overvallen.

"Oh - mijn God," zei Livingston, terwijl hij bijna zijn glas drank liet vallen. "Je liet me schrikken. Wat doe jij hier?"

Hij maakte een notitie om zijn beveiligingsbedrijf te bellen om een alarm in te stellen. De HD bewegingscamera's waren genoeg om de politie beelden te geven na een inbraak, maar ze waren duidelijk niet bedoeld als een waarschuwingssysteem. Hij gromde en nipte aan zijn whisky.

De man bleef staren.

"Nou, wat heb je nodig? Je leek het leuk te vinden me te besluipen. Wat is er?"

De man keek uiteindelijk Livingston van boven naar beneden en schudde zijn hoofd. Livingston ging achter het bureau zitten en hield zich bezig met een stapel papieren. Toen hij de stapel opraapte en er doorheen begon te bladeren, hoorde hij een gekletter op het bureau.

Op de rand van het bureau zag Livingston een klein, compact 9mm pistool liggen. Zijn bezoeker had het pistool daar neergelegd, en stapte nu weer terug van het bureau naar het midden van de kamer.

Livingston voelde zijn bloed koud worden. Zijn neusvleugels flitsten, en woede flitste door zijn lichaam. Toch was hij kalm. Hij nam nog een slok whisky, deze keer dieper, en liet de warmte achter in zijn keel prikken.

"Probeer je me te intimideren?" vroeg hij.

"Werkt het?"

Livingston snoof door een mondvol drank. Hij slikte en blies een met alcohol beladen lucht uit.

"Dit is tijdverspilling," zei Livingston. "Ik weet niets, of niemand."

"Ik heb niet gezegd dat je dat deed," antwoordde de man onmiddellijk.

"Als je antwoorden wilt, praat dan met Julie, of met die misdadiger waar ze mee rondloopt."

"Dat hoef ik niet."

Livingston's woede groeide. "Waarom ben je dan in godsnaam hier?"

De man knipperde met zijn ogen.

Livingston keek omlaag naar het pistool, toen omhoog naar de man, die zijn blik ving. Hij keek naar de grote buste van de eland-elk, over de schoorsteenmantel naar de foto's van de familie van iemand anders, en toen weer omlaag naar het pistool. Hij raapte het langzaam en voorzichtig op.

Hij had eigenlijk nog nooit een pistool vastgehouden.

Het was zwaarder dan hij gedacht had, verrassend voor zijn compacte formaat. Hij onderzocht het. De loop, trekker en hamer - heet *dat achterste ding zo?*

Hij voelde het gewicht onder zijn vingers. De man zei geen woord terwijl Livingston de veiligheidspal heen en weer duwde, de slagpin van het pistool vergrendelde en ontgrendelde.

Livingston liet zich niet intimideren. Hij wilde niet vernederd worden, zeker niet in zijn eigen huis. Hij voelde zijn lip omhoog gaan in een lichte grijns. *Deze klootzak.*

Hij stond op, zelfverzekerd geworden. "Ga weg." De woorden waren koud.

De man bewoog niet.

"Ga weg," zei hij opnieuw. Hij tilde het pistool snel op en richtte het op de borst van de man. "Laat me het niet herhalen."

Toch sprak de man niet. Zijn uitdrukking was stoïcijns, maar Livingston zag een glinstering van iets - amusement? - in de ogen van de man.

Hij voelde zijn rechterarm trillen, en hij probeerde het te stoppen. Hij richtte het pistool en sloot zijn ogen net toen hij de trekker overhaalde.

Hij hoorde een kleine *klik*.

Dat was niet goed.

Hij probeerde het opnieuw.

Klik.

Shit.

Hij keek naar beneden naar het pistool, alsof hij in stilte ruzie maakte met het metalen apparaat, maar er gebeurde niets.

Toen hij opkeek, schudde de man die voor hem stond zijn hoofd.

"Je bent te voorspelbaar, Livingston. Altijd al geweest. Jullie allemaal."

Livingston fronste, maar de man bewoog al. Hij sloot de afstand tussen hen in minder dan een seconde, en Livingston zag hem zijn arm terugtrekken.

Hij sloeg zijn vuist in Livingston's gezicht. Livingston voelde zijn handen opengaan en liet het lege pistool en het glas whisky vallen. Ze tuimelden allebei en vielen op de bovenkant van het bureau. Het glas versplinterde, whisky en kristallen scherven explodeerden om hem heen. Hij was onmiddellijk in een roes, zijn mond ging open en dicht terwijl zijn hersenen probeerden hem op de een of andere manier te helpen.

De man stopte echter niet om te wachten tot Livingston bijkwam. Hij greep een pluk van Livingstons dikke, geverfde haar en trok het omhoog. Hij keek even naar Livingstons ogen en sloeg toen Livingstons hoofd tegen de bovenkant van het bureau. Hard.

Livingston's gezicht en oren ontploften van de pijn, gevolgd door een veel doordringender rinkelende pijn die zijn geest van binnen doorboorde. Hij voelde zich alsof zijn hele hoofd van binnenuit in brand stond.

Hij zwaaide wild met zijn armen, maar de man had nog steeds de controle. Opnieuw bracht hij Livingstons hoofd omhoog, stevig vastgehouden door de plukken haar, en sloeg het toen weer neer op het bureau.

Livingston kreunde, en zijn lichaam verslapte. Zijn ogen waren wazig, maar hij was nog bij bewustzijn. Hij voelde een druppeltje kwijl uit zijn mondhoek komen, maar hij maakte geen aanstalten om het weg te vegen.

Hij zakte in elkaar, zijn achterwerk vond op de een of andere manier de stoel terwijl zijn romp en bovenlichaam zich voorover op het bureau uitstrekte. Hij lag stil en vroeg zich af waarom hij nog geen black-out had gehad.

"Je bent al jaren een kankergezwel voor deze organisatie, Livingston," zei de man. Livingston hoorde een schraapgeluid en voelde het bureau licht trillen. Hij draaide zijn gezicht opzij en probeerde zijn ogen scherp te krijgen.

De man had het pistool opgepakt en reikte nu in zijn jaszak. Hij haalde er iets uit - iets kleins, glimmends.

Het was een kogel.

Livingston was niet in staat om in paniek te raken, of enige andere vrijwillige functie uit te voeren, maar alarmsirenes barstten los in zijn hersenen. Of was het nog steeds de pijn? Hij wist het niet zeker - alles was wazig, één grote smurrie van pijn en verwarring.

"Je bent voorspelbaar, waardeloos en geen ruggengraat. Ik kan me geen grotere verspilling van lucht voorstellen dan de adem die jij inademt."

Livingston was verbaasd te ontdekken dat hij nog steeds in staat was woede te voelen. Hij genoot van de woede, hoewel hij niet in staat was er iets mee te doen. Hij gromde weer.

De man laadde de kogel in de kamer van het pistool, en Livingston hoorde een opeenvolging van klikken.

"Dit zat er al een hele tijd aan te komen, Livingston. Sorry dat het zo moest gaan, maar zoals ik al zei - je bent voorspelbaar."

Livingston hoorde de explosie van de kogel niet toen die uit de loop kwam en zijn doel vond.

HOOFDSTUK 40

JULIE WAS ONVERMURWBAAR. "GA! DOE NIET ZO BELACHELIJK – IK RED ME WEL!"

Ben schudde zijn hoofd, van plan om verzet te bieden. Malcolm pakte zijn arm en trok hem de hotelkamer uit. "Het is goed, Ben. We zijn maar een paar minuten weg."

Ze had erop aangedrongen dat de twee mannen naar de dichtstbijzijnde supermarkt zouden gaan om wat voorraden in te slaan en eten te halen voor hen drieën. Afhaalchinees was haar verzoek geweest. Na een paar minuten van heen en weer gekibbel, had Julie de overhand, en de twee mannen vertrokken naar de F450 die buiten geparkeerd stond.

Julie sloot de deur van de hotelkamer en opende haar laptop. Ze startte een paar zoekacties, eerst in de SecuNet database en de rest van het CDC intranet, daarna via Google. Ze probeerde talloze combinaties. *Livingston CDC, David Livingston, David Livingston CDC,* en meer, maar elk resultaat was slechts een kaal biografisch bericht dat duidelijk door Livingston zelf was geschreven.

David Foster Livingston is een succesvol leider en bewezen manager in vele bedrijfsomgevingen. Momenteel staat hij aan het hoofd van de afdeling Biological Threat Research van de Centers for Disease Control. Een groeiende lijst van Livingston's verwezenlijkingen omvatten het succesvol herstructureren van de BTR-divisie voor efficiëntie en doeltreffendheid, het verhogen van het behoud van werknemers en het stroomlijnen van datasystemen voor kosteneffectiviteit bij BetaMark, Inc, waar hij eerder werkzaam was. Hij heeft een dochter en woont in Minnesota.

Julie zag dezelfde paragraaf geplakt op elke pagina die naar Livingston verwees. In elk van de omringende artikelen werd de man ook alleen maar genoemd. Een project dat hij mede gesponsord had, een paar artikelen geschreven door een team waarin Livingston had gezeten, en een paar foto's van de man in een softbalteam van het bedrijf jaren geleden. Livingston was zeker paranoïde, want de woordelijke biografie op elke site suggereerde dat hij erin geslaagd was om elk van de schrijvers van het artikel te dwingen zijn informatie bij te werken met dezelfde paragraaf.

Ze schudde haar hoofd en greep naar haar telefoon.

"Hé Randy, ik ben het weer. Al iets gehoord?

"Julie, het is al tien minuten geleden. Meen je dat nou?"

"Sorry, ik weet het. Ik word een beetje ongeduldig, dat wel."

"Ik snap het. Dat zijn we allemaal. Maak je er maar niet druk om. Waarom heb je gebeld?"

"Ik probeer iets te vinden over Livingston - voor het geval dat."

"Doe geen moeite," zei Randy. *"Ik heb het al geprobeerd. Het is zinloos. De man heeft of het PR team van een beroemdheid of hij is de meest paranoïde persoon die ik ooit heb ontmoet."*

Julie lachte toen ze de eerste regel las van de biografie over

Livingston. "David Foster Livingston is een succesvol leider en bewezen..."

"...*Manager in veel bedrijfsomgevingen,*" eindigde Randy. *"Ugh. Dat meen je niet. Wat een grap."*

"Oké, nou, bedankt voor het proberen. Laat me weten als je iets anders bedenkt."

"Zal ik doen - hou je goed."

"Hé, nog één ding," zei Julie in de telefoon.

"Wat is dat?"

Julie pauzeerde. "Uh, maak je er geen zorgen over, eigenlijk. Laat me eerst eens kijken of ik iets kan opgraven."

Ze hing de telefoon op en maakte het scherm van haar computer wakker. Ze startte een nieuwe zoekactie, en begon door de resultaten te bladeren.

Uiteindelijk sprong één resultaat er voor haar uit.

Tienerheld redt vader en broer was de kop.

Ze klikte op de advertentie en wachtte tot de trage WIFI verbinding van het hotel de met advertenties doorspekte pagina had geladen. Het was een krantenartikel dat was gescand en getranscribeerd voor het archief van de nieuwssite, van dertien jaar geleden.

"...De Bennett-mannen kampeerden in een zuidelijk deel van Glacier National Park toen de jongste Bennett, de negenjarige Zachary, naar een open plek dwaalde waar hij per ongeluk tussen een moeder grizzlybeer en haar welp struikelde..."

"Johnson Bennett rende zijn zoon te hulp, maar de moeder grizzly sloeg Johnson, en sloeg de man bewusteloos..."

"...schoot de grotere beer eerst met twee kogels uit het geweer van zijn vader, en joeg het jong weg. Harvey achtervolgde het kleinere dier en schoot het uiteindelijk neer met één schot...

Julie bedekte haar mond toen ze het verslag las.

"...Zachary en Johnson Bennett werden met spoed naar het St. Andrews Memorial Hospital gebracht, waar ze beiden werden behandeld voor een ernstig trauma, en de oudste Bennett voor een hersenschudding. Zachary Bennett zal naar verwachting volledig herstellen. Johnson Bennett is momenteel comateus in een stabiele toestand, maar de artsen zijn onzeker over de mogelijkheid van herstel..."

De deur van de hotelkamer ging open, en Julie klapte snel de laptop dicht.

"Julie!"

Het was Ben.

Geschrokken struikelde Julie bijna over de stoel toen ze opstond en zich naar de deur draaide. Malcolm Fischer kwam vlak achter Ben de kamer binnen, zwaar ademend.

"Julie, ik heb een e-mail van Randy gekregen. Nu net."

Julie keek hem aan. "Randall Brown? Mijn IT-man?"

"Ja, hij wilde het direct sturen, omdat hij dacht dat er misschien een probleem was met je e-mails of zoiets. Maar jij had het ook moeten krijgen."

Ze begon haar email te checken, maar stopte zichzelf. "Oké, wat heeft hij gezegd?"

"Het was een doorgestuurd e-mail ontwerp van mijn moeder. Ze moet geprobeerd hebben het te versturen, maar het is nooit uitgegaan."

Julie's ogen verwijdden zich.

"Er staat informatie in, Julie, over het virus. De nacht... de nacht dat ze stierf, moet ze het geschreven hebben. Het bevat alles waar ze aan werkte, en alles wat zij en haar assistent ontdekten."

"Ga door."

"Ten eerste, het is geen virus."

Ze draaide haar hoofd lichtjes, haar ogen vernauwd.

Malcolm vervolgde de uitleg voor Ben. "Ben's moeders onderzoek lijkt te bewijzen dat het virus eigenlijk een gemuteerde bacterie is.

"Nee, dat is niet mogelijk. De besmettelijke verspreiding, het uitbraakpatroon, de..."

"Het is een gemuteerde bacteriële infectie *binnenin* een virus."

Julie's hoofd schoot omhoog. "Kom je nog eens?"

"Dat klopt, Julie," legde Malcolm uit. "Hoewel ik nog steeds geloof dat het virus bestaat uit een synthetische wijziging van de poedersubstantie die mijn studenten en ik in Canada hebben gevonden, denkt Dr. Torres dat de reden waarom deze stam zo moeilijk te modelleren is, te wijten is aan zijn onkarakteristieke eigenschappen. Breng het in kaart als een virion, en het faalt voor veel van de chemische toepassingstesten. Breng het in kaart als een bacterie, en het lijkt niet te *leven* - en diskwalificeert het onmiddellijk uit de rangen van bacteriofagen."

"Oké," zei Julie. "Dus ze heeft kunnen vaststellen dat we te maken hebben met een zeer besmettelijke virale-bacteriële ziekte. Ik geef toe dat dat ongelooflijk fascinerend is, maar heeft ze een *geneesmiddel* gevonden?"

Malcolm en Ben deelden een wetende blik.

"Nee," zei Ben.

"Maar ze ontdekte dat de infectie op natuurlijke wijze zou uitsterven, na zijn verloop. Het bereikt een bepaald punt, zei ze, en *verdwijnt* gewoon. Maar pas nadat het zijn gastheer heeft gedood."

"We zijn nog niet dood," zei Julie. "En jij bent ook niet dood, Dr. Fischer."

Malcolm stapte naar voren en knikte. "Julie,' zei hij, zijn stem kalm en vast, 'We moeten naar een onderzoekslab. Als er een manier is om uit te vinden waarom niemand in deze kamer dood is, *moet* je *dat doen*."

Ze begon te ijsberen. "Oké, goed. Ja, je hebt gelijk. Laten we, uh, laten we terug gaan naar - "

"Julie, we gaan niet terug naar de CDC. Livingston en Stephens kunnen daar zijn, en trouwens, we kunnen de bom in het park niet vergeten."

"Maar kun je daar niet iemand bellen? Iemand die misschien..."

"Julie." Bens stem was streng, maar hij keek haar recht in de ogen tot ze het begreep. *"Er is niemand anders. "*

Ze aarzelde, dacht er even over na. "Je hebt gelijk. Er is daar niemand meer die kan helpen. De betrokken overheidsinstanties zullen wachten tot ze weten dat het niet gevaarlijk is voor hun personeel. Dat is wat ik zou moeten doen - wachten tot iemand met een overtuigend onderzoek komt waarom het veilig is voor ons om naar binnen te gaan, en dan een explosievenopruimingsdienst in hazmat pakken sturen om iets ongewoons te vinden."

"Maar dat zal veel te lang duren," zei Malcolm.

"Dat zal wel," antwoordde Ben. "Maar er is een lab in het park - het is niet veel, maar het zal moeten volstaan. Ik ga terug om dit uit te zoeken."

Alsof hij zich de penibele situatie herinnerde waarin ze zich bevonden, keek Ben op zijn handen en armen neer.

"Doet het pijn?" vroeg Julie.

"Nee. Het heeft niet echt veel gedaan, en het jeukt niet op dit moment."

"De mijne ook niet," zei Julie, terwijl ze haar eigen armen bekeek.

"Zo," zei Malcolm, terwijl hij hun aandacht trok. "Ik denk dat we alleen zijn, dan?"

"Dr. Fischer, u hoeft niet mee te gaan," zei Julie. "Als het waar is wat we zeggen, gaan we een geïnfecteerde quarantaine binnen, op zoek naar een enorme bom die ergens onder de oppervlakte verborgen ligt. Dat is niet bepaald een risicoloze missie."

Malcolm hief zijn kin iets op. "Julie, ik begrijp dat je bezorgd bent. En je hebt gelijk aan te nemen dat dit een extreem gevaarlijke missie is. Maar ik ga niet werkeloos zitten toekijken en niets doen om het onrecht dat mij of mijn studenten is aangedaan recht te zetten."

Na zijn monoloog spande hij zijn kaak en wachtte op de reactie van de anderen.

Ben keek om en haalde zijn schouders op. "Ik begrijp je, Doc. Ik zou je niet aan de zijlijn laten zitten."

Julie glimlachte.

"Laten we naar Yellowstone gaan."

Ze zaten aan de tafel in de kleine hotelkamer, klaar om hun reis naar Yellowstone te plannen, toen Julies telefoon weer overging. Ze pakte hem voordat hij een tweede keer overging.

"Wacht even," zei ze, terwijl ze een vinger ophield. "Het is Randy weer." Ze hield de telefoon tegen haar oor. "Randy - wat is er?"

Terwijl ze luisterde, spanden de spieren in haar gezicht zich aan en werd haar rug stijf. Ze slikte een paar keer, haar mond voelde plotseling droog aan. Ze knikte, niet wetend dat Randy haar niet kon zien, en ze hing de telefoon op.

Ben en Malcolm zaten in hun stoelen en keken naar het eenrichtingsgesprek.

"Julie, waar ging dat over?" vroeg Ben.

Ze knipperde een paar keer met haar ogen, plotseling beschaamd dat ze zou kunnen huilen.

"Liv - Livingston,' zei ze. "Hij is dood."

HOOFDSTUK 41

"MONSIEUR VALÈRE, DE CONFERENTIE IS NU BESCHIKBAAR," zei de stem. Het klonk metaalachtig, hol en afstandelijk, en toch was het het meest levensechte computergestuurde stemsysteem dat Francis Valère ooit gehoord had.

"Merci beaucoup," antwoordde Valère. Hij wachtte tot het computersysteem de ethernetverbinding controleerde, de internetsnelheid testte, en ten slotte de wachtkamer van de online webconferencingdienst pingde. Binnen enkele seconden klonk de stem weer uit de muren van Valère's kantoor.

"De verbindingssnelheden zijn uitzonderlijk, Monsieur." De stem had een griezelig aantrekkelijke component, besefte Valère, terwijl hij wachtte tot de gezichten van de twee andere deelnemers voor hem verschenen. Ze was ook opgewaardeerd tot een menselijk niveau van wat ze "AI hyperbool" noemden, wat, voor zover Valère kon zien, gewoon een bibliotheek van zinnen was die de gebruikelijke metrische en klinisch precieze uitspraken verving die de meeste kunstmatige stemsystemen teisterden.

SARA - Simulated Artificial Response Array - was de laatste

alfaversie van de onderneming die zij in hun kantoren aan het testen waren. Op dit moment was het niet meer dan een gecomputeriseerde kunstmatige intelligentie, geavanceerder dan alles wat op de markt verkrijgbaar was, maar nog lang niet klaar voor gebruik.

Het plan was, zo was Valère verteld, om SARA tot beta te brengen en dan de code en de geluidsbibliotheek, alleen al meer dan tien terabyte aan informatie, vrij te geven aan een paar universiteiten voor verdere ontwikkeling en testen. Uiteindelijk zouden ze de toepassing voor interne doeleinden gebruiken of de uiteindelijke ontwerpschemas verkopen aan de hoogste bieder op de zwarte markt. Aangezien de ontwikkeling van SARA ongeveer zo ver verwijderd was van Valère's professionele expertise als maar mogelijk was, was hij er niet helemaal zeker van wat het uiteindelijk zou worden. Maar als de vorige toepassingen die hun filialen hadden vrijgegeven enige maatstaf waren, dan zou SARA niets minder dan wonderbaarlijk zijn.

Valère was betrokken bij een aantal startende technologie en farmaceutische bedrijven. Hij was onafhankelijk rijk, dankzij een lange rij rijke familieleden die hem een verbazingwekkend grote erfenis hadden nagelaten, en dankzij zijn eigen aanleg voor het kiezen van investeringsmogelijkheden. Een paar waren mislukt, maar hij had veel geïnvesteerd en een fortuin aan belangen vergaard in zowat elke sector die te maken had met computerintelligentie en medische vooruitgang.

"Francis, ben je bij ons?" sprak een mannenstem van binnen zijn computerscherm.

Valère schraapte zijn keel. "Ja, *oui*, ik ben hier. Ik verontschuldig mij voor mijn laattijdigheid - ik heb de laatste ontwikkelingen in de Verenigde Staten gevolgd."

"Net als ik," antwoordde de tweede stem. Het gezicht van de

man voor Valère werd uitvergroot op het gigantische scherm. Het geluid kwam uit de muren zelf. Audio-Enhanced Surfacing, als Valère het zich goed herinnerde. De muren van zijn kantoor in Quebec bestonden in feite uit duizenden luidsprekers, elk voorzien van een computerchip die ze "intelligent" maakte - waardoor ze een natuurlijke geluidsomgeving konden nabootsen. Hij kon muziek afspelen die hem door de hele ruimte volgde, waardoor een sonisch perfect kunstmatig surround-geluid ontstond in een akoestisch uitzonderlijke omgeving.

Op dit moment was de stem van de man, in kraakheldere stereo, alles wat Valère interesseerde. De man in het raam ging verder. "Het lijkt erop dat ons eerste plan vertraging heeft opgelopen. Na uw ontslag van Mr. Jefferson -"

"Onzin," zei Valère. "Onze plaatsingen waren goed. Elk van de afdelingen functioneert goed, volgens hun protocollen, neemt geen onnodige risico's en neemt geen overhaaste beslissingen."

"Francis," zei de eerste man, Emilio Vasquez, "hoewel ik toegeef dat onze geïnfiltreerde agentschappen precies doen wat we gehoopt hadden, kun je het bestaan van een paar schurken niet ontkennen. Het afdelingshoofd van de CDC is verwijderd, maar het lijkt erop dat een paar leden van de lagere rangen nog steeds nieuwsgierig zijn."

Valère dacht hier even over na. "Geloof je echt dat ze een bedreiging zijn geworden?"

"Nauwelijks," antwoordde Emilio. "Het is alleen in ons belang om ervoor te zorgen dat deze mogelijke bedreigingen dat ook blijven."

"En hoe kunnen we dat precies garanderen?" vroeg Valère.

De andere man pauzeerde even. "Nou, ik geloof dat het tijd is voor het rampenplan."

"Ik - *wij* - hebben geen noodplan *nodig*," antwoordde Valère. "Dit plan is goed - dat is het altijd geweest."

"Ik zeg niet dat het niet zo is, Valère. Maar er is altijd ruimte voor verbetering."

"Maar deze schurken werken *buiten* onze doelorganisaties om. Ze zijn niet meer een bedreiging voor ons dan de lokale politie."

"Maar je hebt het mis, Valère. Ze zijn een *veel* grotere bedreiging voor ons, vooral nu. Ze zijn mobiel, en we zijn nog steeds niet zeker van hun capaciteiten. Grenzen betekenen niets voor hen, evenmin als de normen van hun organisatie. We hebben veel te lang aan dit project gewerkt om de investering helemaal te verliezen."

Emilio's gezicht werd een beetje rood, maar zijn stem verried geen enkele emotie. Valère wist dat de man op het punt stond verontwaardigd te worden, maar de man hield zichzelf net tegen.

Valère zuchtte. "Deze doden zijn onnodig," zei hij. "Ze zijn onvermijdelijk, maar moeten ze door onze handen komen?"

"Valère," zei Emilio. "Zoals je weet, zijn deze doden *niets* in vergelijking met wat we zullen bereiken."

"Daar ben ik het mee eens, maar-"

"En hun dood zal niet 'door onze hand' zijn, zoals u zegt. Verre van dat."

Valère knikte.

"Laten we dit tot het einde volbrengen, Valère. Laten we onze missie afmaken."

Hij knikte weer.

Eerst sprak er niemand. Uiteindelijk dreunde SARA's stem door de muren. *"We hebben uw mondelinge toezegging nodig, Monsieur Valère. Bevestig verbaal dat u akkoord gaat met het gekozen onvoorziene voorval."*

Mijn God, ze was opmerkelijk. SARA had het gesprek ontleed, gecompileerd en getranscribeerd, zoals haar was opgedragen, maar zij had ook uit de stilte afgeleid dat de andere man op de bevestiging van Valère wachtte, zoals in het contract stond, en ook dat hij er niet specifiek om wilde vragen.

Technologie. Ongelooflijk.

"Ja," stamelde hij. "Ja, ik bevestig het. We zullen beginnen met een onvoorziene gebeurtenis die slechts onze algemene richting ondersteunt, zoals besproken in eerdere communicaties. SARA, transcribeer, versleutel en archiveer deze discussie in je database, en verwijder alle verwijzingen."

"Oui, Monsieur Valère," zei SARA. Terwijl Valère opstond van zijn computerbureau, volgde de computerstem van de vrouw met grote precisie de plaats van zijn hoofd, waardoor Valère het gevoel kreeg dat ze *in* zijn hoofd zat en er niet alleen tegen praatte. *"Ik zal u op de hoogte houden van alle updates."*

Hij knikte, wetende dat SARA dat ook kon zien.

HOOFDSTUK 42

"HOE VER ZIJN WE VAN HET LAB?" vroeg Julie. Ze had haar voeten op het dashboard. Een van Ben's ergernissen, maar hij zei niets. Hij was weer aan het rijden, maar in plaats van te reageren met een van de vele tegenargumenten die hij had bedacht, moest hij grijnzen.

"We zijn bijna bij de parkgrens, en dan is het nog een half uur of zo naar het lab."

Ze knikte een keer en richtte zich toen weer op haar laptop. Malcolm zat op de achterbank en las een stapel papieren door die Julie in het businesscentrum van het hotel had uitgeprint, allemaal over besmettelijke ziekten, virusuitbraken en bacteriële infecties. Het was interne CDC documentatie, gemengd met referentiemateriaal en enkele medische toepassingen, maar het meeste was het soort informatie dat publiekelijk online bestond, via sites als WebMD en Wikipedia.

Malcolm was specifiek op zoek naar onderzoek naar miltvuurachtige infecties, waarbij het materiaal van oorsprong poederig, droog of door de lucht verspreid was. Hij was een snelle lezer en had bijna de hele stapel doorgewerkt toen ze eindelijk de poorten van de noordoostelijke ingang van Yellowstone bereikten, zonder dat zijn inspanningen iets intrigerends opleverden.

Julie keek uit het raam en zag een welkomstbord met de titel "Yellowstone National Park" en het logo met de pijlpunten van de National Parks Service. Het houten bord was geplaatst boven op een houten display, omgeven door een pas aangelegde tuin met bloemen, struiken en boompjes. Daarachter lag het uitgestrekte landschap uitnodigend voor de meer dan drie miljoen bezoekers die elk jaar kilometers beschermde bossen en open terrein betraden.

De weg werd iets smaller en wees hen de weg naar een ingang met een dienstgebouw dat vlakbij op wacht stond. Voor het gebouw zag Julie twee politieagenten en een paar rangers en park-personeel ronddartelen. Twee politieauto's stonden tegenover elkaar geparkeerd op de weg en blokkeerden de ingang. Buiten het dienstgebouw was een witte tent neergezet, en Julie kon zien dat die bedoeld was voor hazmatteams van haar eigen organisatie voor de mobiele behandeling van eventuele besmette personen die in het park werden aangetroffen.

"Zullen ze ons binnenlaten?" vroeg Julie.

"De noordelijke en noordoostelijke ingangen zijn het hele jaar open, dus we moeten binnen kunnen komen. Ik heb mijn toegangsbadge, maar ik ben niet zeker van jou."

Een van de politieagenten had hun vrachtwagen zien aankomen en liep de weg op en ging voor het politievoertuig staan. Hij hield zijn armen omhoog en begon naar hen te zwaaien.

"Misschien had ik het mis,' mompelde Ben terwijl hij de truck tot stilstand bracht en het raampje omlaag draaide.

De politieman moest bijna op zijn tenen staan om door het

hoge raam van de vrachtwagen te kunnen kijken, maar hij zette zijn zonnebril af en sprak luid boven het gerommel van de motor uit. "Het park is gesloten," zei hij. "Geen toegang in of uit."

"Ik begrijp het," antwoordde Ben, terwijl hij het ID-badge uit zijn portemonnee haalde. "Maar ik werk hier, en zij is..."

"Maakt niet uit." De politieagent kapte hem af, kortaf. "Niemand erin of eruit. U kunt hier omdraaien, en dan teruggaan op deze weg..." Zijn stem stokte toen hij wees in de richting waar ze vandaan kwamen.

"Agent, ik moet in het park zien te komen. We hebben informatie over dit virus, en..."

"Zoon, ik ga het je niet nog eens vragen. Toegang tot het park is *verboden*. Ga naar huis, blijf binnen, en blijf naar het nieuws kijken."

Ben knarste met zijn tanden en liet de motor op toeren komen. Toen de agent achteruit stapte, draaide Ben de truck om hem heen en accelereerde naar de noordelijke kant van de weg.

"Dat was nuttig," zei Julie.

Malcolm riep vanaf de achterkant van de truck. "Wat nu?"

Ben antwoordde niet. Hij reed nog anderhalve kilometer en sloeg linksaf een onverharde weg in die terug naar het zuidwesten leidde, en gaf weer gas. Ze stuiterden over de ongelijke, rotsachtige weg en slingerden tussen bomen door die boven hun hoofden uitstaken. "Dit is een privé toegangsweg. Er zijn vier andere openbare toegangen tot het park, net als die daar. Maar er zijn duizend kleine weggetjes zoals deze die het hele gebied doorkruisen. Ik betwijfel of ze deze kleinere weggetjes in de gaten houden, tenminste niet aan de parkgrenzen."

"Zullen ze ons niet vinden? Er zijn waarschijnlijk hazmat en uitbraakteams van elke tak van de overheid en lokale politie-machten in het park."

"Het maakt niet uit," antwoordde Malcolm. "Ze zullen snel genoeg weten dat we hier zijn, maar als we niet naar dat lab gaan om uit te zoeken wat dit ding laat stoppen, is het toch te laat."

Ter bevestiging porde Ben op de radio tot hij een nieuws-zender vond. Het duurde niet lang - één zender speelde een vooraf opgenomen reclameboodschap, maar de tweede die hij probeerde zond een landelijk bericht uit. Hij draaide het volume harder toen de stem van een presentator plechtig de laatste update dicteerde.

"...Er komen berichten binnen dat de virale uitbraak zich heeft uitgebreid tot het zuiden van Albuquerque, New Mexico, en tot het oosten van Wichita, Kansas. Experts van de CDC en andere bronnen suggereren dat als de uitbraak onder controle kan worden gehouden, het dodental zal stijgen tot ongeveer 10.000 mensen, maar zo niet, dan zou dat aantal kunnen oplopen tot meer dan een miljoen. Schattingen voorspellen dat dit aantal veel te conservatief is, vooral als het traject van de ziekte ergens in de buurt van de weste-lijke zeekust komt.

"Ter herinnering, blijf binnen, probeer niet om te gaan met iemand buiten uw directe familie, en blijf op de hoogte van nieuws en radio updates".

De presentator stopte, beloofde een update over een uur, en ging naar een reclameblok. Ben drukte op de powerknop.

"Nou dat is erg," zei Julie. Haar stem was hees, zwak.

"Dat is zo, maar we kunnen het veranderen. Ze weten niet hoe grootschalig dit kan zijn, en ze begrijpen het virus niet zoals wij dat doen. Ze doen waar ze voor opgeleid zijn - middelen aan dit probleem besteden tot het weggaat, en proberen het aantal dode-lijke slachtoffers zoveel mogelijk te beperken. We hebben niet meer mensen nodig die het bestuderen, alleen de juiste, met de juiste informatie."

"Daarom moeten we naar het lab," zei Ben. Hij trapte het gaspedaal in, waardoor de toch al snel rijdende truck over kuilen en hobbels raasde alsof het niet meer dan steentjes op de weg waren.

Minuten later bereikten ze de laboratoriumfaciliteit. Het was een bruinachtig gebouw, beschilderd om in het omringende bos op te gaan en niet op te vallen voor de vakantiegangers die in de buurt kampeerden. Ben zette de truck op de lange oprit, opgelucht dat die verhard, vlak en recht was. Hij parkeerde voor de hoofdingang. Het gebouw was donker en leek onbezet - geen verrassing, gezien het feit dat het personeel van het park kort na de explosie was vrijgelaten.

Julie opende haar deur en wilde uit de truck stappen toen haar telefoon ging. Ze beantwoordde hem.

"Stephens? Wil je me uitleggen wat er in *hemelsnaam* gebeurd is..."

"Julie, luister. Het spijt me van daarnet. Dat was Livingston's beslissing, niet de mijne. Ik ben terug op kantoor, en ik heb net ontdekt dat hij mijn uitgaande e-mails heeft omgeleid..."

De naam van David Livingston deed Julie verstikken. Ze herinnerde zich Randy's woorden toen hij het nieuws bracht. *Een zelfmoord, het pistool naast zijn hoofd op zijn bureau thuis.* Ze kon het nog steeds niet geloven.

"Waar ben je?"

"We - ik ben in Yellowstone. We proberen om..." Ze voelde een hand op haar arm en keek op. Ben staarde haar aan en schudde zijn hoofd.

"Wat?" mompelde ze.

"Wat probeer je, Julie? Wat ben je van plan? Je moet daar weg, voor dit uit de hand loopt. "

Ze keek terug naar Ben en ontmoette zijn ogen. Opnieuw, langzaam, schudde hij zijn hoofd.

"Sorry. Benjamin, ik kan niet. We zijn er bijna. Ik kan je nu geen update geven, maar ik...

"Julie. Je kunt het je niet veroorloven om rond te blijven lopen. Als Livingston erachter komt..."

De woorden rolden uit haar mond voor ze ze onder controle had. "Stephens, waar ben je geweest? Wat ben je aan het doen?"

Er was een pauze.

"Ik - ik ben... hier ook mee bezig, Julie. Wat bedoel je?"

Ze wachtte even en ging toen verder. "Oké, ik weet het. Het spijt me. Maar... maak je geen zorgen over Livingston. Luister, we moeten gaan. Oké? Ik kom vanavond langs, als we weg zijn."

"Oké..." de stem was trillerig, onzeker. *"Oké, je hebt gelijk. Ga door, Julie. Laat me weten wat je nodig hebt. "*

Ze bedankte hem en hing op, keek toen naar de andere twee passagiers in de truck.

"Weet hij het nog niet?" vroeg Malcolm.

"Ik... Ik denk het niet."

Ben fronste zijn wenkbrauwen. Hij dacht een paar seconden na, zette toen de truck in de parkeerstand en opende zijn portier, nog steeds zijn hoofd schuddend. Hij keek scherp op en trok Julie's aandacht.

"Wat is er?" vroeg ze.

"Kijk," zei Ben. Hij stak zijn linkerarm uit en trok zijn mouw omhoog. De uitslag was verdwenen van zijn blootgestelde hand, en zijn arm zag er bijna helemaal normaal uit, vervangen door zijn natuurlijke huidskleur. Zijn rechterarm zag er net zo uit. Julie bekeek haar eigen huiduitslag en constateerde dat hetzelfde het geval was.

"Het is weg," zei ze.

"Bijna. Kom op, we moeten daar naar binnen. Wat er nog over is van het virus in onze systemen is de enige hoop die we hebben om uit te vinden wat dit is."

"Maar waarom gaat het weg? Ik voel me ook goed."

Malcolm was uit de truck gestapt en hielp Ben de open huid op zijn handen en armen te onderzoeken. "Het lijkt erop dat het zijn natuurlijke verloop heeft gehad en nu uit zichzelf sterft."

"Is dat wat er met je gebeurd is?" vroeg Julie.

"Nee," antwoordde hij. "Ik heb nooit een echte uitbraak van uitslag gehad, tenminste niet zoals ik me herinner. Ik kan verdoofd zijn geweest, of comateus. Maar waarschijnlijk werd ik geïnjecteerd met een kleine hoeveelheid van het spul om de effecten te testen en een remedie te vinden. Dat was genoeg om me in te enten."

Ze knikten, sloegen de deuren van de truck dicht en draaiden zich om naar het laboratoriumgebouw.

HOOFDSTUK 43

"HET LAB IS IN DE JAREN '80 GEBOUWD VOOR ONDERZOEK TER PLAATSE," legde Ben uit. "Het wordt eigenlijk niet veel gebruikt, omdat het niet echt een specifiek type lab is."

"Wat bedoel je?" vroeg Malcolm.

"Het heeft instrumenten die nuttig zouden zijn voor een wetenschapsles op een middelbare school, maar het is niet specifiek genoeg om als scheikundelokaal of biologielokaal te worden beschouwd. Het is ook niet groot genoeg om nuttig te zijn voor onze geologen, geografen of dierenwetenschappers."

Malcolm mompelde iets onder zijn adem en ging verder met het verkennen van de kleine kamer.

"Waarom bouw je het dan?" vroeg Julie. Ze had al een verzameling microscopen gevonden en was er een aan het voorbereiden, terwijl ze in de laden naar glazen glaasjes zocht.

"Ze dachten dat het leuk zou zijn om een soort 'frontlinie'-laboratorium te hebben, zodat ze niet hoeven te wachten tot er hulp van buitenaf komt, of honderden kilometers naar een universiteit hoeven te reizen."

Julie was klaar met het opstellen van de standaard samengestelde lichtmicroscoop op een tafel in de hoek van de kamer.

"Alles oké?" Vroeg Ben.

"Nee," antwoordde ze. "Dit is een samengestelde kijker, en er is nooit genoeg kracht om iets kleiner dan een insect te vergroten. Ik wou dat er een transmissie-elektron in zat. Zelfs een LVEM of zoiets zou goed zijn."

Ben staarde gewoon terug naar haar.

"Sorry - dit zal moeten werken. We komen er niet helemaal, maar het is misschien genoeg om de chemische reacties te meten en te testen op een tegengif. Kom hier."

Ben stapte naar voren, en ze reikte naar zijn arm. Hij trok zich terug, onwillekeurig reagerend.

"Rustig maar. Ik ga niet bijten." Ze reikte opnieuw, en deze keer liet Ben haar zijn rechterarm optillen en zijn mouw oprollen. "Dr. Fischer, zou u me willen helpen?"

Malcolm liep naar de hoek van de kamer terwijl Julie een streng latex tevoorschijn haalde die ze had gevonden tussen het wetenschappelijke materiaal. Ze overhandigde Bens arm aan Malcolm, die hem hachelijk voor zich hield. Terwijl hij hem vasthield, bond ze de latex band rond Bens bovenarm, waardoor de aderen uitpuilden en het bloed werd beperkt.

Toen pakte ze een kleine injectiespuit en prikte die in een van de aders. De kamer begon zich te vullen met een diepe karmozijnrode kleur.

"Geez," zei Ben. "Je hebt hem toch niet getest op hondsdolheid of zo."

"Hondsdolheid is het minste van je zorgen," antwoordde Julie, terwijl ze zich concentreerde op het recht houden van de spuit. "Trouwens, ik betwijfel of dat het probleem zou zijn met deze naalden. God weet hoe lang ze hier al liggen." Bij wijze van opluistering blies ze op de latex band en de spuit die in de ader werd gestoken. Een dunne sluier stof kwam van hun oppervlak, waardoor alle drie met hun ogen knipperden en wegkeken.

"Ah, juist. Lijkt volkomen veilig."

Ze suste hem en trok toen langzaam de spuit uit zijn arm.

"Hoeveel heb je nodig? Het lijkt een beetje overdreven," zei Malcolm.

"Ik weet niet hoeveel eenheden er nog in de bloedbaan zitten en of we het überhaupt kunnen zien. Plus, het virus is aan het afslijten, zoals we eerder zagen. Ik heb misschien geen tijd meer om er meer uit te halen, omdat de eenheden zich misschien al een weg naar buiten banen."

Ze plaatste de dop op de spuitkamer en laadde er nog een. Deze stak ze in haar eigen arm, zonder de moeite te nemen te controleren op een ader of haar bovenarm af te binden.

"Eenheden?" vroeg Ben.

"Zoals waterpokken," antwoordde ze.

Malcolm en Ben begrepen het nog steeds niet.

"Ik ben er een hypothese over aan het ontwikkelen, maar het is vrij simpel. Stel je voor dat een kind waterpokken heeft - het *varicella zoster* virus - en een verjaardagsfeestje heeft. Een of ander kind komt naar het verjaardagsfeestje en geeft de jarige een eenheid van het virus. Die eenheid vermenigvuldigt zich - zoals virussen doen - tot een bepaald punt, totdat het virus zich fysiek heeft gemanifesteerd in het lichaam van de gastheer."

"Kleine rode bultjes over zijn hele huid."

"Ja, precies. Maar dat is het dan ook. Het wordt nooit echt

erger dan de bulten, hoewel zoals je je misschien herinnert, die bulten al erg genoeg zijn. Het virus heeft zijn 'kritieke massa' bereikt in het systeem van het kind. De eenheden hebben hun maximale blootstellingsratio bereikt, en ze zullen - kunnen - zich niet meer vermenigvuldigen. Maar hij is ook nog steeds erg besmettelijk. Omdat het virus de kritieke massa heeft bereikt, zal elk kind dat langskomt het waarschijnlijk krijgen, toch?"

"Tenzij ze het al gehad hebben," zei Malcolm.

"En dan doen ze de havermoutbaden en zo en uiteindelijk gaat het virus weg," voegde Ben eraan toe.

Julie knikte, haalde de volle spuit uit haar arm, en ging verder. "Nou, dit virus-bacterie is een beetje anders. Laten we zeggen dat het kind besmet was met een eenheid van dit... *spul*. Wat het ook is. Die ene eenheid zou zich reproduceren en vermenigvuldigen in tien eenheden, besmettelijk worden, en zich verspreiden naar andere mensen, net als de waterpokken. Ze zouden allemaal besmet raken, het zou groeien tot tien eenheden in elk van hen, en ze zouden allemaal besmettelijk zijn - maar nog in leven. "

"Tot nu toe gaat alles goed," zei Ben. "Behalve dan de levensbedreigende uitslag."

"Maar, als het kind besmet is met *meer* dan tien eenheden, is het voorbij. Hij wordt in quarantaine geplaatst, maar het effect is verwoestend - het virus is te veel voor het lichaam om aan te kunnen en zal beginnen uit te schakelen. "

"Kan het lichaam niet meer dan tien eenheden aan?" vroeg Malcolm.

"Tien is een willekeurig getal, maar in dit scenario, ja. Het aantal eenheden dat ons virus nodig heeft om de kritieke massa te bereiken is de hoeveelheid virus dat 'veilig' een persoon kan infecteren. Alles daarboven, en de gastheer sterft. Daaronder...

"En het plant zich voort tot dat getal, maar gaat er niet overheen," eindigde Ben.

Julie knikte. "Dat is mijn hypothese. Daarna werkt het virus zich op natuurlijke wijze uit het systeem van de gastheer, waardoor ze immuun worden voor verdere aanvallen."

Ben en Malcolm dachten hier even over na. Het was logisch - hypothetisch of niet - en beide mannen knikten instemmend.

"Ik denk dat toen we aan de ziekte werden blootgesteld, het maar een kleine hoeveelheid was,' zei Ben. "Minder dan kritieke massa. Het heeft zijn beloop gehad en is nu op weg naar buiten."

Ze hoorden de deur van het laboratorium dichtslaan, en alle drie draaiden ze zich om. Een lange, dunne man stapte glimlachend in beeld. "Dat is precies goed, meneer Bennett. Wat een precieze deductie."

"Benjamin?" vroeg Julie, terwijl ze opsprong van haar plaats bij de tafel en de microscoop. "Wat - hoe ben je hier?"

"Ik was al onderweg," antwoordde hij, dichter bij hen komend. "Toen ik belde, was ik al in de buurt. Ik dacht, ik neem persoonlijk contact met je op, aangezien onze technische communicatie consequent ineffectief lijkt te zijn."

Julie heeft niet gereageerd.

"Maak je geen zorgen, Julie. Ben -" hij keek naar de derde man in de kamer, aarzelde een fractie van een seconde, en fronste. "Meneer - het spijt me, ik geloof niet dat wij elkaar kennen." Benjamin Stephens liep naar Malcolm toe en stak zijn hand uit.

"Dr., eigenlijk. Dr. Malcolm Fischer."

"Juist. *Dr.* Fischer. Mijn verontschuldigingen." Stephens had de kamer volledig op hem gericht, en hij genoot van het moment. "Sorry voor mijn indringing. Zoals ik al zei, ik kwam alleen maar helpcn. Julie, wat kan ik doen?

283

Julie dacht er een paar seconden over na. "Je was het met Ben eens toen je binnenkwam. Waarom? Wat weet je van het virus?"

"Om te beginnen, zoals je vast al ontdekt hebt, is het niet echt een *virus*. Of, om specifiek te zijn, het is niet *alleen* een virus."

"Daar zijn we al voorbij, Stephens," zei Julie. "Hoe weet je dat?"

"Julie, het is mijn taak om informatie te verzamelen en te organiseren. Elke ziektepreventie-instantie in het land werkt aan hetzelfde als jij. Ik zag gisteren een rapport dat jouw theorie van een virale-bacteriële stam bevestigde."

Stephens was gestopt voor een vierkante tafel in het midden van de kamer. Hij haalde er een klapstoel onder vandaan en ging zitten. Hij legde zijn armen boven op de tafel terwijl hij sprak. Hij *probeerde onderdanig over te komen, merkte* Ben.

"Ik heb ook ontdekt waar de stam vandaan komt."

Bij deze woorden, stapte Malcolm op hem af, en stopte toen.

"Het virus is het bijproduct van een oude uitgestorven plant die werd gevonden in Indiaanse manden in een Canadese grot. Een ongelukkige Russische expeditie vond het en werd zo de eerste moderne slachtoffers van het virus."

"Wie heeft je dat verteld?" vroeg Malcolm, zijn stem laag, bijna een fluistering. Ben stak zijn hand uit en hield de schouder van de man vast.

"Nogmaals, het is gewoon wat informatie die op mijn bureau is gekomen." Stephens draaide zich om en keek Julie recht aan. "Julie, daarom ben ik hier. Ik stuur je dit al dagen, maar ik weet dat je het niet gekregen hebt."

Ze schudde haar hoofd.

"Ik heb het naar een lab gestuurd, en zij hebben het ook verwerkt met de CDC. Voor zover we weten, heeft iemand dat virus gevonden, er een soort omhulsel omheen gedaan, en het 'supervirus' gemaakt.

Stephens stond op, en Julie zag Ben zijn armen over elkaar slaan.

"Maar zoals ik al zei, ik kon je niet bereiken. Het lijkt erop dat Brown een soort omleiding op mijn account heeft gevonden, maar hij heeft het niet ingesteld. Misschien Livingston - "

"Livingston is dood," zei Julie.

Stephens wilde doorgaan, maar Julie's woorden deden hem stoppen. "Pardon?"

"Livingston," herhaalde Julie. "Hij is dood."

"Maar..."

"Ze vonden hem in zijn huis, in zijn kantoor. Zelfmoord."

Stephens' gezicht leek een beetje samen te trekken rond de ogen, voor de kortste tijd. Maar zodra Julie het opmerkte, verdween het. Ze moet hem verrast hebben.

"Je - je kunt niet serieus zijn," zei hij.

"Stephens, ik zou hier geen grapjes over maken. Dat weet je." Ze draaide zich om naar de reacties van Ben en Malcolm. Beide mannen stonden stil en keken Stephens stoïcijns aan. Ze keken naar zijn reactie, *besefte* ze.

Stephens leek een beetje te wankelen en deed een stap achteruit. Hij greep de hoek van een tafel en zette zich op zijn plaats. "Maar... maar dat..." zijn stem stokte.

"Stephens." Julie's stem was gespannen, maar ze probeerde hem terug te halen. "Benjamin. Ik weet dat het krankzinnig is, maar we *moeten* vooruit blijven gaan."

Hij knikte.

"Kun je ons de rest vertellen? Wat weet je nog meer over het virus?"

Hij slikte, maar begon te spreken. "Nou, zoals u al weet is onze organisatie niet bepaald snel als het gaat om het omgaan met crises, maar er zijn een paar afdelingen geweest die een beetje succes hebben gehad met het modelleren van de spanning en het berekenen van de progressie ervan." Hij liep terug naar de stoel en ging weer aan de tafel zitten. Julie vond een fles water en bracht die naar hem toe.

"Ze ontdekten dat het middel werkt door de bloedbaan te infecteren, maar ook de lucht rond de gastheer. Het 'ettert' in de gastheer, waarbij deeltjes vrijkomen via de huid - waarschijnlijk de reden dat we een fysieke manifestatie zien in de buitenste opperhuid."

"De uitslag en steenpuisten," zei Julie.

"Juist. Dus het verspreidt zich via de lucht naar een menselijke gastheer - het heeft geen direct contact met bloed of vloeistoffen nodig, alleen tijd en nabijheid. Als het eenmaal in de bloedbaan zit, verplaatst het zich naar de inwendige organen, waar het zich vermenigvuldigt en een virale titer bereikt voor besmetting."

"Wat is de virale titer?" vroeg Malcolm.

"Virale belasting. Het is als een concentratie van het eigenlijke virus. Het punt waarop het virus genoeg cellen infecteert om besmettelijk te worden."

"De kritieke massa," voegde Julie eraan toe, terwijl ze het uitlegde aan de twee mannen die naast haar stonden.

"Precies. Het lab rapporteerde dat alles onder de 8000 kopieën per milliliter van het virus wordt beschouwd als onder de gevarenlijn. Daarboven kan de gastheer het virus niet in zijn eigen lichaam houden, en probeert de stam naar een andere gastheer binnen bereik te springen. Als dat niet lukt, zullen de systemen van de oorspronkelijke gastheer uitvallen. Als het *kan springen*, doet het dat, waardoor de titer in beide gastheren tot de helft daalt."

"Gaat de proliferatie vanaf daar verder?" vroeg Julie.

"Dat doet het, maar alleen tot die magische grens van virale belasting - ergens rond de 8.000 kopieën. Maar als de lading hoger is dan 16.000 wanneer het springt, hebben beide gastheren een concentratie van hoger dan 8.000 cpm. Het virus zal zich in hun systeem blijven verspreiden en vooral cellen en antilichamen verbruiken, maar ook vitale organen overbelasten."

"Dus het antwoord is een *derde* gastheer te vinden?" vroeg Malcolm. Ben knikte mee en probeerde alles op een rijtje te zetten terwijl Stephens het uitlegde.

"Juist. En dan een vierde, vijfde, enzovoort, totdat het virus zich gelijkmatig heeft verspreid over deze gastheren en de titer daalt tot onder de 8.000 in elk."

"Wat gebeurt er dan?"

"We weten het niet," zei Stephens. "Maar het sterft uit zichzelf, op de een of andere manier. De eerste tests hebben aangetoond dat het binnen een dag of twee begint op te klaren, en zich binnen een week volledig uit een besmette gastheer werkt."

"Oké, dus we hebben er nog geen tegengif voor. Maar we weten dat het vanzelf weggaat?"

Stephens knikte. "Dat doet het, maar zoals ik al zei, alleen als de concentratie in de gastheer laag genoeg is. Onder belasting zal het toenemen tot het punt dat het besmettelijk wordt voor anderen, maar dan stoppen, waardoor de gastheer immuun wordt." Zijn ogen dwaalden af naar Malcolm. "Maar *als de* virusbelasting te hoog wordt, zal het interne systeem van de gastheer volledig worden vernietigd.

"Dat is goed nieuws, Stephens," zei Ben. "Maar we hebben niet veel tijd meer. Dit ding verspreidt zich over het land, en het vertraagt niet. Plus...

"De bom," maakte Julie af.

"Juist," zei Stephens, knikkend. "De bom. Enig idee waar die is?"

"Nee, nog niet."

"Oké, nou ik kan helpen. Julie, waarom gaan jij en ik niet..."

"Je gaat nergens heen met haar," zei Ben, terwijl hij naar voren stapte.

"Pardon?"

"Je gaat niet weg." Zei Ben weer.

"Ben," zei Julie, terwijl ze naast hem kwam staan. "Wat is er aan de hand?"

Stephens stond weer op van de stoel en fronste zijn wenkbrauwen. Hij keek Ben aan, hem onderzoekend.

Voordat hij kon reageren, deed Ben nog een stap naar voren en sloeg Stephens hard in zijn buik. Stephens kromp ineen en probeerde op adem te komen.

"Ben!" Malcolm rende op hem af, maar Ben hield zijn arm omhoog om hem tegen te houden.

"Stop - laat mij dit afhandelen." Hij wendde zich weer tot Stephens. "Wat doe je nog meer, Stephens?"

"Wa - waar heb je het over?"

"Je weet precies waar ik het over heb. Met wie werk je samen?"

Julie raakte in paniek toen ze tussen de twee mannen keek die voor haar stonden. "Ben, wacht, gewoon -"

Ben greep Stephens onder de kin en tilde hem rechtop. Hij gaf nog een klap in de zij van de man. "Het is niet alleen dat je me vanaf het begin al verdacht vond," zei hij. "Je bent hier binnengekomen, op een of andere manier de weg gevonden zonder, blijkbaar, hulp van buitenaf. Deze achterpaden staan op *geen enkele* kaart, en we hebben ze speciaal verwijderd van GPS-gegevens om te voorkomen dat rondzwervende toeristen een achteringang van het park vinden."

Julie keek met open mond naar de uitwisseling.

"Ik - het was de IT... Randall. Hij bracht me hier. Hij hielp me vinden -"

"Dat is niet waar," zei Julie. Ben keek haar verbaasd aan. "Randy wist niet eens dat we hierheen zouden komen. Ik heb hem niet verteld waar we heen gingen, en zelfs als hij me op de een of andere manier via mijn telefoon probeerde te traceren, zou hij niet op tijd kunnen doen om jou onze coördinaten te sturen tot we *hier* waren. Je verscheen *enkele minuten* nadat we aankwamen, Stephens."

Stephens' ogen werden groot. "Serieus? Je denkt toch niet -"

"Leg eens uit hoe jij zoveel weet over dit virus," zei Ben. "Je bent een onderzoeksassistent, toch? Je verzamelt onderzoek en levert het aan Julie?"

Stephens' neusvleugels wapperden, en hij knarste met zijn tanden.

"*En* ik zag de manier waarop je naar Dr. Fischer keek toen je 'immunisatie' noemde. Hoe wist je dat hij immuun was?"

"Dat heb ik niet gedaan!"

"Dat deed je wel. Ik zag het in je ogen. Je wist precies wie hij was op het moment dat je hier binnenliep, nietwaar? Je hebt hem eerder gezien!"

Stephens' ogen gingen heen en weer van Julie naar Ben naar Malcolm. Ben pakte hem weer vast en begon zijn arm naar achteren te zwaaien. Een lichte glimlach ontsnapte aan Stephens' mond, en verdween even snel weer.

Ben stopte, geschokt. "Je weet wel iets, is het niet?"

Een blik van woede spoelde over Stephens' gezicht. Hij spuwde.

Ben sloeg hem in de kaak, waardoor het hoofd van de man achteruit deinsde terwijl het de klap opving. Ben huilde van de pijn en opende en sloot zijn vuist.

Stephens reageerde niet. Hij staarde kil terug naar Ben.

Ben sloeg hem weer. Julie rende naar voren en greep zijn arm, in een poging om de aanval te stoppen.

Toen Stephens' hoofd weer omhoog kwam, zag Julie een druppeltje bloed vlak naast zijn mond druppelen.

Zijn *lachende* mond.

Stephens spuugde een mondvol bloed uit en sprak toen. "Je kon er gewoon niet achter komen, hè?"

Julie was stomverbaasd. "Waar heb je het over?"

Hij lachte. Een grinnik, die langzaam uit zijn bloedende mond rolde. "Het is toch te laat. Te laat."

Ben keek naar Julie en vroeg haar zwijgend wat ze moest doen. Ze schudde haar hoofd, en Ben liet zijn hand vallen.

"Het is te laat. Te laat.

"Te laat voor wat?" schreeuwde ze naar Stephens.

"Je kunt ze niet redden. *Kon* ze niet redden. Diana Torres, Charlie Furmann, David Livingston. En de anderen. Je kan ze nu niet meer redden."

Ben deed een stap terug. Stephens. Hij was het - de man die hen had vermoord. En Diana.

Zijn moeder.

HOOFDSTUK 44

JULIE KON NIET GELOVEN WAT ZE HOORDE. ER WAS STEPHENS' bekentenis, maar vooral de ongelooflijke *omvang* van wat Stephens beweerde te hebben gedaan. Julie's spoor van bewijs en onderzoek volgend naar Diana Torres' deur, dan naar Charlie Furmann en Livingston. Iedereen die hem in de weg had gestaan, had de ultieme prijs betaald.

Om nog maar te zwijgen van de vele anderen die ze *niet* kenden.

Julie was buiten zichzelf. Ze had lang genoeg met Stephens gewerkt om hem te vertrouwen, zelfs om hem te mogen. Hij was een slimme jongen, en hij werkte hard.

Maar hij had haar verraden.

Hij had ze allemaal verraden.

Ze wist niet hoe te reageren. Malcolm was ook geschokt, nog herstellende van Ben's aanval op Stephens. Hij zakte onderuit in de hoek, leunend op de tafel die Julie als labtafel had gebruikt.

Ben wist echter *wel* hoe hij moest reageren. Julie keek toe hoe Ben zich op Stephens stortte, met stoten zo snel als zijn armen het toelieten. Ze waren niet goed gericht, en veel stoten kwamen tegen Stephens' hoofd en schouders. Ben had geen controle, en hij zette niet veel kracht achter zijn slagen. Het was een emotionele reactie, een die Julie en Malcolm beiden met verbazing zagen.

Maar het was logisch.

De man die voor haar stond had Bens moeder vermoord. Hij was de oorzaak van haar infectie en uiteindelijke dood, terwijl Stephens hen door een doodlopend doolhof leidde.

Maar waarom?

De vraag knaagde aan haar. Ze had het de eerste keer niet gemerkt en was in plaats daarvan geconcentreerd op het overwinnen van de eerste schok van Bens beschuldiging en de daaropvolgende onthulling dat hij gelijk had gehad.

Toch was de vraag er, en ze moest het antwoord weten.

"Waarom?" vroeg ze, zachtjes. Toen nog eens, luider. "Waarom, Stephens?"

Hij keek naar haar op, en Ben stopte met zwaaien.

"Waarom?"

Ben stapte achteruit, zijn ademhaling haperde van de inspanning, en keek ook naar Julie.

Wachtend op het antwoord.

Maar Stephens lachte alleen maar, gorgelend bloed dat zijn mond had gevuld. Hij spuugde, met een wrange glimlach op zijn gezicht. "Het is te laat," zei hij.

"Dat heb je al gezegd. Maar ik zal die beslissing voor mezelf nemen," zei Ben. "Waar is de bom, Stephens? Ik weet dat hij ergens in het park is. In de grotten, zoals je aan de telefoon zei?"

"Je zult het nooit vinden," antwoordde hij.

"Stephens, alsjeblieft,' zei Julie. Stephens schudde alleen zijn hoofd.

"Zoals ik al zei," zei Stephens, terwijl hij elk van hen beurtelings aankeek. "Het is te laat. Amerika is niet verenigd genoeg om zichzelf te redden."

Julie hield haar hoofd scheef. Waar had ze dat eerder gehoord?

"Dit land hecht aan vrijheid, maar u en ik weten allebei dat 'vrijheid' een lachertje is. We zitten ergens tussen een derde-wereldland met een corrupte regering en een overheersende corporatie op de schaal van hoe vrij we werkelijk zijn. Amerikanen houden nu vast aan elk stukje 'vrijheid' dat ze kunnen vinden, inclusief hun eigen individualiteit.

Ben stapte naar voren en sloeg Stephens opnieuw. *"Waar is de bom?"* schreeuwde hij.

Stephens wankelde achteruit en verloor bijna zijn evenwicht. Hij leek duizelig, maar bleef staan. Toen keek hij scherp op. Hij begon te lachen terwijl hij iets uit zijn jaszak haalde.

De kleine glazen cilinder was gevuld met een soort vloeistof, en een grote injectienaald glinsterde in het fluorescerende licht van de laboratoriumruimte.

Zonder waarschuwing, Stephens duwde de spuit in zijn arm.

Zijn ogen vielen achterover in zijn hoofd, maar rolden een paar seconden later weer naar voren. Hij snoof en sprak toen. "Zoals ik al zei, Harvey, het is te laat. Amerika is niet verenigd genoeg om zichzelf te redden. Het maakt nu niet meer uit of je je bom vindt of niet." Plotseling begon zijn mond speeksel te lekken, schuimend rond de randen. "Ik zou weggaan, als ik jou was,' vervolgde hij. "Dit is een zeer geconcentreerd exemplaar van de stam, en ik schat dat er minder dan een minuut is voor ik besmettelijk word."

Julie huiverde toen het virus zichtbaar door het lichaam van de man scheurde, het van binnenuit uit elkaar scheurend. Ze huiverde ook bij de betekenis van de woorden van de man.

Zeer geconcentreerd specimen.

Ben sprong naar voren en gooide Stephens lichaam tegen de muur. Zelfs toen het virus het lichaam van de man verwoestte, viel hij nog niet.

"We zijn immuun, Stephens," zei Ben. "Weet je nog?" Hij trok de mouw van zijn linkerarm omhoog en hield die tegen Stephens' gezicht. "Je hebt er te lang over gedaan. Het virus is al uit onze systemen verdwenen, en we zijn er nu immuun voor. En Dr. Fischer -" Ben knikte naar de professor. "Hij *is* immuun, maar dat wist u al, nietwaar?"

Julie keek naar de uitwisseling, alles bij elkaar rapend. Ze dacht na over Stephens' uitleg, over de specifieke woorden die hij gebruikte.

"Ben..." probeerde ze hem over te halen, maar Ben luisterde niet.

"Je hebt ons hierheen geleid, naar onze dood, voor wat? Voor je amusement?"

Stephens glimlachte weer, en hij greep weer in zijn zak. "Nee," fluisterde hij.

Ben fronste zijn wenkbrauwen.

"Het was een experiment. *Mijn* experiment. Ik zei hen dat niemand het zou kunnen uitvogelen en dat we ons moesten schamen om zoiets wonderbaarlijks te verwezenlijken zonder het te kunnen zien. Van dichtbij."

"Dus je laat het ons uitzoeken?" vroeg Ben.

"Er zal niets meer over zijn," zei hij. "Amerika zal een dorre woestenij zijn, Harvey. Het einde is gerechtvaardigd, maar hoe zit het met de *middelen? Hoe zit het* met mijn beloning, wetende dat mijn rol vervuld is?" De stem van de man werd luider en zijn gezicht vertoonde meer en meer emotie. "Ik was voorbestemd -

geboren - voor deze rol," ging hij verder. "En ik moet de voldoening krijgen te weten dat het onfeilbaar was. Ik moest het hier afmaken, om jou te zien sterven, net als de rest."

Julie's ogen verwijdden zich toen Stephens hand uit zijn jas kwam.

"En niemand is immuun voor de dood," zei Stephens, terwijl hij een pistool tegen Bens borst hield. Hij draaide de veiligheidspal eraf en staarde de hele tijd in Bens ogen. "Je hebt je rol bewonderenswaardig vervuld, Mr. Bennett. Laat mij nu de mijne vervullen."

Hij haalde de trekker over.

Julie voelde hoe haar lichaam opzij werd geduwd toen een donkere gedaante langs haar heen raasde. Hulpeloos staarde ze toe hoe Bens lichaam opzij vloog in de richting van de tafels in het midden van de kamer. Ze gilde en sprintte op Stephens af toen hij het tweede schot rechtstreeks op haar richtte.

Ze botste met haar hoofd tegen Stephens, en stuurde haar voorhoofd tegen zijn borstbeen. Ze voelde zijn longen snel uitzetten en onwillekeurig naar lucht happen. Ze bleef voorwaarts bewegen, nu weer op haar voeten. Ze rende met volle vaart *door* het slanke lichaam van de man, tilde het op van de vloer en sloeg het tegen de muur. Glazen flesjes en bekers, samen met een stapel netjes opgeborgen papieren, spatten uit elkaar van hun plaats langs de achterste tafel en vielen op de harde vloer. Het geluid van brekend glas en chaos blokkeerde bijna het geluid van haar eigen geschreeuw.

Bijna.

Ze haalde uit met haar vuisten en sloeg Stephens, die lukraak over de tafel lag. Ze mikte op dezelfde plek waar Ben hem eerder had geraakt - net onder zijn oog waar zich een gapende wond vormde. Ze sloeg, opnieuw en opnieuw, en uiteindelijk stopte hij met bewegen.

Ze deed een stap achteruit, zwaar ademend. Julie merkte dat de huid van haar collega begon te rijzen, alsof hij als een ballon met water was gevuld. Ze wist dat het virus zich volledig door zijn lichaam had verspreid, maar ze was verbaasd over hoe snel hij erop had gereageerd.

Er moet een zeer *hoge concentratie van het virus in dat flesje hebben gezeten.* Het besef beangstigde haar.

Paarse striemen hadden zich op zijn blootgestelde huid gevormd, zowel van het virus als van de blauwe plekken die hij van Julie en Ben had gekregen. Ze keek toe hoe zijn huid van paars naar lichter rood kleurde, en merkte dat zijn ademhaling was gestopt. Ze wachtte nog enkele ogenblikken en controleerde toen zijn vitale functies.

Dood.

HOOFDSTUK 45

BEN HOORDE JULIE ZIJN NAAM ZEGGEN VAN ERGENS ACHTER HEM.

"Ben..." het was krachtig, maar aarzelend. *Een waarschuwing.*

Toch ging hij vooruit. Hij had zulke emoties al meer dan tien jaar niet meer gevoeld, sinds zijn vader was ontvoerd.

"Je hebt ons hierheen geleid, naar onze dood, voor wat? Voor je amusement?" vroeg hij gericht, alsof hij het antwoord al wist. *Wist hij dat?*

Stephens glimlachte. "Nee. Het was een experiment. *Mijn* experiment. Ik zei dat niemand het zou kunnen doorgronden en dat het ons in verlegenheid zou brengen om zoiets wonderbaarlijks te verwezenlijken zonder het te kunnen zien. Van dichtbij."

Ben stelde de volgende vraag voorzichtig. Hij wilde dichterbij komen om te proberen Stephens in bedwang te houden. "Dus je laat het ons uitzoeken?" Hij deed een stap naar voren. *Voorzichtig.* Hij behandelde de situatie zoals zijn vele ontmoetingen met wilde dieren. *Niet direct naderen als het kan, maar ook niet te snel.*

Nog een stap.

Stephens bleef praten, maar Ben had hem al uitgezet. Hij concentreerde zich op de jacht en probeerde in Stephens' persoonlijke ruimte te sluipen. Hij wist dat Stephens geen dier was, maar dat was in Ben's voordeel. Stephens handelde emotioneel, niet op basis van dierlijke instincten maar menselijke waarneming. Ben kon daarom rekenen op een tragere reactietijd van hem.

Maar terwijl hij zijn zet plande, zag hij Stephens' arm. Die zwaaide omhoog, met een wapen in de hand.

"U hebt uw rol bewonderenswaardig gespeeld, meneer Bennett," hoorde hij Stephens zeggen. "Laat mij nu de mijne vervullen."

Ben probeerde naar voren te springen, maar hij kon zijn geest niet zover krijgen om de richting naar zijn lichaam te bepalen. Het gebeurde langzaam, alsof hij naar een film in slow motion keek. Hij voelde zijn voeten bewegen, eerst langzaam, toen sneller.

Maar niet snel genoeg.

Hij zou nooit op tijd bij Stephens zijn. Het pistool ging nog iets omhoog, nu gericht op Ben's borst.

Hij dacht dat hij de loop van het pistool zag flitsen, een klein vuurstraaltje uit de loop, maar zijn zicht werd plotseling wit. Hij voelde ook iets, een verpletterende pijn die hem vanaf zijn zij trof en hem van zijn voeten sloeg.

Hij vloog. Verblind en met pijn, maar hij kende het gevoel van hoogtevrees. Hij probeerde zijn armen uit te steken om de val te stoppen, maar hij had geen idee of zijn armen de opdracht hadden geregistreerd of niet.

Toen hoorde hij de explosie van het geweer. Het was luider dan hij dacht dat het zou zijn - hij had altijd aan het zendende eind van een geweerloop gezeten. Het maakte hem doof.

Blind, met pijn, en nu doof.

En nog steeds vallend.

Toen hij de grond raakte, voelde hij een andere pijn, gelijk aan de eerste. Het begon in zijn arm en schouder, toen in zijn heup en been.

Dit kan niet juist zijn.

Het was een schot van dichtbij - hoe kan Stephens gemist hebben? Hij moet iets in zijn borst gevoeld hebben.

Toch?

Hij probeerde te knipperen, om zijn zintuigen terug te krijgen. Niets dan pijn.

Toch was het een doffe pijn - kloppend, maar beheersbaar. *Wat is er gebeurd?*

Hij haalde adem, nu hij zich realiseerde dat hij zijn adem inhield. Zijn longen worstelden met het gewicht, en probeerden het van hem af te duwen.

Waarom lag er een gewicht boven op hem?

Hij begon te zien. Eerst kropen de lichten van het lab in zijn zicht, toen een donkere schaduw.

Het gezicht van een man.

Malcolm Fischer's gezicht.

Hij hijgde en duwde zijn handen omhoog. Het gewicht was het lichaam van de man, en Ben gebruikte al zijn kracht om het omhoog en van hem af te tillen. Hij worstelde een paar seconden tot Malcolm opzij viel en Ben bevrijdde.

Ben ging rechtop zitten en knipperde met zijn ogen.

Toen zijn zicht volledig terugkeerde, zag hij het lichaam van Malcolm naast het zijne liggen, ondersteboven, in een karmozijn-rode plas bloed.

Nee...

Hij reikte uit en voelde achter de nek van de professor.

Kom op, hij wilde. *Wakker worden.*

Maar toen zag hij de bruine jas van de professor, gewikkeld om de oudere man. Een klein gaatje lekte bloed, bijna midden in de rug van de man.

De uitgangswond.

Hij hoorde gesnik en keek op. Julie stond over hem heen, tranen vielen van haar gezicht.

"B - Ben," mompelde ze. "Ik dacht dat je..."

Haar stem viel weg toen ze eindelijk Malcolm naast hem zag liggen.

"Oh mijn God," fluisterde ze. "Hij - hij heeft je gered."

Ben knikte alleen maar. "Waar is Stephens?" Woede flitste achter zijn ogen, en hij stond op. Hij zag de man meteen liggen, op een tafel tegen de muur, onbeweeglijk.

Ze wees naar het lichaam van haar collega. "Ik - ik viel hem aan, maar ik denk dat het virus zijn werk al had gedaan."

Weer knikte Ben. Hij stapte voorzichtig over Malcolm's lichaam en greep Julie, trok haar dicht tegen zich aan. Ze begon te snikken en probeerde te praten. Hij legde een hand om haar achterhoofd en duwde haar gezicht langzaam naar voren, op zijn schouder. Hij streelde door haar haren en liet haar huilen.

HOOFDSTUK 46

DE TRUCK STUITERDE OVER EEN ANDERE KUIL IN DE ONVERHARDE WEG. Julie zat weer op de passagiersstoel en staarde uit het raam. Om de paar seconden snoof ze, terwijl ze de tranen bedwong waarvan ze wist dat ze uiteindelijk zouden komen.

Ze hadden het lab verlaten als een puinhoop - twee dode lichamen, één zeer besmettelijk, en beiden bloedend op de witte tegelvloer. Ben hield haar een minuut vast, wiegde haar langzaam terwijl ze beiden in stilte wachtten.

Wachtte op niets.

Er zou geen hulp komen, en zij voelde nu de ware realisatie van Stephens' bedrog.

Het had haar hard geraakt, dat eerste moment dat ze het begreep.

Ze waren alleen.

Terwijl ze daar stonden, dacht ze aan de puinhoop van dit alles. Maar hoe chaotisch het ook was, het was onberispelijk. De uitvoering, van de eerste ontploffing tot het zich verspreidende virus, tot Stephens' eigen arrogante wens om het vanaf de eerste rij te zien gebeuren.

Hij had ze alles verteld. Het was cryptisch en moeilijk te begrijpen, op zijn best, maar het was volledig.

Hij had het zo gewild - om ze te zien lijden door de pijn van het zoeken, alleen om hun hulpeloze ogen te zien als hij zijn wapen losliet.

Zijn laatste zet.

Schaakmat.

Ze keek naar Ben terwijl hij reed. "Ik kan niet geloven dat hij *het wist*, Ben. De hele tijd."

Ben knikte langzaam. Ze zag zijn knokkels wit worden toen hij het stuur vastpakte. "Ik weet het," zei hij zacht. "Maar er is nog steeds iets wat ik niet begrijp. De spuit - waarom heeft hij het gedaan? Ik bedoel, zichzelf injecteren met dat spul? Hij had ons ook gewoon kunnen neerschieten."

"Nee, dat is het juist." Ze fronste haar wenkbrauwen. "Ik kwam erachter vlak voordat hij je probeerde neer te schieten."

"Echt?"

"Yeah. Ben - *hij is* het eindspel. Hij is het sluitstuk."

"Ik weet het. Hij orkestreerde de hele zaak, en - "

"Nee, Ben - hij is een deel van de bom."

Ben fronste zijn wenkbrauwen, maar al snel werden zijn ogen groot. "Hij is..."

"Stephens moest ervoor zorgen dat hij in het park was omdat hij het laatste stukje van de puzzel zou zijn. Weet je nog wat er gebeurde toen de eerste bom afging? Het zond een lading van het virus de lucht in, wat een groot deel van het gebied besmette. Maar deze *tweede* bom kan die lading niet dragen - hij zal te groot zijn. En als hij ergens rond die caldera afgaat..."

"Dan zal de uitbarsting van de vulkaan onder ons de spanning meer dan wegnemen."

"Juist," zei ze. "Een te kleine bom zal de ondergrondse structuur niet genoeg vernietigen om een uitbarsting te veroorzaken, maar een te grote bom zal alleen de lading verbranden."

"Dus," zei Ben, hardop denkend. "Om ervoor te zorgen dat je zowel de vulkaanuitbarsting *als* het virus kunt verspreiden, moet je de virale lading ver genoeg van de initiële ontploffing plaatsen zodat het veilig is voor die explosie, maar dicht genoeg bij de caldera dat de resulterende uitbarsting de lading de atmosfeer in zal sturen.

"En Stephens *is* de virale lading."

Julie zuchtte. "Zoals ik al zei, hij is een deel van de bom."

"Dan moet *ik* die bom vinden," zei Ben, "en jij moet weg uit het park." Hij drukte het gaspedaal in, en de truck zwenkte, ternauwernood een diep gat in de weg missend.

Ze keek naar hem. "Pardon?"

"Je hebt me gehoord. Ik laat je niet in de buurt van die uitbarsting komen."

Julie verstijfde haar kaak, geërgerd.

"Ben, luister naar jezelf," zei ze. "Je praat onzin. Je hebt het me uitgelegd, weet je nog? Als die bom afgaat, begint er een kettingreactie. Er is geen plek binnen een straal van *300 kilometer* die veilig is."

Ben haalde zijn schouders op. "Toch..."

"Nee, Ben. Stop. Vergeet het. Waar ga je me afzetten? Tien mijl van hier? Twintig? Hoeveel tijd ga je verspillen om me weg te krijgen van de ontploffingszone? En hoelang denk je dat je hebt voordat de bom echt afgaat?"

Ben begon te antwoorden, maar zette in plaats daarvan de

radio aan. Het nieuwsbericht was al bezig, en hij draaide het volume hoger. Het was een gecomputeriseerd bericht, dat een vooraf geschreven antwoord voorlas.

"...Lokale politie en SWAT teams zijn alert op rellen, inclusief plunderingen. Blijf alstublieft binnen, en blijf uit de buurt van iedereen buiten de directe familie. Besmette gebieden zijn onder andere als zuidelijke grens Las Cruces, New Mexico. Westelijke grens, Kansas City. Oostelijke grens Reno, Nevada. CDC en FEMA hebben quarantaine stations voorbereid in vele grootstedelijke gebieden. Ga naar www..."

Hij zette het volume weer zachter toen Julie sprak.

"Het is niet waar," zei ze.

"Wat?"

"Het rapport. De CDC kan niet zo snel zoveel quarantaine plaatsen. Ze zijn er gewoon niet op ingesteld. En FEMA... Dat kan gewoon niet."

"Ze doen tenminste iets," zei Ben.

"Wat? Wat zouden ze aan het doen kunnen zijn?" vroeg Julie, haar stem werd emotioneler. "Stephens hield me de hele tijd in het ongewisse, en hij vermoordde de man die verondersteld werd aan het front te staan en het onderzoek gaande te houden.

"Oké, wat wil je dan gaan doen?" vroeg Ben. Hij remde de truck af.

Julie dacht even na. "Wij zijn het, Ben. Wij zijn de *enigen* die dichtbij genoeg zijn om er iets aan te doen. We moeten die bom vinden, en snel. En krijg geen ideeën om me ergens aan de kant van de weg te dumpen."

Ben keek haar even aan en overwoog het aanbod. Hij knikte en versnelde toen weer.

HOOFDSTUK 47

"HOEVEEL KUILEN ZIJN ER OP DEZE WEGEN?" vroeg Julie. "Ik denk er serieus over om eruit te stappen en te gaan lopen."

Ben glimlachte en vergat even in wat voor hachelijke situatie ze zich bevonden. "Weet je, je hebt een fantastisch vermogen om de huidige omstandigheden te negeren en grapjes te maken."

Ze wierp hem een blik toe. "Denk je dat ik een grapje maak?" Ze maakte een show van zichzelf weer op haar stoel te zetten, knarsetandend van de pijn.

"Sorry," zei hij, zijn schouders ophalend. "Ik probeer van de grotere parkwegen af te blijven - het zou verlaten moeten zijn, maar we kunnen niet voorzichtig genoeg zijn. Hou gewoon vol; het meer komt over een paar minuten."

Ze kreunde, maar ging niet in discussie. In plaats daarvan opende ze haar laptop en maakte verbinding met het draadloze internet van haar mobiele telefoon. Een paar minuten lang controleerde ze of er nieuwe emails waren, of er updates waren over het virus, en stuurde een paar emails naar het CDC. Ze wisten allebei dat het een gok was, omdat het CDC al alles in het werk stelde om de verspreiding van het virus tegen te houden, en hun mogelijkheden om onderzoek te steunen waren al eerder ernstig belemmerd door Stephens' werk. Na een paar minuten rondklikken, sloot ze de computer af.

"Probeer nog eens te bellen?" vroeg Ben.

"Dat heeft geen zin," antwoordde ze. "Iedereen daar is al ingezet op een tussenstation of helpt met rampenbestrijding. We moeten naar een echte locatie, dan -"

"Julie, we hebben het hier al over gehad,' zei Ben. "We kunnen het niet riskeren. Zoals je net zei, de meeste van je teams zullen al ingezet zijn, of zullen ingezet worden. En we hebben geen tijd om er helemaal heen te rijden."

"Ik weet het, ik weet het," zei Julie, geïrriteerd. "Het is gewoon... frustrerend. Ik voel me zo hulpeloos. Ik ben altijd de persoon geweest die de leiding nam, weet je?

Ben glimlachte van de zijkant van zijn mond. "Dat weet ik wel. En wat we hier proberen te doen is veel nuttiger dan naar een CDC-vestiging te rijden en met het kantoorpersoneel te praten. Er hoeft daar nog niets te gebeuren. Laten we deze bom afhandelen, en dan kunnen we van daaruit verder gaan.'

"Maar hoe weten we eigenlijk waar de bom is?"

"Het is onder het meer," antwoordde Ben, zijn stem zelfverzekerd. Terwijl hij de woorden uitsprak, vloog aan de rechterkant van de weg een bord voorbij met de woorden "*Yellowstone Lake - 1 Mile*" erop gedrukt.

"Ben, Livingston heeft daar al gekeken. Weet je nog? Hij stuurde een team geologen en graafmachines door de meeste grotten in de regio, en vond die tunnel. Als daar iets was, zou hij..."

"Julie, Livingston heeft je dat niet verteld."

"Dat heeft hij gedaan! Hij belde, en -" ze herinnerde zich plotseling waar Ben op zinspeelde.

Livingston had niet gebeld - *Stephens* wel.

Ze schoot rechtop in de zetel. "Stephens heeft gebeld, niet Livingston. Hij *zei* alleen dat Livingston het team had gestuurd, en dat hij geen reden had om met Livingston te communiceren, wat betekent..." Ze dacht even na. "Wat betekent dat hij loog. Ben, als hij loog, kunnen we de verkeerde kant opgaan."

"Maar dat doen we niet. We gaan precies waar Stephens ons zei heen te gaan. Tot nu toe heeft hij ons bij elke stap bedrogen, maar het is zijn informatie die ons zo ver heeft gebracht. Hij vertelde ons zelfs *waarom* - hij wilde ons zien proberen het uit te zoeken." Ben keek naar Julie. "Als die bom echt ergens in Yellowstone is, zullen we ze precies vinden waar Stephens ons zei te zoeken."

Julie wist dat hij gelijk had - het *moest* juist zijn. "Ja, waarom *zou* hij ons niet gewoon precies vertellen waar het is? Hoe krankzinnig hij ook was, hij geloofde dat het toch te laat was om nog iets te doen."

Ze hoopte dat Stephens daar geen gelijk in had.

"Waar is die grot eigenlijk?" vroeg ze.

Ben schudde zijn hoofd. "Ik weet het niet. Maar er is maar één grot die ik kan bedenken die lang en diep genoeg is om een goede plek te zijn. Het moet dicht genoeg bij de oppervlakte zijn dat een explosie zou doordringen, maar diep genoeg om het magmagebied onder de caldera te beïnvloeden. Het is een paar kilometer rond het meer, als we er eenmaal zijn, maar de grot is niet erg lang."

"Maar hij sneed een tunnel in de zijkant ervan, toch?"

"Juist, en we kunnen niet weten hoe diep *het* is. Maar hij is breed genoeg om te hurken of te glijden, en er zijn geen grote split-singen. We zullen het meteen weten als we een door mensen gemaakte tunnel zien."

Ben trok de truck naar links toen de weg een bocht met een dogleg ging maken, en gaf toen weer gas. Dit gedeelte van de weg was aanzienlijk beter dan waar ze tot nu toe op hadden gereden, met een ondergrond van grind en minder kuilen en hobbels. Terwijl hij het voertuig over het midden van de eenbaansweg stuurde, viel hem de immense schoonheid van het omringende land op.

Dit land was meer dan een decennium zijn enige thuis geweest. Diana - zijn moeder - had jarenlang geprobeerd hem en zijn broer weer onder één dak te krijgen, maar ze had gefaald.

Of, liever, hij had *haar* teleurgesteld.

Nadat zijn vader stierf, deed Ben het enige wat goed voelde. Hij rende weg. Op dat moment voelde het niet zozeer als *wegrennen*, als wel als ergens *naar toe* rennen. Dit iets staarde op hem neer toen hij er doorheen reed.

De bomen, dennen en sparren, schraapten tegen het plafond van de hemel, hun toppen scheurden in het uitgestrekte blauw en wit. De bosgrond, die zoveel nachten als bed had gediend dat hij ze niet meer kon tellen, en het zachte prikken van de naalden die de grond bezaaiden en knarsten als hij liep.

En de *geur*.

Die bosachtige, diepgroene, frisse, *levende* geur.

De geur was de belangrijkste reden dat hij zich hier had geves-tigd, en hij zwoer dat hij nooit meer een dag zonder zou leven. Of het nu een bergtop in Colorado was, de uitgestrekte bossen van Yellowstone, of zijn afgelegen hut in Alaska, zolang die geur er was als hij aankwam, kon hij overal wonen.

Maar het maakte hem verdrietig dat hij daar nu niet was - thuis - waar het ook was. Ook al was hij in zijn eigen achtertuin en reed hij als een bezetene over wegen die hij heel goed kende, hij was niet echt *thuis*.

Hij wist niet zeker wat er ontbrak, wat er veranderd was.

Hij keek nog eens naar Julie en zag haar terug naar hem staren.

Wat' ontbrak er?

De vraag rees opnieuw.

Wat' ontbrak er?

Hij probeerde stilletjes om het te beantwoorden, om het te laten verdwijnen. Maar het ging niet - het wilde niet. Hij probeerde het opnieuw, en faalde.

Ben besefte plotseling dat het geen vraag was over zijn eigen leven - die vraag was al beantwoord. In plaats daarvan ging deze vraag over hun missie, over de taak die voor hen lag.

Wat' ontbrak er?

Toen hij de vraag opnieuw stelde, met de nadruk op verschillende tellen, verschillende lettergrepen van elk woord, kwam het antwoord meteen bij hem op.

De reden.

Hij draaide zijn hoofd opzij, kauwend op dat antwoord. *De* reden *ontbrak.*

De reden waarom Stephens het had gedaan. Hij werd niet betaald, hij had zijn leven gegeven voor de zaak. Het kon niet om geld gaan, althans niet voor hem. En hij was niet zomaar een moordenaar, een hopeloos geval met een chip op zijn schouder.

Er was nog iets.

Iets, besefte Ben, dat ze al hadden moeten weten.

Een rilling kwam over Ben's nek terwijl hij het stuur stevig vastgreep, alle mogelijke oplossingen voor het probleem schoten plotseling door zijn hoofd.

Het plan was, moest Ben toegeven, allesbehalve perfect. Als Stephens hen niet alle informatie had gegeven die ze nu wisten, zouden ze niet beter af zijn dan de CDC en de rest van de bevolking. Ze zouden verdwaald zijn, op zoek naar een naald in een hooiberg.

Nee, ze zouden niet eens weten dat ze moesten kijken. Stephens was degene die hen had verteld dat er een tweede bom was. Waarom had hij al die moeite gedaan om een terroristisch plan tegen een hele natie op te zetten, om dan gewoon alleen te sterven?

Zelfs als hij samenwerkte met een grotere organisatie, zoals Malcolm had gesuggereerd, waarom zou hij dan getuigen hebben voor zijn suïcidale laatste stand?

Om gewoon alleen te sterven?

"Shit," fluisterde hij. Hij draaide de truck om en kwam nauwelijks tot stilstand. Het grind vloog uit de banden van de vrachtwagen, besproeide de bomen en struiken die langs de weg groeiden en stuurde vogels weg die op de vlucht sloegen.

De computer op Julie's schoot sloeg tegen de autodeur toen ze gilde en zich vastgreep aan de aan het plafond bevestigde hendel.

"Wat krijgen we nou?" riep ze, terwijl ze probeerde te vechten tegen de middelpuntvliedende kracht van de rotatie van de vrachtwagen. "Ben, wat is er aan de hand?"

Om alleen te sterven.

Dat was de reden. Dat was altijd de reden geweest.

Nee, het antwoord.

Dat was altijd al het antwoord.

Stephens sprak met hem, communiceerde nog steeds met hen, van achter het graf.

"Ben?"

Hij wilde dat ze zijn pijn voelden - de zeer reële, menselijke, pijn. Geïsoleerde, aangrijpende, angstaanjagende pijn.

Alleen.

HOOFDSTUK 48

"DE LITHOSFEER VAN DE AARDE, *bestaande uit de aardkorst en de bovenmantel, is gewoonlijk iets minder dan 160 km dik. De buitenste schil van korst vormt datgene waar onze hele planeet op leeft, hetzij op het land, in de lucht, of onder de zee.*"

De stem van de Indiase man schalde door de buis-TV van het station, de kleur was al lang vervaagd. Agent Darryl Wardley vroeg zich af waarom niemand de moeite had genomen om hem te vervangen, of op zijn minst te laten repareren.

Kun je zelfs beeldbuis TV's repareren?

Hij dacht na over de vraag en vond het echt interessanter dan die donkere man met bril op TV die het over dingen had die hij allang vergeten was. Hij had deze avond bureaudienst, maar met de massahysterie die iedereen de laatste tijd waanzinnig druk hield, was het een welkome rust. Hij knipperde met zijn ogen en concentreerde zich weer op de TV.

"Dit omhulsel is gewoonlijk tussen drie en vijf mijl dik onder het aardoppervlak, en dichter bij vijfendertig mijl dik op het land.

"Het gedeelte van de lithosfeer onder de Yellowstone Caldera in

Yellowstone National Park is minder dan twee mijl dik, wat betekent dat de bovenmantel, vol gesmolten rots en magma, extreem dicht bij de oppervlakte is. Deze "hotspot" is een van slechts een dozijn op aarde en betekent dat de extreme temperaturen die binnenin de aarde worden aangetroffen, veel dichter bij het oppervlak liggen. "

Alweer, saai. Hij vroeg zich af of er een wedstrijd was - misschien honkbal, aangezien ze altijd speelden. Zo niet, dan was er misschien een herhaling van een hockeywedstrijd op ESPN, maar dan moest hij opstaan om een ander kanaal te kiezen. *Waarom kunnen we ons geen universele afstandsbediening veroorloven?* Hij liep lang genoeg mee om te weten dat dat niemands taak was, dus was het waarschijnlijk nooit gedaan. Hij maakte een notitie om er een te kopen bij Walmart de volgende keer dat hij daar was.

"De laatste keer dat deze caldera uitbarstte was meer dan 640.000 jaar geleden, en de explosie was groot genoeg om as te sturen tot aan de kust van de Stille Oceaan, sommige staten in de vlakte, en zelfs de Golf van Mexico. " Terwijl de man sprak, had het station een dia geplaatst met een kaart van het westen van de Verenigde Staten, bedekt met een rode langwerpige vorm - de vulkaan - en een lichter gearceerd gedeelte met het label "Ash Zone."

"Yellowstone heeft ongeveer elke 600.000 jaar een enorme vulkaanuitbarsting gekend, en de vorige uitbarstingen - respectievelijk 1,3 miljoen en 2,1 miljoen jaar geleden - waren nog groter. Eigenlijk wordt de Yellowstone Supervolcano, vanwege dit fantastisch grote landoppervlak, beschouwd als de grootste actieve vulkaan ter wereld. "

Officier Wardley fronste zijn wenkbrauwen. *Vulkanen waren enorme rokende bergen,* dacht hij. Maar toen hij de vele geologische kenmerken van het park bekeek, waaronder geisers, hete bronnen en rokende spleten in de grond, veranderde hij van gedachten. *Misschien zat er toch een vulkaan onder.* Zijn gezin - vrouw en drie kinderen - en hij hadden er vele zomervakanties doorgebracht, omdat het zo dichtbij was. Het was maar een paar uur rijden, en ze hadden door de jaren heen veel vrienden gehad om mee te reizen.

De Indiase man, Dr. Ramachutran, ging verder met het uitleggen van de seismische activiteit die in het park te vinden was. *"Het was een enorm geluk dat deze bom afging waar hij afging, en niet dichter bij het centrum van de caldera, en dat hij niet groter was. De juiste explosie zou meer schade kunnen aanrichten dan een simpele ontploffing - zij zou de toch al kwetsbare infrastructuur van de platen die het magma beneden op afstand houden, kunnen breken. Aangezien veel wetenschappers geloven dat Yellowstone op het punt staat uit te barsten, kan een explosie van een zekere omvang deze tijdlijn versnellen".*

Wardley ging rechtop in zijn stoel zitten, niet langer dagdromend. Hij zag voor het eerst een andere persoon op de televisie, dit keer een vrouw in een rode jurk, duidelijk de interviewster. Ze stelde een paar vragen, die de man een voor een beantwoordde.

"Om in perspectief te plaatsen hoe groot deze vulkaanuitbarsting zal zijn, denk aan de uitbarsting van Mount St. Helens in 1980, die we ons ongetwijfeld allemaal herinneren. De vulkaan van Yellowstone zou een kracht hebben van 2500 keer zo groot. Hij zou as meer dan 30 mijl recht omhoog de atmosfeer in sturen, waardoor de zon zou worden geblokkeerd en de temperatuur van de aarde waarschijnlijk zou dalen.

"Maar deze as zou een probleem op lange termijn zijn. Voor de mensen binnen vijf tot zeshonderd mijl van de eigenlijke uitbarsting zal al het leven ofwel ogenblikkelijk worden verbrand ofwel worden verteerd door pyroclastische lavastromen die zich met hoge snelheid

verplaatsen. De westelijke helft van de Verenigde Staten zal misschien gewoon ophouden te bestaan, maar de gevolgen voor de wereldeconomie en voor de mensheid in het algemeen zullen verwoestend zijn."

De vrouw maakte een opmerking over de bittere verklaring van de man, waardoor het vertrouwen dat hij in zijn voorspelling had, in twijfel werd getrokken.

"Dit is geen speculatie, let wel. Het is een wetenschappelijk feit. Vulkanologen en geologen zijn al lang bezig met het voorspellen van niet óf deze uitbarsting zal plaatsvinden, maar wanneer. *Er is een grote kans dat we de komende 1000 jaar, en zelfs 10.000 jaar, zonder uitbarsting zullen zitten, maar er is geen definitieve manier om de dynamiek onder het aardoppervlak te begrijpen."*

De vrouw draaide zich weg van de man en sprak tegen de camera.

"Je hebt het zelf gehoord. Dr. Ramachutran is een gewaardeerd vulkanoloog en de auteur van talrijke boeken over dit onderwerp. Met de toegenomen belangstelling rond de explosie in Yellowstone National Park slechts enkele dagen geleden, en natuurlijk het verschrikkelijke virus dat zich over de Verenigde Staten verspreidt en dat vermoedelijk door diezelfde explosie is veroorzaakt, wilden wij u voor de nieuwsuitzending van vanavond een speciale aflevering brengen waarin de Yellowstone Caldera onder de loep wordt genomen.

"Over enkele ogenblikken gaan we terug naar de normale programmering na een korte update van ons rampenbestrijdingsteam over het enigma virus."

Het gezicht van de vrouw werd vervangen door een knappe man van midden vijftig, met perfect gekamd peper-en-zout haar. Hij glimlachte, maar agent Wardley had lang genoeg met mensen gewerkt om te weten dat de man op de televisie een zekere mate van angst in zich droeg. Mogelijk paniek.

"Het virus van de enigmatastam is nog steeds onbekend bij de beste onderzoekers van het land, maar er is ons verteld dat er een doorbraak op komst is. Zoals u ongetwijfeld al heeft gehoord, blijf alstublieft binnen, sluit uw huis af, en ga niet naar buiten om wat voor reden dan ook. Blijf geïsoleerd, en ga niet fysiek om met iemand anders dan uw naaste familie..."

Wardley spotte met de man op TV. De presentator zat vast op zijn werk, net als hij. Hoeveel anderen waren er, vast op hun werk, hun eigen ondergang aan de rest van hun soort aan het uitleggen? Wardley had al telefoontjes gehad van drie van zijn collega's - twee meldingen van plunderingen en een kleine oproer bende die zich een weg baande op en neer door de hoofdstraat van de stad. Zelfs voor een kleine stad, leken de gekken in de meerderheid te zijn.

Hij stond op om zijn koffie bij te vullen - hij zou nog een pot nodig hebben voor de nacht voorbij was - toen de telefoon ging.

Hij gromde, en ging toen weer zitten. "Agent Wardley, Sheridon County Politie, hoe kan ik u helpen?

Hij fronste zijn wenkbrauwen toen hij de uitleg aan de andere kant van de lijn hoorde. "Neem me niet kwalijk, u zult het wat rustiger aan moeten doen. Je zei dat je nu *in* Yellowstone bent?"

De stem jammerde door. "Zoon," zei Wardley. "Je moet weg uit het park. Er is een virus..."

Maar de stem ging door. Wardley's hartslag steeg lichtjes. Hij hield er niet van om toegeroepen te worden, vooral niet door een burger. "Luister, Bennett, het maakt me niet uit of je een parkwachter bent of niet - je moet weg uit dat gebied."

Hij begon hun protocol uit te leggen voor een vluchteling uit een besmet gebied terwijl hij een regionale kaart te voorschijn haalde waarop de quarantaine checkpoints en stations met markeerstift waren aangegeven, maar de man aan de telefoon onderbrak hem opnieuw.

Hij begon *echt kwaad te* worden.

"Bennett, ik ga je niet vragen -"

Hij pauzeerde.

"Sorry, *wat?*"

Bennett sprak weer.

"Is er *nog een* bom? En je bent er zeker van?" Hij luisterde naar Bennett die voor de derde keer uitlegde wat hij wilde dat Wardley deed, en toen sloeg hij de telefoon op de hoorn.

HOOFDSTUK 49

DE POLITIEAUTO VAN AGENT DARRYL WARDLEY, een
Dodge Charger uit 2006, raasde met 140 km per uur over de snelweg. Hij zou nog sneller gereden hebben, ware het niet dat er een
handvol verdwaalde voertuigen op de open weg rondreed die niet
gehoorzaamden aan het nu door de overheid opgelegde huisarrest
voor elke burger.

Wardley's comm had zowat elk excuus uit het boek gekraakt
toen hij meeluisterde met de 11-95's van zijn collega agenten. De
meeste burgers waren op weg van en naar de supermarkten voor
last-minute voorraden, of om familie en vrienden te controleren
die niet hadden gereageerd op hun telefoontjes. Eén gestoorde
man had zelfs toegegeven dat hij op joyride was; hij had nog nooit
zo weinig verkeer op de snelweg gezien, en daar wilde hij van
profiteren.

De meeste burgers, met uitzondering van de wannabe race
autocoureur, werden vrijgelaten met niets meer dan een waarschuwing en een strenge herinnering dat ze verondersteld werden

binnen te blijven. De federale regering had immers geen formeel proces-verbaal uitgevaardigd waarin werd uitgelegd wat de plaatselijke agenten moesten *doen* met 11-95's die tegen het mandaat in op stap waren. Wardley's kameraden reden blindelings, hielden mensen aan, vroegen hen naar hun rijbewijs en registratie - tegenwoordig toch niets meer dan een formaliteit - en lieten hen dan gaan nadat ze het excuus van de bestuurder hadden gehoord.

Wardley was blij dat hij vanavond geen patrouille dienst had. Niets dan een stelletje gekken en mafkezen die gebruik maken van het feit dat de overheid van de Verenigde Staten bezig was met het uitzoeken van het virus.

Toch voelde het rijden met negentig kilometer per uur op een bijna verlaten snelweg heel erg als dienst hebben, en hij zuchtte toen hij zijn spiegelbeeld bekeek.

Verwilderd peper-en-zout haar, diepe bruine ogen en wenkbrauwen die wel een trimbeurt konden gebruiken maakten deel uit van het gezicht dat naar hem terugkeek. Wardley probeerde te begrijpen waarom hij er zo uitgeput uitzag. Misschien was het de leeftijd. Hij had vlak voor zijn dienst geslapen, niet meer dan vijf uur geleden. Maar hij voelde zich fysiek, emotioneel en mentaal uitgeput.

Na het telefoontje van Bennett in Yellowstone, had hij een paar van zijn superieuren op het bureau gebeld, waaronder twee die al op patrouille waren. Hij vertelde hen wat hij van Bennett had gehoord, legde uit dat hij geen bewijs had dat er iets van waar was, en wachtte toen op de onvermijdelijke afranseling toen zijn commandanten hem alle redenen lieten zien waarom de gek in het park er alleen maar op uit was om een gevecht te beginnen, en er geen bom was.

Verrassend genoeg, ondervond Wardley weinig weerstand. Het leek erop dat de agenten iets anders wilden doen dan rondrijden in het gebied, op zoek naar idiote kruidenierswinkels en krankzinnige joyriders. Ze gingen allemaal akkoord om hem te ontmoeten in het park, en een vertelde hem om een algemene wide-band oproep te plaatsen om te vragen voor nog meer back-up.

Het moet de eenzaamheid zijn, dacht Wardley. Het virus was het enige waar iedereen over sprak de laatste tijd, en ze wisten allemaal dat rondrijden in het gebied net buiten de besmettingszone gelijk stond aan zelfmoord, of het nu deel uitmaakte van hun taakomschrijving of niet. Misschien hielp het spelen van een meer actieve rol in het uitzoeken wat al deze rotzooi was om hun angsten te verzachten.

Of misschien was het gewoon hun ego, hun met testosteron geladen verlangen om *iets* te doen, zelfs als dat iets was dat geleid werd door een man die ze nooit ontmoet hadden, bedelend om hulp in een park waar ze geen bevoegdheid hadden binnen te gaan.

Vijf mijl later, reed Wardley precies dat park binnen. Hij minderde wat vaart en haalde een andere agent van zijn afdeling in. Hij draaide zijn raampje naar beneden toen hij optrok.

"Denk je dat we ziek worden als we hier naar binnen gaan?" vroeg Hector Garcia, voordat Wardley zelfs maar gestopt was.

"Als dat zo was, hadden we het 30 mijl geleden al gekregen. De radius wordt groter, zelfs zo ver noordelijk."

"Ja, ik heb geluisterd. Gekke dingen, man. Ik denk dat we beter kunnen hopen dat die Bennett niet aan het rotzooien was."

Wardley knikte en keek toen op de weg naar het park. Hij vroeg zich af of Bennett gelijk had. Het zou zo makkelijk kunnen zijn. Wardley realiseerde zich dat een gemakkelijk antwoord waarschijnlijk de echte reden was waarom zijn collega-politieagenten de kans hadden aangegrepen om hun handen vuil te maken. Ze hadden allemaal om verschillende redenen getekend, maar één ding hadden ze gemeen en dat was de simpele wens om misstanden recht te zetten.

En het vinden van de virale lading, geleverd door een tweede bom, was zeker in de categorie van "het rechtzetten van misstanden."

"Ik denk niet dat hij dat is," zei Wardley. "Ik heb Jones een achtergrondonderzoek laten doen naar iedereen die overeenkomt met de ID die hij gaf, samen met zijn functie in het park. Het is een kleine kans, maar als de match die hij vond, in feite onze man is, is hij brandschoon. Zo lang hij al leeft, is hij zo goed als verdwenen.

"Ja, ik zie niet in wat hij er aan heeft, als er iets anders aan de hand is. Zo laat in het spel, met het virus zo goed als niet te stoppen, is het niet dat een paar agenten zijn zaak zullen helpen. Ik durf te wedden dat hij de waarheid spreekt."

"Laten we naar binnen gaan, dan. Ik heb je alles verteld wat hij me gegeven heeft, en hoe gek het ook klinkt, als het waar is, moeten we opschieten."

"Begrepen. Ik hou de radio open voor het geval we meer vrijwilligers krijgen." Agent Garcia pauzeerde, en ontmoette toen Wardley's blik. "Als ik je aan de andere kant niet zie, man, pas goed op jezelf."

Wardley wist wat hij bedoelde, maar hij corrigeerde hem toch. "Als we ergens heen gaan, zullen we aan *dezelfde* kant staan, Garcia."

Garcia grinnikte. "Hopelijk is het de goede kant, dan."

Wardley draaide zijn raampje weer omhoog en gaf gas. Vanuit

zijn ooghoek zag hij Garcia een snel kruisteken maken met zijn vingertoppen en vervolgens zijn eigen voertuig versnellen om achter hem aan te rijden.

Hij hoopte dat Bennett gelijk had.

Ze wilden dat hij gelijk had.

HOOFDSTUK 50

"BEN, WAT ZOEKEN WE?" vroeg Julie. Ze hadden nu bijna twee uur in de truck gezeten, eerst in de richting van het enorme meer dat het centrale deel van Yellowstone National Park vormde, en toen weer terug naar de rand van het park waar een aantal campings lag.

Julie's rug deed pijn, en ze verschoof in de zetel en probeerde, tevergeefs, terug comfortabel te geraken. Ze had het gevoel dat ze nog nooit zoveel uren op één plaats had doorgebracht, laat staan in een voertuig. Ze was nooit zo'n fan van autorijden, maar met de minuut ergerde ze zich meer en meer.

Maar telkens als ze haar mond opendeed om te klagen over een verkeersdrempel, een kuil of een vlijmscherpe bocht waar Ben hen veel te snel overheen dwong, herinnerde ze zich waarom ze hier waren. Wat ze probeerden te bereiken.

Een beetje ongemak in ruil voor het oplossen van deze vreselijke slachting.

Het was een eerlijke ruil, besloot ze.

Ben had niet geantwoord, en zij herhaalde de vraag. Waar

dacht hij aan? Ze hadden de oever van het meer een kwartier geleden verlaten, en ze zag de borden van de camping die hun aankomst aankondigden. Waarom was hij nu zo *gedreven* en gedroeg hij zich zo vreemd?

"Ben," zei ze weer. "Wat is er?"

Hij wierp eindelijk een blik op de weg, maar slechts voor een kort ogenblik voordat hij besefte dat hij zich op de weg moest concentreren als hij hun huidige tempo wilde aanhouden.

"Sorry," zei hij. "Ik - het is gewoon..." hij fronste.

"Wat?"

"Niets... Ik bedoel, ik weet het nog niet. Ik heb een theorie, maar ik moet eerst een paar campings controleren."

Hij zei de woorden vlak, bijna gebiedend, alsof hij voelde dat het gesprek voorbij was.

Julie voelde het tegenovergestelde. Waarom moesten ze een camping vinden? Wat was de theorie? En waarom was het belangrijk genoeg om af te zien van hun plan om de bom te vinden?

Ze stelde geen vragen meer. Ze had Ben nog nooit zo geconcentreerd op zijn doel zien focussen, en ze wilde hem niet afleiden. Ze onderzocht de man die naast haar zat. Zijn voorhoofd glinsterde van het zweet, ook al was de taxi ijzig door de blazende airconditioning. Terwijl ze reden, haalde Ben met zijn telefoon een interne lijst op van geregistreerde kampeerders die voor die week een camping hadden geboekt. Hij bladerde door een paar pagina's en klikte toen tevreden van het scherm.

Ze bereikten de eerste van de rij campings aan weerszijden van de weg, elk gemarkeerd met een korte oprijlaan en een houten bordje met een nummer erop geschilderd. Julie besefte dat deze plaatsen bedoeld waren voor wat Ben "luxe kamperen" had genoemd. Mensen die dachten dat "roughing it" betekende dat ze in een pop-up caravan of camper moesten slapen, 's avonds bij een gecontroleerd vuurtje in een ring van rotsen, met stromend water via de kleine maar betrouwbare waterleiding van het park. Veel van deze plaatsen hadden zelfs elektriciteit, bedoeld om de campers aan te sluiten op een stroombron die niet op batterijen hoefde te werken.

Julie was niet zo'n kampeerder, en het zag er naar uit dat het zwaar genoeg zou zijn voor haar, zelfs met de campers en pop-ups. Ben was niet zoals de meeste mensen. Hij zou blij zijn geweest als hij op een bed van dennennaalden had geslapen.

Ben trapte op de rem voor de eerste kampeerplaats en sprong toen uit de truck. De bomen wierpen schaduwen over de weg en de kampeerplaatsen, waardoor het bijna onmogelijk was om ver in de kampeerplaatsen te kijken. Hij rende naar de vuurplaats en draaide een rondje terwijl hij zocht naar wat hij zocht.

Julie opende de deur om te helpen, maar Ben was al naar de overkant gerend om de tweede locatie te controleren.

"Ben, wat zoek je?" vroeg Julie. Ze wist wel beter dan een antwoord te verwachten, maar was verbaasd toen hij naar haar terugschreeuwde.

"Alles. Ik ben op zoek naar alles wat niet thuishoort. Op deze eerste drie plaatsen."

Ze haalde haar schouders op en liep naar de derde site. *Die kan ik wel vinden.*

De derde plek was anders dan de eerste twee, en dat viel haar meteen op. Hier waren op de oprit bandensporen te zien van een groot voertuig. Ze kon nog niet goed zien om wat voor voertuig het ging, maar ze kon wel zien dat de auto of vrachtwagen snel de oprit had verlaten. De sporen werden breder toen ze de straat raakten, een teken dat het voertuig was uitgegleden op het losse grind en vuil toen het optrok en afsloeg. Ze onderzocht de sporen nog een paar seconden en keek toen omhoog naar de rest van het terrein.

De ring van rotsen in het midden van het terrein was diepzwart, alsof rook ze zwart had gemaakt toen het vuur binnenin uitdoofde. Er waren geen kooltjes of stukjes hout, maar ze meende de vage geur van verkoolde as van een recent vuur te ruiken. Ze liep erheen en onderzocht alles wat ze zag.

Daar.

"Ben," riep ze. Ze stapte om de ring heen en liep naar een picknicktafel die aan de andere kant van de camping stond, precies waar het terrein ophield en de rij dikke dennenbomen weer begon.

Ze hoorde voetstappen achter zich en draaide zich om om Ben naar haar toe te zien rennen. Ze wees naar de picknicktafel.

Hij knikte, liep langs haar heen, en stopte bij de bank van de tafel. Bovenop de twee houten planken stond een kleine picknick koelbox.

"Heb je met Randy kunnen praten?" vroeg hij.

Ze was verbaasd over de vraag - ze zochten naar iets op de campings, en hij wilde weten hoe het met Randall Brown zat? Ze had gebeld net nadat ze het meer verlieten en een bericht achtergelaten.

"Ja, hij stuurde me een sms een paar minuten geleden. Hij zei dat hij hier vijftien minuten vandaan is, en hij heeft de kaarten."

Ben draaide zich om om haar aan te kijken. "Wat? Is hij hier?"

Ze knikte. "Ik denk dat hij wilde helpen..."

Hij verstijfde een beetje, maar zei niets. Julie raadde de gedachten die door zijn hoofd spookten - het waren dezelfde als die waar zij mee worstelde toen ze de sms kreeg. *Waarom ga je naar een besmettelijk gebied, riskeer je je leven om iets te vinden dat we niet eens begrijpen? Om nog maar te zwijgen over de bom...*

Maar ze kende Randy goed genoeg om te weten dat hij niet achterover kon leunen en toekijken hoe de wereld om hem heen instortte. Hij had al eerder ingegrepen bij veel minder belangrijke zaken. Julie wist dat zijn vrouw meer dan overstuur zou zijn door zijn onbezonnen acties, maar ze wist ook dat Randy geen nee als antwoord zou accepteren.

Als hij zei dat hij zou komen helpen, kunnen ze maar beter klaar zijn om hem te helpen.

Ben richtte zich weer op de koelbox. Hij stapte er langzaam naar toe. Ze zag zijn borstkas stijgen en dalen, zwaar ademend. Julie vroeg zich af of dat kwam door de inspanning van het rond-rennen op de campings of door iets anders.

Van iets in de koelbox.

"Ben," zei ze, en stopte toen. Wat wilde ze gaan zeggen? "Wees voorzichtig?" Wat verwachtte ze in de koelbox te vinden? Een bom?

Hij negeerde haar en ritste langzaam het deksel open. De koelbox leek op een van de kleine six-pack koelboxen die Julie bezat, met een deksel met rits en een paar zakken aan de zijkanten.

"Het is precies geplaatst waar het moet zijn," fluisterde Ben.

Julie staarde hem aan.

"Ver genoeg weg van de explosie, maar toch dichtbij genoeg om door de uitbarsting getroffen te worden."

Julie keek omlaag naar de bovenkant van de koelbox toen Ben hem open trok.

Hij stapte achteruit toen een wolk wit poeder uit het schip kwam en het luchtruim voor hun hoofden vulde.

"Shit," zei ze. Het poeder - ongetwijfeld het besmettingsmechanisme zelf - was in de koelbox opgestapeld en vulde hem tot halverwege de top. De stoffige substantie kroop langzaam uit de container, als rook van de brand van gisteren.

"Ja," zei Ben, terwijl hij het deksel weer sloot. Hij deed weer een stap achteruit en wendde zich tot Julie. "Dat is wat ik dacht. Ik durf te wedden dat er meer zijn - *veel* meer."

"Bedoel je op andere campings?" vroeg ze.

Hij knikte. "Er zijn overal campings rond het meer, om nog maar te zwijgen van de kilometers open land voor rugzaktoeristen en overlevingszoekers om een kamp op te zetten. Ik weet niet hoeveel van dit spul ze in de lucht willen brengen, maar ik denk dat je meer dan een halve koeler vol moet hebben om de klus goed te klaren."

"En het is ver genoeg weg van de ontploffing van de bom hier?"

"Dat is mijn gok - laat de koelbox hier als je de camping verlaat voor de evacuatie en..." Hij stopte om naar de weg te kijken. "Je kunt het niet zien vanaf de weg, wat betekent dat mijn ploeg er gewoon langs is gereden, niet op zoek naar iets anders dan mensen en voertuigen die achterbleven."

"Juist," zei Julie. Ze zag waar Ben het over had. De picknicktafel zou bijna onzichtbaar zijn vanaf de kampeerweg, en zelfs als je naar kunstmatige voorwerpen zoals de koelbox zocht, zou het puur geluk zijn om die vanuit een rijdend voertuig op de bank te zien staan. "En ik denk dat de bom de bodem van het meer en de top van de caldera zal wegblazen, wat betekent dat de uitbarsting de koelbox zal oppikken en het virus langs die weg zal verspreiden.

"Misschien. Een grote uitbarsting zou alles binnen mijlen vrijwel onmiddellijk verbranden. Maar daar hebben ze vast al aan gedacht, en de isolatie van de koelbox, in combinatie met het omhulsel van het virus en de bacteriën, zou genoeg zijn om de meeste cellen veilig te houden tijdens de explosie." Hij pakte de koelbox en ritste het deksel dicht.

Ben begon terug te lopen naar de truck, en Julie volgde hem. "Wat nu?"

"Nu we weten waar we naar zoeken, zou het makkelijker moeten zijn. Die agenten kunnen hier elk moment zijn, en ze zullen bellen als ze dichtbij zijn. Ik laat ze weten waar ze naar moeten zoeken op de belangrijkste plekken rond Yellowstone, en dat ze de containers niet moeten openen."

Julie dacht aan hun eigen situatie. Het virus had hun lichaam volledig doorlopen, waardoor ze beiden immuun waren voor de effecten. Maar de agenten hadden niet zoveel geluk. Ze wisten waar ze aan begonnen, en dat het waarschijnlijk een enkele reis voor hen was.

HOOFDSTUK 51

Ze ontmoetten elkaar bij de weg tussen het meer en de kampeerplaatsen waar Ben en Julie de eerste koelbox hadden gevonden. Vijf agenten, Ben, Julie, en Randy. Toen ze bij elkaar kwamen, stapte Ben naar voren en stelde zichzelf, Julie en Randy voor, en maakte toen zijn opmerkingen.

"Ten eerste, dank ik u allen voor uw aanwezigheid. Ik zal geen tijd nemen om de nijpende situatie uit te leggen, want ik weet dat jullie allemaal op de hoogte zijn." Overal knikken. "Ten tweede, dit is waarschijnlijk het einde van de weg voor ons. Ik ben niet zo'n prater, dus ik zal het hierbij laten. Voel je vrij om om te draaien en terug te gaan naar waar je vandaan kwam."

Niemand bewoog.

"Oké, dan, dit is de deal," ging Ben verder. "We hebben een koelbox gevonden met daarin wat alleen een poedervorm van het virus kan zijn. Het lag op een picknicktafel op een camping niet ver van hier."

Sommige agenten waren verward, maar Ben legde uit waarom zij dachten dat het op die plaats stond, en waarom hij dacht dat er meer in het park zouden zijn. "Dat is waarom jullie hier zijn. We hebben te maken met een tikkende tijdbom, letterlijk, en de grootste uitbraak van een dodelijke ziekte sinds de Spaanse griep. Als je iemand hebt die je kunt bellen voor hulp, *haal ze dan hierheen*. We hebben lichamen nodig, en snel."

Sommige agenten knikten instemmend, en anderen haalden hun telefoon al uit hun zak en stelden een reeks sms'jes op voor hun groepen.

"Begin met de lijst die ik naar agent Wardley heb gemaild. Het is een lijst van de geregistreerde alleenstaande kampeerders en hun aangewezen plaatsen. Julie en Randy splitsen zich op met jullie tweeën," zei Ben, Julie's verbaasde en verontruste uitdrukking negerend. "Ik ga die bom zoeken."

Twee officieren spraken tegelijk. "Weet u waar het is?"

"Dat weet ik niet, maar ik heb een idee,' antwoordde Ben. "Randy heeft me wat kaarten gebracht van de ondergrondse grottenstelsels onder Yellowstone Lake en omgeving. De meeste zijn niet erg groot, als ik het me goed herinner, maar een paar zouden diep en lang genoeg kunnen zijn om een bom te plaatsen."

"Waarom gaan we niet met je mee? Tenminste een paar van ons," vroeg een van de agenten.

"Omdat we alle hens aan dek nodig hebben om deze caches in het park te identificeren. Het is veel land om te bestrijken - meer dan honderd individuele sites, en ik heb geen idee hoeveel tijd we nog hebben. Als ik niet op tijd bij de bom kan komen, verandert deze plek binnen een paar seconden in een lavaveld. We moeten ervoor zorgen dat dat alles is - niet ook nog een besmettelijke broedplaats voor een grote ziekte."

Weer knikten enkele officieren. "Wat doen we met de caches?"

Ben haalde zijn schouders op. "Ik weet niet of het genoeg zal zijn, maar als we ze bij het meer kunnen krijgen, rond ground zero voor elk soort explosie of uitbarsting, moeten we in staat zijn om de verspreiding van de ziekte tegen te houden als het gebeurt.

Julie, nog steeds duizelig van Ben's verlating, draaide zich naar hem om. "Ben, zeg je dat we de uitbarsting *nodig hebben* om plaats te vinden?

"Nee, maar de bom moet wel afgaan. Ik kan hem niet ontmantelen, en er is zeker niet genoeg tijd om een explosieven opruimingsdienst hierheen te sturen. Maar als ik hem op grondniveau krijg, zal de explosie ontploffen aan het oppervlak van het meer en in de atmosfeer, in plaats van de caldera open te forceren."

Julie stapte geschokt achteruit. Ze realiseerde zich plotseling de volle omvang van Bens plan. Hij stuurde haar weg als een laatste wanhopige poging om haar in leven te houden.

"Oké, dat is het. Houd jullie radio's aan en meld je wanneer je kunt." Iemand gooide Ben een walkie-talkie toe, en hij zette hem op hun aangewezen kanaal. "We gaan!"

Onmiddellijk ging de kleine menigte uit elkaar, ieder ging terug naar zijn voertuig. Randy liep mee met een kleine, gezette agent en stapte op de passagiersstoel van de man.

"Ben, ik ga met je mee," zei Julie.

Ben liep al de andere kant op en probeerde haar te negeren. Haar koppige aard kwam onmiddellijk tot leven.

"Ben! Ik ga met je mee," zei ze opnieuw.

"Dat ben je niet."

"Dat doe ik wel. En als je me probeert tegen te houden, zal ik..."

"Wat?" schreeuwde Ben, zich omdraaiend om haar aan te kijken. Zijn gezicht was rood, zijn ogen bloeddoorlopen. Hij zag er niet uit, en Julie stond er versteld van.

"Ik..." begon ze weer.

Bens neusvleugels wapperden terwijl hij probeerde zijn emoties onder controle te houden. Hij keek naar Julie, een paar centimeter kleiner, die voor hem stond. "Wat?" zei hij. Zijn stem wankelde een beetje.

Ze sprak niet.

Ben pakte haar bij de armen en trok haar naar zich toe. Hij leunde voorover en kuste haar, zonder haar los te laten. Ze stond een paar seconden doodstil, verrast, en viel toen zachtjes tegen hem aan.

Ze probeerde iets te zeggen, maar hij drukte zijn lippen steviger op de hare. Ze voelde warmte langs haar ruggengraat omhoog kruipen, en de stalen vastberadenheid overnemen die ze enkele ogenblikken geleden nog had gevoeld. Hij liet haar armen los, en zij sloeg ze snel om zijn middel, omhelsde hem stevig.

Uiteindelijk trok hij zich terug en keek in haar ogen. Ze zag tranen in de zijne, en hij knipperde ze weg.

"Je gaat niet met me mee," zei hij zacht.

Ze knikte, beet op haar lip. "Ik weet het. Maar je komt terug, Ben. Begrijp je dat? Je komt terug."

Hij slikte, wierp nog een laatste blik op Julie, draaide zich toen naar de truck en stapte in. Hij zette de motor aan en reed weg, Julie op de weg achterlatend.

In de achteruitkijkspiegel zag hij hoe een politieauto naast haar stopte en wachtte tot ze de passagiersdeur opendeed. Toen ze instapte, keek ze nog eens naar het stofspoor achter haar truck toen die over de kleine heuvel verdween.

HOOFDSTUK 52

BEN BEREIKTE DE EERSTE GROT OP ZIJN LIJST IN RECORDTIJD. Hij wist niet of iemand ooit zo snel over de verweerde wegen had gereden die het park doorkruisten. Hij in ieder geval niet. Het was alles wat hij kon doen om de truck op het midden van de weg te houden, hopend dat er geen wilde dieren voor de rijdende stormram sprongen.

De grot lag links van hem, en hij kon de markeringen vanaf de weg gemakkelijk zien. Een paar palen in de grond met felgekleurde plastic draden markeerden de locatie als een van de toekomstige toeristische attracties van het park. De grot was nog niet volledig uitgegraven, noch was hij beoordeeld door de landmeetkundige ploegen van het park.

Maar dat kon Ben allemaal niets schelen. Hij moest de echte grot vinden, naar binnen gaan, en de bom vinden.

Hoe zou het er zelfs uitzien? Hij wist niet zeker of hij ooit een bom in het echt had gezien. En het zou er zeker niet uitzien zoals in de films. Zou het? Toen hij uit het voertuig stapte, pakte hij een zware zaklamp die hij van een van de agenten had geleend en testte hem.

Hij vond de ingang achter een grote struik, en hij duwde de stekelige lokken weg van zijn gezicht terwijl hij op zijn hurken naar het lage gat onder de rotsen ging. Het was krap. Zijn grote gestalte zou het moeilijk krijgen om door de krappe ruimte te navigeren, om nog maar te zwijgen van de scherpe uitsteeksels van rotsen die hij uit de verder gladde wanden kon zien breken.

Hij zuchtte. *Julie zou passen.*

Hij dwong de gedachte uit zijn hoofd en glipte door de ingang.

Het was veel strakker dan hij aanvankelijk had gedacht. Zijn schouders schraapten tegen de rotsen toen hij zijn darmen naar binnen zoog en verder weggleed. Hij ademde langzaam in, merkte dat de ruimte nog kleiner werd en ademde toen uit. Terwijl hij dat deed, gleed hij nog een keer, nog eens vijf centimeter verder.

Dit kan een tijdje duren.

Hij herhaalde het inadem-uitadem-glij proces nog twintig keer en bevond zich plotseling in een groter gat. Nog steeds klein, maar hij had nu ruimte om door de grot te manoeuvreren. Toch vond hij het moeilijk te geloven dat iemand een lichaam *en* een bom door deze tunnel kon proppen, maar dat deed er niet toe. Hij moest hem vinden. Als het ook maar mogelijk was dat het in deze grot was, zou hij de hele grot doorzoeken.

Nog een paar meter en de ruimte opende zich weer, dit keer groot genoeg om te hurken. Hij kroop naar voren op handen en knieën, voorzichtig om de kleine stenen en stokjes te ontwijken die zich op de bodem van de grot hadden verzameld, klaar om zijn knieën te steken als hij voorbij gleed.

Twintig minuten lang gleed, kroop en boog hij zich een weg

door de tunnel, en twintig minuten lang was zijn enige zorg het vinden van die bom en hopen dat er meer dan twintig minuten op de aftelklok stonden.

"Har-net." De radio die hij aan de achterkant van zijn riem had geklemd kwam tot leven. *"-Ennett. Doe... lees, over."*

Hij stopte, pakte de radio en probeerde een antwoord te sturen. "Dit is Bennett. Harvey Bennett. Je valt weg, maar ik hoor je, over."

Hij wachtte op een reactie, maar die kwam niet. Ben controleerde de batterij van de radio - minder dan een kwart over, maar genoeg om een signaal te ontvangen en te verzenden - en de antenne. Alles leek in orde te zijn, dus hij klikte de radio weer aan zijn riem en liep verder langs de licht glooiende helling van de grot.

Als het belangrijk genoeg is, hoor ik het wel als ik terug aan de oppervlakte ben. We moeten deze bom vinden.

Maar nog eens tien minuten langzaam naar beneden bewegen bleek nutteloos te zijn. Uiteindelijk vernauwde de grot zich tot een trechtervorm, en voorwaarts bewegen werd steeds onmogelijker.

Shit, dacht hij. *Dit kan het niet zijn.*

Hij had zeker dertig minuten verspild met het zoeken naar deze grot en er halsoverkop in te duiken. Niets wees erop dat het dak was ingestort, noch was er enig teken van eerder menselijk contact met de rotsen en wanden van de grot. Voor zover hij wist, was hij de eerste persoon die hier ooit een voet had gezet.

Hij deinsde achteruit, ging moeizaam met zijn voeten eerst naar boven en wachtte tot de grot breed genoeg was om zich om te draaien en naar buiten te gaan.

Het was een enorme tijdverspilling geweest, maar Ben realiseerde zich dat er iets verwoestender aan de hand was.

Er zou niet genoeg tijd zijn om dertig minuten in elk van de grotten door te brengen.

Hij kon ook de rest van het team niet oproepen en ze van hun zoektocht afhouden. Als de bom ontploft, moet hij hopen dat de besmetting dicht genoeg bij het meer is om te worden verbrand door een van de ontploffingen.

HOOFDSTUK 53

HIJ DEED ER LANGER OVER OM TERUG DE TUNNEL IN TE GAAN, zelfs nadat hij zich had omgedraaid, dan om naar beneden te gaan. Hij was moe, gefrustreerd en - een nieuw gevoel dat hem onlangs was overkomen - bang.

Bang om niet op tijd bij de bom te zijn.

Bang voor de agenten en vrijwilligers die door het park racen om de virus caches te vinden.

En bovenal, bang voor Julie.

Hij voelde zich verantwoordelijk, althans gedeeltelijk, voor haar betrokkenheid. Zeker, ze was toch al in de buurt van Yellowstone om aan een CDC-project te werken, maar ze had er misschien van kunnen worden afgehaald als hij zijn moeder er niet bij had betrokken.

Nu was zij evenzeer in gevaar als hij, en het was erger dat ze niet samen waren.

De gedachte kwam bij hem op toen het door zijn hoofd ratelde.

Er was iets tussen hen, maar hij wist niet goed hoe hij het moest noemen.

En dacht zij er ook zo over? Hoe kon hij haar vragen als hij ooit de kans kreeg?

Hij kroop verder, terwijl de belachelijke gedachten door zijn hoofd spookten. Hij was een puinhoop. Ben had hier en daar wat avontuurtjes gehad, meestal met andere parkmedewerkers, van wie velen seizoensgebonden waren en elke zomer wisselden. Geen enkele was serieus, en geen enkele gaf hem hetzelfde gevoel als Julie had.

En welke weg is dat? vroeg hij zich af.

Hij kon de opening van de grot nu zien, nog net. Het was net zo bedekt met struiken en bomen als toen hij binnenkwam, maar dankzij een sprankje licht dat er doorheen scheen, wist hij dat hij dichtbij was. Hij duwde zich van de rotsbodem en hurkte, in een poging om sneller te gaan.

"-Bennett, rapporteer. - Hoor je me?"

De woorden waren gestotterd, maar hij begreep wat ze vroegen. Hij haalde de radio uit zijn houder en antwoordde. "Hé, ik ben hier - net klaar met het verkennen van de eerste grot, en niets." Hij wachtte, en voegde toen toe, "Over."

"Je bent uitgesneden..." toen, *"We hebben - drie caches in ongeveer - plaatsen."* Ben luisterde, en interpreteerde het gebroken gebabbel. *Drie virus caches in een aantal plaatsen die ze hebben doorzocht,* dacht hij. Het was niet geweldig, maar het was een begin. Belangrijker nog, hij had gelijk dat er meer van hen waren op single-camper sites. Niemand was op een wilde ganzenjacht - ze waren op het spoor.

Nu, die bom vinden en deze rotzooi opruimen.

Hij wankelde langzaam op zijn wankele voeten en keek omhoog naar het gat. Nog een paar meter.

"Ben, hoor je me?" Het was Julie's stem.

Hij bracht onmiddellijk de walkie-talkie terug naar zijn mond. "Julie - ben jij dat?"

"Ja. Hé, ik heb een idee."

"Ik ben een en al oor," antwoordde hij. Ze waren snel afgestapt van het radioprotocol om elke keer 'over' te zeggen, en Ben miste het niet.

"Luister - ik moet met Randy praten om het uit te zoeken. Randy, als je op deze frequentie zit, laat het me weten..."

"Hier, Julie. Wat is er?" Randy's stem klonk hol op de politie-radio, en Ben wist niet zeker of hij verder van hen verwijderd was of dat de politieman hem in de auto voorhield.

"Jongens, ik moet uit dit gat zien te komen. Mijn batterij van deze radio is ook bijna leeg." Om zeker te zijn, controleerde hij hem. Er was een lampje naast het batterijsymbool, en het knipperde nu. *Dat kan niet goed zijn,* dacht hij. "Ik ga even offline, maar ik spring er wel weer op als ik eruit ben. Probeer me op mijn mobiel te bellen als je me niet kunt bereiken."

"Begrepen, Ben. Stand-by."

Ben bracht de laatste meters door met het pijnlijk schrapen van zijn hoofd en rug tegen het plafond van het lage dak in de grot. Hij wilde niet vertragen, maar de benauwde ruimte eiste zijn tol van zijn lichaam en hij moest voorzichtig lopen. Een paar van dezelfde uitstekende rotsen die hij had geprobeerd te ontwijken op weg naar de grot leken vastbesloten om hem niet te laten ontsnappen.

Een paar minuten later was hij echter rond of onder de rotsen doorgevaren, en zijn hoofd stak spoedig weer uit het gat waar hij lang tevoren in was gegaan. *Te lang.*

Hij keek naar beneden naar de radio en zag dat het indicatielampje nog steeds knipperde. Hij wist niet hoelang hij nog had. Hij had het moeten controleren voor hij vertrok. Hij klikte hem aan, net op tijd om een uitzending van Julie te horen.

"-terug op? Ben, kun je me horen?"

"Ik ben hier," zei hij. Hij stond op en rekte zich voor het eerst in meer dan een uur uit tot zijn volledige lengte. Hij kon de diepe spierpijn in zijn onderrug al voelen opkomen, en hij maakte een mentale notitie aan zichzelf om vaker te trainen.

"Oké, geweldig. Ik heb iets voor je. Bekijk de grot aan de noordoostelijke kant van het meer. Er zijn er een paar, maar de meest noordelijke zou goed moeten zijn."

Ben had de truck bereikt en rommelde tegelijkertijd met het contact terwijl hij de kaarten pakte die op de passagiersstoel lagen. Hij nam de eerste, die een close-up was van de westkant van het meer, met een paar grotten - waaronder degene waar hij net uit was gekomen - gemarkeerd en geaccentueerd. Hij gooide hem terug en pakte de tweede kaart.

Dit was de juiste, met een gedetailleerde uitvergroting van de noordelijke en noordoostelijke zijden van het meer, een tiental kronkelende grotten overgetrokken. Een van de grotere lijnen was bovenop het water zelf getekend, wat betekent dat ten minste een deel van de grot onder het meer doorliep.

"Hebbes," zei hij terwijl hij de truck in zijn versnelling zette en de weg opreed. Hij zag het meer al naar hem glinsteren, het licht opvangen en in zijn ogen weerkaatsen. Hij wierp een snelle blik op de kaart om het te bevestigen. "Ik kijk er naar. Het schijnt een van de weinige te zijn die onder het eigenlijke meer doorgaat, en niet gewoon stopt voor hij daar aankomt." Hij wachtte op een reactie, maar die kwam niet. "Hoe heb je deze gevonden?" vroeg hij.

Nog steeds niets.

Hij hield de radio omhoog om hem te onderzoeken en ontdekte dat hij helemaal dood was. Geen enkel lichtje knipperde.

Klote.

Hij hoopte dat Julie gelijk had.

HOOFDSTUK 54

DEZE GROT WAS AANZIENLIJK GROTER DAN DE EERSTE, een feit waar hij meer dan een beetje opgewonden over was. Hopelijk hoefde hij niet meer door de grotschacht te kruipen of naar beneden te glijden, en hij kon zich er ongetwijfeld veel sneller doorheen bewegen.

Hij parkeerde de truck weer, liet de sleutels op de stoel liggen en sprong naar beneden. Hij had de radio ook losgekoppeld en op de stapel kaarten op de passagiersstoel achtergelaten - het had geen zin om hem eronder te laten lijden.

Het plafond van de grot was hoog genoeg om hem enkele centimeters boven zijn hoofd te houden terwijl hij de kronkelige bochten volgde. De afdaling ging veel langzamer dan de eerste, maar hij kon er bijna doorheen joggen en zo de verloren tijd inhalen.

Hij hield de straal van de zaklamp voor zich en vond weinig obstakels zoals rotsen of stokken om voor uit te kijken.

Dit kan bijna niet eenvoudiger.

Zodra die gedachte door zijn hoofd speelde, struikelde hij

bijna over een diepe trapachtige formatie. Hij ving zichzelf op aan de wand en ging onmiddellijk langzamer lopen. Hij zag dat deze trede nog maar het begin was - terwijl de hoofdslagader van de grot groot genoeg bleef om er zij aan zij met een ander doorheen te lopen en hoog genoeg om erin te staan, nam deze nu een steile daling en begon de *echte afdaling*.

Hij berekende dat deze plank het punt moest zijn waar de grot zich onder de bodem van het meer kronkelde, een holte die is uitgeslepen door miljoenen jaren water dat door scheuren en spleten in de grond is gedruppeld.

De steile helling werd iets vlakker naarmate hij afdaalde, en hij kon het tempo weer opvoeren. Na een minuut kwam hij bij een splitsing, maar hij vertraagde nauwelijks toen hij de linkse door-gang koos.

De rechterkant was groter en leek onder het oppervlak van het meer door te lopen, terwijl de linkerkant iets kleiner was en een ondieper verval had. Maar het was de manier waarop de tunnel was *uitgehakt* die de voor de hand liggende keuze maakte.

In plaats van glad te zijn door jaren van water en weer, had de linkertunnel een onnatuurlijke glans, samen met een ruwe, kras-sige look.

Alsof het ontstaan is door een serie explosies.

Ben ging langzamer lopen toen hij de muren beter bekeek. Hij kon nu de geringste aanwijzing van depressies in de rots zien, kleine horizontale paden van een halve cilinder, kaarsrecht en op een afstand van ongeveer twee meter van elkaar langs de muur en boven zijn hoofd.

Dynamiet.

Het zou een laagwaardig explosief zijn geweest, met genoeg in elk kanaal om het gesteente op te blazen en het vrij te maken, maar zwak genoeg om het niet in zichzelf te laten instorten.

Toch was het een enorme hoeveelheid werk, en Ben werd razend terwijl hij liep. *Ze deden dit recht onder onze neus.*

Wie "ze" ook waren, ze hadden fantastisch werk geleverd. De lijnen waren recht, en de tunnel was goed afgebakend en leek uiterst stabiel. Er waren ook geen steunbalken die de gewelfde grot omlijstten.

Ze brachten hun gereedschap, groeven deze plek uit, ruimden de rommel op, en niemand wist ervan.

Hij kon zich de details niet herinneren van de vele parkrestauratie- en bouwcontracten waarover hij in de loop der jaren had gehoord, maar dit moest er een van zijn geweest. Waarschijnlijk was dit een onderdeel van een groter contract, gemaskeerd als een standaard veiligheidsuitgraving en vervolgens overladen met papierwerk om verloren te gaan in een bureaucratische warboel.

Toch was het gebeurd, en het had lang geduurd - misschien was het al begonnen voordat Ben werd aangenomen.

Hij onderdrukte zijn woede en concentreerde zich op het einde van deze kunstmatige tunnel en het vinden van wat ze hier beneden verborgen hadden.

De tunnel boog naar rechts en naar beneden, en kwam plotseling tot stilstand. Daar, in het zwakke schijnsel van de zaklamp, zag Ben het.

De bom.

Het was... anders dan hij had verwacht, maar hij had geen idee hoe het eruit zou zien. Hij herinnerde zich dat de nieuwslezers uitlegden dat de eerste bom een... hyperbarische bom was geweest? *iets in die aard. is dit dezelfde soort?*

De bom leek vreemd genoeg op een biervat, het soort dat hij

had gezien op een paar van de personeelsfeesten van het park aan het eind van hun zomerseizoen. Hij was zilverkleurig en stond in het midden van de kamer. De zijkanten puilden uit, afgerond, maar de boven- en onderkant waren plat, perfecte cirkels. Het was niet groot, misschien tot aan zijn middel.

Bovenop stond een tabletcomputer, zoals een iPad, maar iets kleiner. Deze was op de een of andere manier vast verbonden met de bovenkant van het vat, een wirwar van kabels waar Ben niet aan wilde gaan prutsen.

Hij staarde naar het koude metalen voorwerp, zich afvragend wat hij nu moest doen.

Ik heb niet echt een plan voor dit deel, realiseerde hij zich. Hij dacht dat hij de bom zou vinden, meenemen en in het meer zou gooien.

Of, hij had stiekem gehoopt dat het als een oude western zou zijn - een enkele lont, aangestoken en brandend langs de kabel tot hij de lading bereikte. Een simpel *knipje* met een mes of een dodelijk schot met een revolver zou daarvoor gezorgd hebben.

Maar dit was het wilde westen niet, en Ben stond nog een paar seconden roerloos. *Wat nu, genie?*

Hij stapte dichterbij om de kabels te onderzoeken. Ze waren allemaal zwart - geen "blauw" of "rood" raden en er één uittrekken. Ze waren in een dikke bundel met elektrische tape gewikkeld nadat ze aan twee kanten uit het tablet staken, en aan het andere uiteinde weer uitgespreid, voordat ze in de grote metalen houder gingen.

Terwijl hij het apparaat onderzocht, begon zich een plan te vormen. Het was primitief, maar het was iets.

De bom is cilindervormig. Wat betekent dat hij gerold kan worden.

Hij had geen idee hoe zwaar het was, of hoe delicaat. Maar hij kon niet langer wachten tot er iets anders zou gebeuren - hij was alleen, een bom, en niet veel tijd meer over.

Hij pakte voorzichtig de bovenrand van het vat vast en wiegde het heen en weer. Hij leek zwaar, wat logisch was, maar niet helemaal stil te staan. *Dit zou kunnen werken.*

Hij schommelde wat harder, zowel om het gewicht te testen als, zoals hij zich plotseling realiseerde, om te zien of het zou exploderen.

Als ik hier uit kom, zal niemand me ooit inhuren om deel uit te maken van een bom-eskadron.

Trial and error leek geen factor te zijn bij het onderzoeken van een explosief, maar er was niets anders dat hij kon doen.

Gelukkig ontplofte hij niet. Geen vurige vuurballen scheurden hem aan flarden terwijl hij met het bom-vat speelde, dus ging hij door met het plan.

Schommel zachtjes. Schommel een beetje harder. Een beetje harder... harder -

Hij verloor zijn greep op het vat, en de hele zooi viel op de grond. De ton kletterde tegen de harde rots en rolde door de licht hellende grot naar beneden, tot hij op de bodem van de kamer tegen de wand knalde.

Ben was geïrriteerd dat hij ineengedoken was toen het viel, alsof een paar centimeter terugtrekken hem zou redden van een dodelijke explosie.

Maar het was niet ontploft, en hoewel hij het experiment niet opzettelijk zou herhalen, wist hij nu dat een beetje rondtollen niet genoeg zou zijn om het te laten ontploffen.

Hij ademde een paar keer in en uit en stapte op de bom af. Hij zag een zwak blauwachtig licht dat uit de bovenkant van het vat kwam. Hij richtte de zaklamp weg en zag dat het zwakke licht bleef.

Wat de...

De bovenkant van het vat, nu op zijn kant, was van hem af gericht. Het licht wierp schaduwen in de kamer, vechtend met de straal van zijn zaklamp. Hij liep om het apparaat heen en zag de oorzaak van de blauwe gloed.

Het scherm.

De tablet computer stond aan, met niets anders dan een blauw scherm en witte tekst die rondschoof. Het was code, ongetwijfeld een soort computerprogramma dat de makers van dit apparaat erop hadden geïnstalleerd.

Maar rechtsboven op het kleine scherm verschenen ook een paar reeksen getallen, en je hoefde geen genie te zijn om uit te vinden wat die voorstelden.

Een aftelling.

Ben las de cijfers, bijna bang om eindelijk de waarheid te weten te komen. Er waren vier twee-cijferige spaties, en hij nam aan wat elk betekende. Dagen, uren, minuten, seconden.

Hij voelde een rilling over zijn rug lopen toen hij zag dat de eerste twee plaatsen alleen maar nullen bevatten.

00:00:52:37.

52 minuten, 37 seconden.

HOOFDSTUK 55

ALS HIJ AL MOE WAS TOEN HIJ UIT DE EERSTE GROT KROOP DIE DAG, dan was hij nu volkomen uitgeput.

Het was al moeilijk genoeg geweest om het apparaat over de ondiepe delen van de grotbodem te rollen, maar de steile stukken waren bijna onmogelijk. Ben zweette, de gladheid van zijn handen maakte de uitdaging alleen maar groter.

Hij was boven en uit het kunstmatige deel van de tunnel en terug in het natuurlijke grotgedeelte. Elke kleine bocht of verandering in helling werd verergerd door zijn metgezel, het meer dan honderd pond wegende explosieve apparaat. Ben wenste dat hij iemand - iemand - met zich mee had genomen.

Waarom probeerde ik zo'n held te zijn?

Hij wist dat het op dat moment het slimste was geweest om te doen. Risico's beperken, spreiden, hun middelen maximaal inzetten, en zoveel mogelijk mensen weg krijgen van ground zero.

Maar nu hij met natte handen worstelde om een metalen blikje over de bodem van een grot te rollen, terwijl hij geen energie en tijd meer had, begon hij te twijfelen.

Misschien kan ik het hier laten, om hulp roepen, en dan wachten tot er iemand langskomt.

Hij schudde zijn hoofd en dacht aan zijn dode radio. Zelfs zijn mobiele telefoon was waardeloos. Hij had nooit een goede verbinding gehad in het park, en zeker niet in dit gebied. De dichtstbijzijnde toren was in de buurt van het ranger station en de basisgebieden, een klein stukje beschaving in een verder uitgestrekte - en afgelegen - wildernis.

Dus bleef hij duwen en rolde het apparaat op en over stokken en rotsen. Veel van die stenen waren zo klein dat hij het voorwerp er zonder aarzelen overheen kon duwen. Grotere rotsen dwongen hem de bom met een knie stil te houden terwijl hij het obstakel vastgreep en opzij wierp.

Op deze manier had hij het grootste deel van de beklimming afgelegd. Het ging langzaam, maar hij maakte een goede tijd.

Tot hij de trede bereikte.

Hij was de trede vergeten - de rotstrap die uit de grotbodem stak en waarover hij bijna was gestruikeld toen hij de grot voor het eerst binnenging.

De eerste gedachte die hij had was dat hij dicht bij de uitgang was. Maar dat was niet wat er nu voor hem toe deed.

De cilinder stootte tegen de rots en Ben hurkte er vast achter, zichzelf steunend en proberend het gewicht van het rollende explosieve apparaat tegen te houden zodat het niet terug de grot in viel.

Tot nu toe had hij in het donker kunnen werken, met de zaklamp in zijn achterzak. Maar nu had hij een beter plan nodig. Hij greep het licht, deed het aan en onderzocht zijn hachelijke situatie.

De richel was niet groot, precies zoals hij zich herinnerde, maar vormde een uiterst frustrerend probleem - de bom moest volledig omhoog en over de richel worden getild, en dan weer neergezet worden op de grotbodem erboven, alles zonder de controle over de bom te verliezen.

Er was geen weg omheen, letterlijk of figuurlijk.

Ben stak zijn knie achter de bom en liet het licht een volledige cirkel om hem heen flitsen voor het geval hij iets gemist had, zijn zware ademhaling werd iets rustiger toen zijn lichaam profiteerde van de korte pauze.

Toen hij de zaklamp terugbracht naar zijn rechterhand en zich klaarmaakte om hem op te bergen, voelde hij zijn knie opzij glijden.

"Nononono-"

Hij begon tegen de metalen cilinder te schreeuwen, maar die kwam nog steeds achteruit. Hij viel op zijn rug, toen op zijn zij, paniek sloeg toe. Zijn handen waren nutteloos, bedekt met zweet en glibberden net zo gemakkelijk over de gladde vloer van de grot als over het metalen oppervlak van de bombehuizing.

Dit is niet goed.

De bom begon sneller te rollen, en Ben wist dat hij vlak langs hem zou rollen.

Het werd sneller, en hij deed het enige wat hij kon bedenken.

Hij stak zijn linkerbeen uit en schoof het voor de op hol geslagen cilinder. Toen die naderde, schoof Ben zijn bovenlichaam snel naar beneden, precies op de vluchtweg van de bom.

Het zware voorwerp rolde over zijn voet, en hij voelde het gewicht ervan op zijn scheenbeen neerkomen. Hij brulde van de pijn en probeerde instinctief zijn voet terug te trekken, maar de bom zat al tot aan zijn knie. Hij kon de druk voelen die door het gewicht werd uitgeoefend, verpletterend terwijl het over hem heen zeilde.

Het vertraagde, de hoek van Ben's been vertraagde het, en het rolde naar achteren. Het stuiterde een beetje en kwam toen tot stilstand op zijn linkervoet, een krakend geluid in zijn enkel deed Ben hijgen en bijna flauwvallen.

De eerste klap van het apparaat en de laatste verpletterende klap toen het stuiterde en op zijn voet tot stilstand kwam, maakten Ben volledig immobiel. Hij lag ondersteboven, met zijn hoofd verder op het pad en lager dan zijn voeten, waarvan er een onder de metalen cilinder was geklemd.

Hij kreunde, de pijn trok langs zijn been, terwijl hij probeerde zijn voet los te wurmen. Hij ging voorover zitten, steunend op zijn ellebogen, zodat hij de situatie kon onderzoeken. Telkens als hij er zelfs maar aan dacht zijn voet te bewegen, leken zijn hersenen vastbesloten het bevel te negeren. Toch stribbelde hij tegen en probeerde zijn voet vrij te krijgen.

Het had geen zin. De pijn was te veel om te verdragen, en het apparaat wilde niet bewegen. Hij zuchtte en viel achterover.

HOOFDSTUK 56

DIT IS HET DAN. *Het is voorbij. Ik ga sterven in een gat in de grond, wachtend om opgeblazen te worden.*

Bens voet stond in brand. De pijn was erger geworden, verrassend genoeg, en hij hyperventileerde nu bijna terwijl hij probeerde in en uit te ademen, zijn gedachten op andere gedachten richtend.

Maar de gedachten die kwamen waren niet behulpzaam.

Ik heb gefaald. Ik heb iedereen teleurgesteld, en ik heb Julie teleurgesteld.

Ik ben haar kwijt.

Hij probeerde opnieuw zijn gedachten op andere gedachten te dwingen, maar het enige andere dat in hem opkwam was de tijd op de bom te controleren. Het scherm was niet meer uitgegaan, en hij schoof een stukje opzij om een glimp op te vangen van de aftelklok.

36 minuten...

Hij zag elke seconde aftikken, het scherm betoverde hem, kalmeerde hem.

35 minuten...

Dit is het echt, dacht hij. De seconden tikten voorbij, en alles waar hij aan kon denken was de bom, de aftelklok, en Julie.

Julie, het spijt me.

Hij wenste dat hij de radio had en dat die nog een beetje batterij over had. Niet om hulp te roepen, maar om haar stem weer te horen.

Nog één keer.

"Ben!"

Hij veerde op, vergat even zijn hulpeloosheid, en schreeuwde het bijna uit toen zijn been hem eraan herinnerde. Hij viel terug op de grond, maar kon een zwakke reactie geven. "Hallo? Julie, ben jij dat?"

Het was zeker haar stem geweest, maar ze was nog niet in de grot - het klonk stiller dan het had moeten zijn, alsof ze aan de mond van de grot stond.

"Oh mijn God, Ben, ben je echt daarbinnen?" riep ze weer.

"J - ja, ik ben hier," zei hij. "Misschien blijf ik hier nog wel een tijdje, hoor."

Hij zag nu een flikkerend licht boven hem dansen, dat lichte schaduwen wierp op de muren rondom hem.

"Ik kom naar beneden - ben je gewond?"

Hij antwoordde niet, in plaats daarvan wachtte hij tot haar gezicht verscheen. *Hoe verklaar je een idiote zet als deze?*

"Ben! Wat is er gebeurd?"

Hij fronste zijn wenkbrauwen en wilde tegen haar schreeuwen dat ze haar mond moest houden en helpen, maar hield zichzelf tegen. "Ik werd aangevallen door dit vat. Kwam uit het niets. Als in een hinderlaag."

Julie keek niet geamuseerd. "Denk je dat je grappig bent?"

"Grappiger dan jij," antwoordde hij, de sarcastische ondertoon in zijn stem gedempt door de duidelijke pijn die hij voelde.

"Laten we dit ding van je afhalen. Klinkt dat goed?" Ze onderzocht de bom, merkte de aftelklok op, maar zei er niets over. "Wacht eens even."

Bens ogen werden groot toen Julie zich omdraaide en terug de grot in rende, hem en de bom in complete duisternis achterlatend. "Hey!"

Geen antwoord. Ben wachtte ongeduldig. Een minuut tikte voorbij, toen nog een. Hij wou dat hij niet precies kon zien hoeveel tijd er voorbij was gegaan, maar dat kon hij wel.

Drie minuten, stipt.

"Ik ben hier," hoorde hij haar zeggen. Hij zag het licht weer, en ze rende de hoek om en over het opstapje, dit keer met een grote stok in haar hand.

"Het zal niet sterk genoeg zijn om het helemaal op te tillen..."

"Dat hoeft niet," antwoordde ze, hem onderbrekend. "Hou je mond en hou dat ding stil."

Hij deed wat hem gezegd werd, en Julie stak het uiteinde van het stokje onder zijn massa, voorzichtig om het weg te houden van Ben's voet. Ze duwde hem dieper tot hij een beetje kraakte. Ze ontmoette Ben's ogen. "Laten we hopen dat dit alleen het einde was," zei ze. "Klaar?" Ze reikte achter zich en pakte een ronde steen die naast de wand van de grot lag. Ze stak de steen onder de stok, vlak voor de bom, en vormde zo een hefboom.

Ben knikte, en Julie boog zich met haar hele lichaamsgewicht naar beneden. Een gespannen geluid ontsnapte uit haar mond, en Ben kon het niet helpen maar merkte hoe *schattig* het klonk. Hij keerde snel terug naar de huidige situatie en plaatste zijn handen op de buitenkant van de bom. Hij hield hem stevig vast terwijl

Julie opnieuw duwde. De metalen bus schoof iets naar voren, en Ben voelde de onmiddellijke sensatie van vrijheid. Hij trok zijn been naar achteren, de angst dat zijn voet geplet zou worden was groter dan de pijn om hem zo snel te verplaatsen.

Hij legde meer gewicht op de bom, en knikte toen. Julie liet de lucht ontsnappen die ze vasthield en liet de hendel los. De bom gleed een beetje naar achteren, maar stopte toen hij de rots raakte en de kracht van Bens handen.

"Oké, wat nu?" vroeg ze.

Ben keek naar haar op. "Heb je er niet aan gedacht om één van die agenten mee te nemen?"

Ze schudde onverbloemd haar hoofd. "Ik heb ze niet verteld dat ik wegging. Een paar van ons kwamen samen, en ik, uh, leende een van de auto's. "

"Je hebt een politieauto gestolen?" Vroeg Ben ongelovig.

"Je hebt de mijne gestolen," antwoordde ze.

Hij glimlachte bijna. "Het zal wel. Ik denk dat je me hiermee mag helpen. Hier -" Hij bewoog zijn handen naar de zijkant van de bom, en zij hurkte neer om hem te helpen, en plaatste haar handen aan de rechterkant. "Door mijn slechte been zal ik iets langzamer moeten lopen, omdat ik op het andere been moet balanceren, maar ik denk dat we allebei wel -"

Voordat hij kon uitpraten, was Julie al begonnen met tillen. Ben voelde de bom een paar centimeter naar de plank opschuiven, en hij worstelde om haar bij te houden. Hij voegde zijn kracht toe, en samen tilden ze de metalen buis op aan de zijkant van de korte rotstrap, gebruik makend van het verticale stuk rots als steun.

Met een laatste duw tilden ze de bom over de rand en op het vlakke, zacht glooiende deel van de grot erboven.

"Whew, dat is niet het lichtste wat ik ooit heb opgetild," zei

Julie.

"Ja, probeer het maar eens helemaal tot hier te krijgen," zei Ben. Hij realiseerde zich dat ze nog niet gestopt waren - ze bewogen het voort, hand over hand, centimeter voor centimeter, samenwerkend.

"Oh, juist, macho man. Je bent nogal een hengst. Misschien de volgende keer niet op je voet laten vallen?"

"Misschien de volgende keer niet beginnen zonder mij?" Ben schoot terug.

"Ik weet waarom je niet veel praat," zei ze, een grijns vormend aan de zijkant van haar mond.

"Waarom is dat, genie?"

"Omdat alles wat je doet is zeuren," zei ze.

Ben lachte, blij dat de beproeving voorbij was, maar ook blij dat Julie zich bij hem gevoegd had. De pijn in zijn voet was nog steeds aanzienlijk, maar hij dacht dat het misschien een haarscheurtje was in plaats van een gebroken enkel. Het was moeilijk om te lopen, maar hij wist dat het goed zou komen.

Ze bereikten het einde van de grot en rolden het apparaat over het grasland tussen de grot en de vrachtwagen. Ze stopten toen ze bij de weg kwamen en lieten de bom tot stilstand komen voor de hoge achterklep van de vrachtwagen. Ben ging op het gras zitten en liet zijn been ontspannen.

"Hé," zei hij. Hij keek niet naar Julie, maar naar de hemel, die steeds donkerder werd naarmate de zon onderging.

"Wat is er?"

"Bedankt dat je voor me terugkwam." Hij keek eindelijk weer naar beneden en draaide zijn hoofd om Julie's blik te vangen.

"Je wist dat ik dat zou doen," zei ze, lachend, terwijl ze opstond. "Laten we dit ding nu naar het meer brengen."

HOOFDSTUK 57

BEN WAS GESCHOKT DAT JULIE ECHT REED. Jammer genoeg had ze zich aangeboden om de Dodge Charger te besturen die ze eerder van de agent had "geleend", zodat Ben haar eigen truck moest besturen. Hij testte zijn been en stelde vast dat het pijn deed, maar niet gebroken was, en hij liep een paar rondjes buiten de grot voor hij verder ging.

Ze hadden de bom over de achterklep van de truck getild en tegen de cabine geschoven, en ervoor gekozen om hem op de grond te laten staan in plaats van hem te laten rondrollen. Julie had geen boeien of touw in de truck, dus vroeg Ben haar achterop te gaan en ervoor te zorgen dat de bom niet zou omvallen. Als dat toch gebeurde, en Ben kon het zelf niet horen of voelen, zou ze een paar keer met haar koplampen knipperen om hem dat te laten weten.

Maar het was overkill. De weg die ze waren ingeslagen kronkelde om het meer heen en volgde voor het grootste deel de kustlijn. Ben wist dat de weg bijna geheel geasfalteerd was en vrij van kuilen, hobbels en onregelmatige oppervlakken zoals de zand-wegen waar ze op hadden gereden.

Het plan was om een plek te vinden om de bom in het meer te dumpen, zo ver mogelijk het water in, en dat betekende dat ze naar hoger gelegen grond zouden gaan en een heuvel of verhoogde plek zouden vinden vanwaar ze de bom naar beneden en over het meer zouden rollen.

Het was een vrij mager plan, gaf Ben toe, maar het was nog steeds een plan. Hij wist niet wat hij moest doen nadat hij het explosief had gevonden, en pas toen ze de bom achterin de truck hadden gelegd, begreep hij waarom.

Hij had niet eens verwacht het te vinden.

Ben vond het een wonder dat ze de rustplaats van de bom gevonden hadden, en nog meer een wonder dat hij nog niet ontploft was, maar hij had niet de hoop dat deze volgende fase van hun in elkaar geflanste plan zou werken.

Toch ging hij door. *Wat heb je aan een plan als het niet wordt geprobeerd?* dacht hij bij zichzelf. Hij wist niet zeker of dat een echt citaat was of gewoon iets dat logisch leek, maar hij hield zich eraan vast.

Hij wist nu hoe het voelde om echt te hopen. Om naar iets te verlangen; om met alles wat hij had iets te willen bereiken.

Hij had het gevoeld toen zijn vader op de eerste hulp lag, en later toen ze hem stabiliseerden, maar hij was de gevoelens van hoop, verlangen en zelfs echte wanhoop vergeten.

Dit, wist hij, was wanhopig.

Ze raceten in een razend tempo, met een explosief dat *gegarandeerd* in minder dan een half uur ontploft zou zijn, op zoek naar een plek om het in een meer te dumpen.

In een meer.

De gedachte vond hij om een of andere reden grappig, en hij kon het niet helpen hardop te lachen.

We dumpen een kernkop in een meer.

Hij wist niet of de bom *echt* nucleair was of dat het iets heel anders was, maar semantiek deed er voor hem nu niet toe.

Ik ben in het diepe gesprongen en heb Julie met me meegenomen.

Maar zodra hij aan Julie dacht, leek hij zich wat te ontspannen. Ze waren nog steeds op een missie die de loop van de geschiedenis van hun land zou veranderen, maar de wetenschap dat zij bij hem was - zelfs in een aparte auto - gaf hem om de een of andere reden een beter gevoel.

Hij hoopte dat ze er doorheen zouden komen.

Knipperende lichten in de achteruitkijkspiegel brachten Ben terug naar de echte wereld.

Shit.

Ze knipperden weer met de lichten, en Ben rekte zich een beetje uit om door de spiegel en het raam in de laadruimte te kijken.

Hij remde de truck iets af, om te proberen de gevallen bom te laten rollen. Hij zag niets vreemds, en hij voelde niets stoten tegen de zijkanten van het bed.

Wat is er aan de hand?

Hij vertraagde, en stopte toen. Julie trok de politieauto naast hem en hij drukte op de knop om het passagiersraampje naar beneden te doen. Hij begon te spreken voordat het raam helemaal open was.

"Wat scheelt er? Gaat het?"

"Rustig, Ben. Alles is in orde," antwoordde ze.

Ben haalde adem en ontspande zich. Hij begon zichzelf gek te maken met de manier waarop hij zich bij haar gedroeg. "Sorry. Wat is er?"

"Ik zag een boot daar beneden."

De woorden kwamen hem eerst vreemd voor, tot hij besefte wat ze bedoelde. "Werkelijk? Waar? Sorry, ik keek niet eens naar het meer."

"Ik weet het - je zei dat je zou zoeken naar hoge grond; een plek om de bus van af te rollen. Ik dacht dat het nuttig zou zijn als ik naar andere opties zou zoeken."

Ben was getroffen door de vanzelfsprekendheid en de vooruitziendheid waarmee ze die beslissing had genomen, en verweet zichzelf opnieuw dat hij ooit had geprobeerd zich van haar te ontdoen.

"Uh, ja," zei hij, "dat lijkt me een beter idee dan waar we eerder aan dachten."

"Je bedoelt waar *je* eerder aan dacht," zei ze, hem verbaal een beetje duwend.

Man, dit meisje houdt niet op, dacht hij.

"Juist. Dat. Nou ja, hoe dan ook, laten we naar beneden gaan en zien of het de moeite waard is. "

Ze knikte en probeerde al een weg te vinden die naar het meer leidde. "Ik wed dat er verderop een afslag is. Hou je ogen open."

Ben knikte en begon het raam op te rollen.

"Hé," zei ze.

Hij stopte en keek naar haar.

"Hoe laat is het?"

Hij was bijna vergeten dat hij de aftelklok van de bom had gevolgd met de ingebouwde timer van zijn horloge, en hij voelde plotseling een golf van angst over zich heen komen.

15 minuten.

"15:14," riep hij naar het andere voertuig. Het hardop zeggen maakte hem nog nerveuzer.

Ze hadden besloten dat ze zouden proberen vijf minuten te wachten voordat de aftelklok op nul zou staan, als een "veilige zone". Het was een willekeurig getal, maar Ben wilde geen risico lopen dat Stephens - of wie er ook achter zat - de timer niet zo had geprogrammeerd dat de bom afging voor hij op nul stond.

Dat betekende dat ze ongeveer tien minuten hadden om de bom op het water te krijgen.

Hij reed weg van de politieauto, zich plotseling bewust van de eenrichtingsreis die ze beiden maakten.

Ze hadden geen tijd om naar de boot te gaan *en* naar een heuvel of een verhoging boven het meer te gaan.

Als ze de boot optie kozen, was het hun enige optie. Of er zat brandstof in de boot of niet, en als dat niet zo was...

Hij verspilde geen energie aan het berekenen van de uitkomsten van dat scenario. Ben concentreerde zich op de weg voor hem, uitkijkend naar een afslag naar links die hen naar het meer zou leiden.

Nog een variabele die ik goed moet krijgen.

Ze hadden geen tijd om meerdere wegen te doorzoeken.

Gelukkig was de weg die ze wilden, de eerste die voor hen opdoemde. Ben liet geen tijd voorbij gaan om de truck te draaien en over de modder en het vuil te stuiteren, terwijl hij gas gaf terwijl de truck bergafwaarts ging. Hij keek nauwelijks achter zich of hij de auto van Julie zag - het zou nu niet veel meer uitmaken of ze er was of niet.

De weg eindigde bij het water in een soort boothelling, het soort dat je zou kunnen gebruiken in een worst-case scenario. Modder en rotsen vormden de onderste helft van de helling toen de weg verdween in de zacht kabbelende golven van het meer, en Ben zorgde ervoor dat hij de truck ruim voor de helling tot stilstand bracht om geen problemen te hebben met het verlaten van de locatie als ze klaar waren. De tijd werkte tegen hen, meer dan hij ooit had meegemaakt.

Hij stapte uit de vrachtwagen en liep langs de oever tot hij bij het kleine bootje kwam dat aan een korte steiger was vastgemaakt die uit de oever stak. Het was een groene vissersboot met een kleine tweetaktmotor en een stokroer aan de achterkant.

Dat was tenminste goed nieuws. *Laten we hopen dat er wat gas in zit.*

Hij bereikte de kade, maakte de boot los en begon onmiddellijk aan het koord te trekken om de motor te starten. Julie had haar politiewagen lukraak geparkeerd in een modderpoel op een steile helling aan de zijkant, en ze liep naast hem.

"Hulp nodig?"

"De sleutels zitten nog in de truck!" schreeuwde Ben boven het geluid van de sputterende motor uit. "Zet hem hier zo dicht mogelijk in de weg."

Ze rende naar de truck, en bijna onmiddellijk zag Ben hoe de truck grind en modder omhoog stootte terwijl hij in een alarmerend tempo achteruit reed. Hij keek omlaag om zich op zijn werk te concentreren en trok nog eens aan het koord, waarbij hij de motor tot leven hoorde komen. Hij kreeg bijna een hartaanval toen hij weer opkeek. De vrachtwagen was nog maar een paar meter weg en reed nog steeds snel.

Hij sprong, klaar om het bewegende voertuig te ontwijken, toen het op een dubbeltje stopte.

Julie stapte uit de truck en liep naar de boot en de inzittende.

"Wow. Je *kunt* met dat ding rijden," zei Ben.

"Wie zei dat ik dat niet kon?"

"Hier, help me de bom van de vrachtwagen te halen." Hij maakte de grendel van de achterklep los en liet die naar beneden vallen, er op springend zodra die helemaal gezakt was. Hij schoof de zware cilinder terug naar het hek en stapte weer op de grond.

Samen tilden hij en Julie de bus op, waarbij ze elk met één hand de bodem vasthielden en hun andere hand langs de zijkant van de bus legden, en zetten hem op de vloer van de boot.

"Zal dit ding sterk genoeg zijn?" vroeg ze.

Ben wist dat ze het had over de gammele aluminium vloer van de boot. "Zou moeten. Maar we hebben geen andere opties, dus laten we net doen alsof het een gloednieuw cruiseschip is."

"Hoeveel tijd hebben we?"

Ben keek op zijn horloge en toen op het scherm van de bom. "Ik heb acht minuten, en dat ding zegt dertien."

Ze antwoordde niet, en Ben begreep wat ze dacht. Hij voelde hetzelfde.

Het lijkt me niet genoeg tijd.

"Ben! Kijk!"

Ben zag Julie wijzen naar een knipperende set politielichten in de verte. De agent moet de lichten hebben aangezet om er zeker van te zijn dat iedereen hen zou zien aankomen.

"Ga terug in de truck, en ik ben er in een seconde," zei hij.

Ze leek even verbaasd, maar liep toen naar de truck. Ben, ondertussen, draaide de boot naar het midden van het meer. Hij dacht er nog eens over na en schoof toen de bom naar de achterkant van het kleine vaartuig. Het zou helpen om de boot op koers te krijgen als het de juiste snelheid bereikte, maar hij was meer geïnteresseerd in het stabiliseren van het roer.

Hij nam een snelle beslissing en plaatste de cilindervormige container aan de linkerkant van de roerstok, zodat de boot niet te ver naar rechts kon draaien. De vorm van het meer was, als hij het zich goed herinnerde, zodanig dat er links meer open water was, terwijl er rechts niets dan kustlijn was.

Tevreden met zijn werk, wierp hij een laatste blik op de aftelklok.

Elf minuten over.

Hij hoopte echt dat Stephens hen niet nog een keer voor de gek hield.

Hij was iets vergeten.

De boot lag, letterlijk, dood in het water. Hij had een manier nodig om de gashendel ingedrukt te houden zodat de motor aansloeg en de vissersboot het meer op kon duwen.

"Ben! Kom op!"

Kom op, Ben. Denk na.

Hij trok zijn shirt uit en begon het te draaien tot een lang, spiraalvormig touw. Toen hij klaar was, lusde hij het shirt om de gashendel van de stok, voorzichtig om het nog niet strak aan te trekken.

Tien minuten.

Hij controleerde hun handwerk nog een laatste keer. De bom bevond zich links achter in de boot, stond rechtop en wachtte stilletjes op zijn ontploffingsbevel, en de motor ronkte, klaar om aan te gaan. Hij had een losse oma knoop gemaakt met zijn shirt, nu in een lus over de stok, en hij trok de knoop abrupt strak. Ben sprong achteruit op de steiger toen de boot wegvoer van zijn station. Hij accelereerde, de kleine maar krachtige motor deed waarvoor hij gemaakt was.

Ben keek slechts een ogenblik naar de boot voordat hij zich

weer omdraaide naar de truck en de politie Charger. Julie was al bijna in de cruiser, en hij riep naar haar.

"Stap in de truck!"

Hij hinkte snel terug naar de bestuurdersstoel van de truck en sloeg het portier dicht toen hij was ingestapt. Julie kwam bij hem zitten aan de passagierskant, en hij drukte het gaspedaal tot de vloer in, reed naar de top van de kleine bergkam van de aangrenzende weg en draaide die op zonder vaart te minderen.

De lichten van de politieauto begonnen in de verte te verdwijnen, maar Julie keek er niet meer naar. In plaats daarvan staarde ze Ben recht aan.

"Ik, uh, wilde er zeker van zijn dat we hier allebei uit kunnen komen," zei Ben.

Julie keek hem vreemd aan.

"Weet je - die politieauto... de manier waarop hij in de modder geparkeerd stond, en... ik heb niet, uh, er is veel modder, en zo..." zijn stem stokte toen hij zich realiseerde hoe zwak het excuus moet hebben geklonken.

Ik wilde bij jou zijn.

"Het zal wel, Casanova," zei Julie, met een glimlach op haar lippen.

HOOFDSTUK 58

NEGEN MINUTEN.

Ben zat aan de knoppen van zijn mobieltje en probeerde tevergeefs een signaal te krijgen. Julie's telefoon was hier ook nutteloos, dus begon ze de agenten en vrijwilligers te bereiken via haar radio.

"Dit is Julie Richardson. Iemand gehoord?"

Ze vroeg het opnieuw.

"Officier Wardley. Begrepen. We hebben er nog steeds een paar op zoek naar deze caches, maar er zijn er al minstens tien in het meer gegooid. Waar ben je?"

Ben pakte de radio van Julie en gaf hem de update. "Wardley, we zijn rond de Butte Overlook, en gaan terug naar het noordoosten. We moeten iedereen uit het park zien te krijgen."

"Begrepen, Ben. Nog nieuws over de bom?"

"Niet meer dan negen minuten. Wardley, roep de anderen op en ga naar de grens."

"Negen? Weet je het zeker?"

Ben antwoordde niet, in plaats daarvan schakelde hij de radio over naar een ander open-frequentie kanaal waarvan hij wist dat er een paar agenten op zaten. Hij herhaalde het bericht, met dezelfde reactie. Hij gaf de radio terug aan Julie, die onmiddellijk om Randy riep.

"Randy. Randall Brown, ben je daar?" vroeg Julie.

"Begrepen, Julie, ik ben hier. We zijn op weg naar een rustplaats een paar kilometer van het meer. Het heeft een mooie stenen schuilplaats en zo, voor wat dat waard is."

Ze keek naar Ben. Hij gaf haar gewoon een snelle update. "Ik weet waar dat is. Waarschijnlijk ben ik er over zes of zeven minuten."

"We zijn er over een paar minuten," zei ze door de walkietalkie. Randy bevestigde dat en zei haar dat hij de anderen zou blijven opsporen en ze bij elkaar zou brengen bij de rustplaats. Julie dacht na over wat hij had gezegd. *Die stenen structuur zal nutteloos zijn tegen een vulkaanuitbarsting.* Ze waardeerde de man's optimisme, echter.

"Als die bom nog steeds naar het midden van het meer gaat, is er niets aan de hand," zei Ben, die op de een of andere manier haar gedachten kon lezen. "Hij zal aan de oppervlakte ontploffen, wat de kustlijn zal wegvagen, maar verder zou hij recht omhoog moeten gaan." Hij stopte even voor hij toevoegde, "hoop ik."

Julie kon zien dat Ben's horloge zijn gewijzigde aftelling aangaf op minder dan drie minuten, en ze hoopte dat het een onnodige voorzorgsmaatregel was om de vijf minuten af te trekken van wat er op het scherm van de bom te zien was.

Ze hoopte ook dat dit allemaal een zieke droom was; dat ze in bed wakker zou worden met hoofdpijn en slechts vage herinneringen aan de nachtmerrie die zich had afgespeeld. Maar ze wist dat dat waarschijnlijk een nog langere kans was dan hier levend uit te komen.

"Hoe weet je dat eigenlijk?" vroeg Ben vanaf de bestuurdersplaats van de truck.

"Wat weten?"

"In welke grot het was. Hoe heb je gewoon de juiste geraden?"

Julie pauzeerde even voor ze antwoordde. "Dat heb ik uitgewerkt met Randy, vlak nadat je de eerste grot verliet. Hij gaf me een kaart van de seismische activiteit onder het meer, en hoe de hotspot zich elk jaar verplaatst."

"Verhuisd?"

"Minder dan een centimeter, maar ja, in de loop van miljoenen jaren is de hotspot naar het noordoosten verschoven. Of specifieker, de plaat waar wij op staan is naar het zuidwesten verschoven, terwijl de hotspot stil is blijven staan."

"En deze hotspot," begon Ben, "is wat alle uitbarstingen in het verleden heeft veroorzaakt, toch?"

"Juist. Maar het is ook de reden dat er überhaupt een Yellowstone park is. Het is de bron van alle geologische activiteit in het park. De aardkorst is vlak erboven erg ondiep, en het meer ligt over een deel van dat deel. Ik heb alleen gekeken waar de korst het dunst was, waar een bekende grot door dat gebied liep, en die variabelen bovenop de hotspot in kaart gebracht."

Ben knikte mee, probeerde haar logica te volgen.

"Ik dacht dat Stephens, of voor wie hij ook werkte, het risico op mislukking zo klein mogelijk wilde houden, en dat ze hun bom boven het kwetsbaarste deel van de korst wilden plaatsen.

"Bij voorkeur ondergronds, zodat niemand het ziet," voegde Ben eraan toe.

"Nou, dat, maar ook omdat hoe dieper het is, hoe groter de kans op een breuk beving die de korst zou scheuren en de vulkaan zou veroorzaken. Het bleek de enige redelijke optie te zijn toen ik alle gegevens bekeek, dus heb ik je erheen gestuurd."

"Dat klinkt allemaal nogal nerdy," zei Ben. Hij wierp haar een snelle glimlach toe.

"Ja, nou, het heeft je gered."

Ben draaide de truck op een grotere kampweg, waarschijnlijk een hoofdweg naar de poort, en Julie zag hem op zijn horloge kijken.

1:30.

6:30, als de aftelklok van de bom nauwkeurig was.

Ze merkte de snelheid van de vrachtwagen op, hoe dicht ze nog bij het meer moesten zijn, en vroeg zich af hoe groot deze bomexplosie precies zou zijn.

HOOFDSTUK 59

"IEDEREEN ACHTER DE MUUR!" Julie hoorde officier Wardley roepen.

Er waren zeven anderen bij de rustplaats toen ze aankwamen, inclusief Wardley, Randy, en de officier met wie hij had gereden.

Enkele achterblijvers baanden zich een weg naar het gebouw van de rustplaats, een eenvoudig heren- en damestoilet met een buitenfontein, overdekt door een schuin dak. Een bakstenen muur stond aan het andere eind, en vormde een korte doorgang waar Wardley en een paar andere mannen en vrouwen zich nu achter verschansten.

Ben volgde Julie toen ze op de betonnen vloer van het paviljoen en het toilet stapte.

"Blij dat jullie het gehaald hebben, jullie twee," zei Wardley toen ze naderden.

Met nog twee minuten te gaan, dacht Julie. *Misschien minder.* Ze vroeg zich af of het niet verstandiger was geweest om gewoon door te rijden, kijken hoe ver ze weg konden komen. Maar ze wist dat het irrationeel was. Niets wat ze op dit moment deden zou de uitkomst veranderen - of de bom ontplofte met of zonder ook een cataclysmische uitbarsting te veroorzaken.

Een paar andere officieren keken met grote ogen, alsof ze naar een verschijning staarden, en Julie wist dat ze vragen hadden - vragen over de bom, waar ze verborgen was, hoe Ben wist dat ze veilig boven het water zou ontploffen, en meer. Maar Ben leek niet geïnteresseerd in het beantwoorden van vragen. Hij wachtte tot Julie zich bij de groep had gevoegd en ging stoïcijns aan de rand van het paviljoen staan.

Ze deed een paar stappen terug om bij hem te komen, en haar hand vond de zijne. Hij draaide zich om en keek haar aan.

"Denk je dat dit zal werken?" vroeg hij.

"Stephens - zij - leken het allemaal goed uitgedacht te hebben," zei Julie. "Maar ik kan me niet voorstellen dat de ontploffing van de bom genoeg is om een grote scheur in de aardkorst te openen. Deze plek bestaat al 600.000 jaar zonder zo'n grote catastrofe, dus ik moet geloven dat hij sterker is dan dat."

"Ja," was alles wat Ben zei.

"Ik heb een vraag voor jullie," zei Julie. Ze zag dat een paar agenten, en ook Randy, zich langzaam een weg baanden naar het tweetal aan de rand van de betonnen trap.

"Wat is dat?" vroeg hij.

"Hoe wist je van de eenpersoonskampeerterreinen? Waarom wist je ineens dat Stephens of zijn trawanten de lading op die plekken zouden verstoppen?

Voordat Ben kon antwoorden, nam Wardley het woord. "Ja, en waarom niet gewoon het poeder in het bos dumpen, waar niemand het ooit zou vinden?"

Ben keek de anderen beurtelings aan voordat hij antwoordde. "Het was een gok, echt. Een voorgevoel. Maar ik dacht aan mijn -

aan Diana Torres - één van de mensen die Stephens heeft vermoord. Ze was alleen, sinds mijn vader... wegging." Julie begreep hoe emotioneel dit voor hem geweest moest zijn, en hoe hij er zeker niet klaar voor was om de waarheid te vertellen in het bijzijn van die andere mensen.

Ze begon ook te begrijpen waar hij heen wilde met dit alles. "En Livingston..."

"Juist," zei hij. "Livingston was de belichaming van 'alleen'. Zelfs omringd door de mensen met wie hij werkte, had hij een vervreemd gezin en niets dan luxe speelgoed om hem gezelschap te houden. Charlie Furmann was ook alleen. Hij werkte met Diana, maar verder leefde hij op zichzelf.

Een van de agenten stapte naar voren, verward kijkend. "Dat is een tamelijk wilde gok, Bennett. Ik wil niet beschuldigend klinken, maar ik zou niet in staat zijn om terecht te staan met zulk bewijs."

Hij leek te wachten op een antwoord, net als iedereen, en Julie was verbaasd toen hij hen een antwoord gaf. "Ik weet het. Ik heb er lang en diep over nagedacht, en de reden dat het zo overtuigend voor me was, is dat het perfect aansluit bij mijn theorie over dit virus. Over hoe het te verslaan."

De ogen van iedereen, als ze dat al niet waren, waren nu op Ben gericht. Julie staarde hem ook aan. Ze wachtten allemaal tot hij zijn theorie zou onthullen, maar hij kreeg de kans niet.

Een lichtflits overspoelde Julie's ogen, en ze deed een struikelende stap achteruit. Door de witte waas zag ze de boomtoppen van het bos buigen en kraken onder een onzichtbare kracht, op de voet gevolgd door een enorme schokgolf van stof en puin. Haar gezicht stond gefixeerd op het tafereel dat zich voor haar ontvouwde alsof het een actiefilm in slow motion was.

Ze probeerde het licht weg te knipperen, maar het werd bijna onmiddellijk vervangen door het hardste geluid dat ze ooit had gehoord. Het krakende geluid was alsof ze op een bliksemschicht stond die de aarde openscheurde, maar het duurde langer. Haar ogen moesten bloeden, en haar trommelvliezen konden onmogelijk nog intact zijn na zo'n geluid. Ze probeerde ze af te dekken toen ze weer kon zien.

Ze voelde iets aan haar trekken, en haar lichaam werd naar achteren gerukt net toen de kracht tegen de bakstenen muur smakte. Het dak boven haar was in een oogwenk verdwenen, en ze zag de blauwe lucht boven haar hoofd. Stof vulde de lege lucht voor haar gezicht, en ze voelde hoe het zich vermengde met het speeksel achter in haar keel, waardoor ze begon te hikken en hoesten.

Toch sloeg de kracht op hen in. De stenen aan de top van de muur waren de eersten die het begaven, daarna keek ze vol afschuw toe hoe een groter deel wegvloog, als vogels op de vlucht voor een roofdier.

En net zo snel als het was begonnen, was het ook weer voorbij. Ze voelde een zware arm die haar omsloot, en die ontspande zich een beetje toen de eigenaar ook besefte dat de ontploffing voorbij was.

"Gaat het?" hoorde ze Ben's gedempte stem fluisteren - of was hij aan het schreeuwen? - in haar oor. Ze knikte en stond op.

De anderen waren snel van de schok bekomen, en weldra onderzocht ieder van hen het wrak en de verwoesting. Julie stapte van de betonnen trap en keek in de richting van waaruit de ontploffing was gekomen.

Een grote, bloeiende, paddestoelvormige wolk, waarschijnlijk tien keer zo groot als degene die ze enkele dagen eerder had gezien, had zich gevormd en reikte tot aan de hemel. Hij had een witgrijze kleur, en ze kon zien dat er aan de onderkant een laag leek af te bladderen.

"Het is het water," zei Ben. Hij had nog steeds zijn arm om haar heen en hield haar nu dicht tegen zich aan. "Het heeft waarschijnlijk een miljoen liter water gecompenseerd, maar het lijkt niet op..."

Een enorme trilling direct onder hun voeten zorgde ervoor dat Ben's woorden werden afgekapt.

Julie rende in paniek terug naar de betonnen plaat, onzeker over wat te doen.

"Julie - ga weg van het gebouw!" hoorde ze Ben schreeuwen. Om de een of andere reden gehoorzaamde ze, hoewel haar geest als brij aanvoelde. Ze rende van de trap af, net toen de stenen muur waar ze onder hadden gestaan instortte.

En nog steeds schudde de grond. Ze zag zenuwachtige beelden van een politieman die schreeuwde toen de muur recht op hem viel, en een ander beeld van een groepje bomen op nog geen honderd meter van hen gewoon in de aarde verdwijnen.

De aardbeving duurde voort, werd steeds heviger, maar je kon nergens heen.

Ben hield haar vast, en samen wachtten ze gewoon.

Ze dacht dat elk bot in haar lichaam zou worden losgeschud, en pas toen herinnerde ze zich Ben's beenwond. Ze wierp een blik op hem en zag dat hij zijn kaak op elkaar klemde in een poging zichzelf in evenwicht te houden. Hij leunde bijna volledig op zijn goede voet en deed zijn best om de pijn te negeren.

En toen stopte het.

Net als de eerste ontploffing van de bom, *stopte* de aardbeving gewoon. Het was alsof de aarde zichzelf opnieuw instelde, zichzelf afschudde van een gevecht.

Ze keek om zich heen. Als het eerder al erg was, dan was dit nu een ramp. De hele bakstenen structuur lag in puin, gereduceerd tot stukjes baksteen en metalen wapening. Bomen waren omgevallen, meer op de grond dan er nog stonden, en een grote krater had zich gevormd aan de andere kant van de weg.

"Is het voorbij?" hoorde ze iemand vragen.

"Geen idee. Ik denk dat als hij zou ontploffen, hij dat nu wel gedaan zou hebben!" schreeuwde een andere stem als antwoord.

Ze wachtten bijna een uur, terwijl ze rondliepen en hun voertuigen op schade controleerden. Op een paar kleine naschokken na, leek de grond de supervulkaan op afstand te kunnen houden. Julie was de hele tijd gespannen, wachtend tot alles in vlammen zou opgaan zonder waarschuwing, maar toen er geen vuur uit de grond kwam, begon ze zich een beetje te ontspannen.

Zij en Ben stonden bij de truck, klaar om terug te gaan naar de bewoonde wereld, toen er een groep agenten langskwam. Een van hen, de man die Ben eerder had ondervraagd, begon hetzelfde gesprek als eerder. "Bennett, je zei eerder iets over het uitzoeken van het virus. Wat was dat? Wat heb je ontdekt?"

"Zoals ik al zei, het is nog steeds een theorie, maar ik denk dat het de moeite waard is om te onderzoeken. Als Julie haar hoofdkwartier bij de CDC erover gemaild heeft, kunnen we het testen en snel harde gegevens krijgen."

De uitdrukking van de man verzachtte een beetje. "Ben, je hebt ons er tot nu toe doorheen gesleept. Je had gelijk over de caches, en je had gelijk over de bom."

Een andere agent stond vlakbij en lachte. "Yeah. Weet je, of je werkt voor de slechteriken of je bent gewoon slimmer dan je eruit ziet. Vertel ons wat je denkt, man."

Julie zag Ben zuchten. "Oké, misschien kun je me helpen het op een rijtje te zetten. Het komt erop neer dat Stephens - die kerel waarvan we dachten dat hij aan onze kant stond - ons de hele tijd heeft misleid. Maar hij deed niet alleen zijn werk. Het was persoonlijk voor hem, om wat voor reden dan ook. Hij had er meer in geïnvesteerd dan alleen maar een doel proberen te bereiken. Ik denk dat hij een punt probeerde te maken."

"Wat bedoel je?"

"In het lab hoorde ik hem iets zeggen als 'Amerika is niet genoeg verenigd...'"

"...om zichzelf te redden," maakte Julie af. "Ja, dat heb ik hem ook horen zeggen. Drie keer."

"Nou," ging Ben verder, "ik denk dat hij ons iets probeerde te vertellen. Dat, en hij vermoordde alleen mensen die alleen waren, alleen, en duidelijk geïsoleerd op een bepaalde manier. Hij heeft zelfs geprobeerd mij te vermoorden, net voor dit alles."

Julie werd snel teruggebracht naar dat noodlottige moment. Stephens tot moes slaan nadat ze geloofde dat Ben dood was.

"Dus ik heb nagedacht over wat het allemaal *betekende*. We wisten al dat hij wilde dat wij het uitzochten - dat gaf hij zelf toe. Dus vroeg ik me af waarom hij het op die manier deed, terwijl het veel makkelijker zou zijn geweest om het park en de caldera stilletjes op te blazen, zonder ons mee te nemen op de rit.

"En dat leidde tot het denken over het virus. Julie en ik hadden het allebei - we zaten onder de uitslag; ze namen haar zelfs in quarantaine."

"Maar het werkte zijn weg uit je systeem, toch? Nadat het zichzelf gedood had?" Vroeg officier Wardley.

"Dat is zo, maar als Julie en ik *samen* waren, fysiek dicht bij elkaar, werd het niet erger. Pas toen we gescheiden waren, groeide het in elk van ons."

Julie was nu ook in de war. "Wil je zeggen dat dit ding verslagen kan worden door mensen dicht bij elkaar te zetten?"

Hij haalde zijn schouders op. "Ik weet het niet. Maar van wat we in het lab geleerd hebben, en van onze eigen ervaring, zou ik zeggen dat het het proberen waard is."

Het antwoord was te simplistisch om mogelijk te zijn. Ze keek om zich heen naar de anderen, en velen knikten. Toen ze er meer en meer over nadacht, leek het voor haar ook duidelijk.

"Dus wat doen we?" vroeg ze. "Iedereen bij elkaar in een kamer en hopen dat het zich verspreidt, zoals waterpokken?"

"Misschien. Dat laat ik aan jouw mensen over," zei Ben. "Maar ik durf te wedden dat het een begin is."

HOOFDSTUK 60

Ben en Julie bleven de rest van de dag in quarantaine in een enorme witte CDC-tent, net buiten Yellowstone National Park. Haar e-mail had de hoogste regeringsniveaus bereikt, en alle afdelingen die betrokken waren bij het onderzoek naar het enigmavirus, inclusief de CDC, hebben hun mening gegeven.

Uiteindelijk werden Bens ideeën goed genoeg bevonden om volledig te worden getest en onderzocht, en werden nieuwe quarantainelocaties gelanceerd en gegevens verzameld. In de Verenigde Staten kreeg elke zone een bijgewerkt protocol met instructies gebaseerd op Julie en Ben's bevindingen, met de verwachting dat elk gebied zijn onderzoek zou terugsturen naar het hoofdkwartier in Atlanta.

De tent buiten Yellowstone was niet anders, en Ben en Julie hielpen met van alles en nog wat om het station op te zetten en voor te bereiden, om vervolgens de eerste proefpersonen te worden. Ze hadden alles uitgelegd wat tot dan toe was gebeurd, inclusief Stephens' betrokkenheid, hoe Ben en Julie hadden ontdekt waar de opslagplaatsen en de bom waren verborgen, en wat zij dachten dat de manier zou kunnen zijn om het virus te verslaan.

Elk van hen had een eigen bed gekregen, maar door hun ontdekking van de "nabijheidsregel" werd elk bed dicht bij een ander bed geplaatst, en alle besmette patiënten werden in dezelfde grote kamer ondergebracht, zodat de ziekte zich onder hen kon verspreiden en verspreiden. Binnen een paar uur bevestigde de CDC Ben's voorspelling dat het nabijheidseffect een enorme invloed had op het vertragen van de verspreiding van het virus, en binnen nog een paar uur bevestigden ze vrijwel zeker het vermoeden dat langdurige blootstelling aan het virus leidde tot een uiteindelijke genezing en inenting.

Zij werden vrijgelaten kort nadat was geverifieerd dat zij virusvrij waren, en het onderzoek werd voortgezet, met gebruikmaking van patiënten uit steden en dorpen in de omtrek van tweehonderd mijl rond het kamp.

Binnen twee dagen werd het nieuws over de zwakte van het virus via televisie, radio en internet verspreid onder de belangrijkste kanalen. De sleutel was nabijheid, en "herstelstations" werden opgezet in of nabij elk grootstedelijk gebied, inclusief parken, arena's, stadions, en grotere overheidsgebouwen. Kleinere, meer landelijke gebieden hadden soortgelijke stations, gebruikmakend van VFW posten, openbare ontmoetingshuizen, en gerechtelijke centra.

Groot of klein, het doel was hetzelfde: zoveel mogelijk mensen onder één dak brengen, elk met voldoende voorraden voor een week. FEMA, Rode Kruis, en een dozijn andere agentschappen en organisaties werden tegelijkertijd geïnstrueerd om infrastructuurondersteuning en training te bieden voor de massale hulpverlening. En dankzij de inspanningen van grote telecommunicatiebedrijven kregen veel van de hulpverleningslocaties WIFI-toegang en beveiligde datapunten, zodat het werk zonder grote conflicten kon worden voortgezet.

Wall Street ondervond weinig hinder van de onderbreking van hun activiteiten en maakte gebruik van mobiele en draadloze toegangspunten om de handel voort te zetten en eventuele vertragingen in de Amerikaanse economie te voorkomen, en kon ervoor zorgen dat de verliezen in de belangrijkste indexen tot een minimum beperkt bleven. De overheid zelf, die zo lang op pre-internettechnologie had gewerkt, leek volledig in staat zichzelf zonder hulp van buitenaf overeind te houden.

Over het algemeen waren de hulpinspanningen, hoewel lang en ingrijpend, succesvol. De natie zag dag na dag hoe meer openbare diensten werden hervat, bedrijven werden heropend en gemeentelijke overheden werden hervat. Door het onthutsende effect van de gefaseerde genezing van het virus in de hele bevolking, alsook het toegenomen verlangen om Amerika weer verenigd te zien, zagen veel mensen zich geconfronteerd met niet meer dan een week of twee onbetaalde vakantietijd terwijl ze werden ingeënt tegen de ziekte.

Binnen een maand werd het enigma-virus door de Centers for Disease Control als "een kleine bedreiging" bestempeld, onder verwijzing naar het werk van Ben en Julie en de gegevens die door elk van de quarantainestations waren verzameld. Verwacht werd dat het virus/bacterie zich het komende jaar bij minder dan 5% van de bevolking zou openbaren, en hoewel een echt tegengif nog buiten bereik was, waren er plannen gemaakt om de infectie onder controle te houden door gedwongen blootstelling en nabijheid, wat uiteindelijk zou leiden tot volledige immunisatie tegen de ziekte.

"VALÈRE, WAT IS ER GEBEURD?" vroeg Emilio door het scherm.

Valère ijsbeerde door het kantoor, de luidsprekers straalden de stem van de andere man rechtstreeks naar zijn oren, alsof Emilio niet achter een computermonitor zat, maar bij hem in de kamer.

"Ik heb een gedetailleerde analyse gestuurd van de gebeurtenissen die plaatsvonden -"

"Niet nu, SARA," schreeuwde Emilio. "Ik weet dat je je AI-begripje over 'deze gebeurtenissen' hebt 'gestuurd', maar dat vraag ik niet. Verdomme, het is overal op het nieuws! Ik weet *precies* wat er gebeurd is. Ik vraag het aan meneer Valère."

Valère keek op, zijn ogen vernauwd terwijl hij naar de monitor keek. "Meneer Vasquez, ik verontschuldig mij voor het veroorzaken van onnodige stress. Ik verzeker u, onze investeringen blijven gezond, net als ons plan."

"Ons *plan?* "riep Emilio. SARA verminderde automatisch het geluidsniveau voordat het naar Valère's oren werd gestuurd, om geen gehoorpijn te veroorzaken. "Ons plan is *jammerlijk* mislukt.

Dit was bedoeld om de natie *te verlammen*, niet om een meer patriottische en verenigde natie te creëren!"

Valère liet de man zijn gang gaan, zonder onderbreking.

"Stephens faalde, dankzij dat ontsnapte *exemplaar* Fischer, en die twee CDC...

"Een CDC agent, Mr. Vasquez. De andere was slechts een parkwachter bij..."

"SARA, genoeg!" schreeuwde Emilio.

Valère keek naar het scherm en zag de woede in het gezicht van zijn partner toenemen. Hij stak zijn hand op, net toen Emilio weer wilde beginnen. "Alsjeblieft, mijn vriend, geef jezelf de ruimte om de ware diepte te begrijpen van wat we hier hebben bereikt."

Emilio grijnsde maar zweeg.

"Onze plannen zijn mislukt, misschien, gezien door de lens van de parameters van het project. Maar het bedrijf blijft sterk, sterker dan ooit misschien, en dat is niet in het minst te danken aan de gebeurtenissen in Amerika."

Emilio knikte.

"Daarnaast heeft het bedrijf bevestigd dat het onderzoek in Brazilië doorgaat en dat er voorbereidingen worden getroffen in Antarctica. Wij blijven onder de radar en zullen onze activiteiten voortzetten terwijl de betrokken regeringen de rotzooi opruimen."

"Maar tegen welke prijs, Valère? We hebben gefaald. Er is *niets* dat we bereikt hebben door..."

"Door wat?" vroeg Valère. Hij zette zich schrap, de nervositeit die hij door zijn lichaam voelde opkomen, onderdrukkend. "Er is niets dat we bereikt hebben door te falen? Dat is waar. Maar wat precies, denk je dat we *hadden moeten* bereiken?"

Emilio fronste zijn wenkbrauwen.

"Uw parameters en doelstellingen waren dezelfde als de mijne, en volgens hen hebben we gefaald. Stephens was een ongeleid projectiel en we hebben blijk gegeven van een gebrek aan controle over veel van onze onvoorziene omstandigheden. Maar wat was volgens u het doel?

"Van de mislukking?"

"Of zelfs het *succes*, als we het zouden bereiken?"

"Ik - ik begrijp niet waar je heen wilt met dit, Francis."

Valère pauzeerde. "Natuurlijk doe je dat niet, Emilio. Je bent alleen voor dit project gevraagd. Maar het bedrijf heeft andere belangen, zoals je wel weet. Dus wat *kunnen* zij verwachten te winnen bij een project als dit?"

Emilio fronste opnieuw zijn wenkbrauwen.

"Niets, mijn vriend. Niets direct. Dit project is druk *werk*. Het was iets dat groot genoeg leek om belangrijk te zijn, maar niet cruciaal genoeg om het hele gewicht en de infrastructuur van het bedrijf erachter te zetten."

"Je bedoelt..."

"Ja, Emilio. Het bedrijf had ons nodig om een afleiding te creëren. Een die weinig wenkbrauwen zou doen fronsen, ongeacht succes of mislukking. Een die weinig middelen en management vereist, maar alle ogen naar binnen richt."

"Dus het project -"

"Het project was alleen dat, Emilio. Een *project*. Een test, eigenlijk. En we hebben gefaald, maar alleen in de zin van de directe missie. In dit hele spel, geloof ik dat we succes hebben geboekt. *Enorm* succes.

"Alle ogen in de ontwikkelde wereld hebben Amerika in de gaten gehouden, om te zien hoe ze reageren. Amerika is in stuiptrekkingen, herstellende, proberend zichzelf te stabiliseren. Dat zal het op den duur ook. Maar het zal te laat zijn. Het bedrijf werkte aan een veel groter project toen ze de enigma stam ontdekten. Het virus was een bijverschijnsel, een prachtige aanvulling op ons onderzoek. Ik schreef het projectoverzicht en liet het goedkeuren om de aandacht af te leiden van hun grotere doel.

"En mag ik vragen wat dat doel is, meneer Valère?" vroeg Emilio.

Valère glimlachte, zijn ogen zwaar, terwijl hij naar de knop reikte om de monitor uit te zetten.

"Het spijt me, Emilio. Je mag niet."

HOOFDSTUK 62

DE KOU WAS DE AFGELOPEN UREN BINNENGESLOPEN, en Bens jas leek geen goed meer te doen. Hij zuchtte en zag hoe zijn adem in de lucht hing en kristalliseerde, de kleine spikkeltjes glinsterden terwijl ze zich verzamelden en op de besneeuwde grond vielen.

Hij hief de bijl met het lange handvat op en zwaaide er nog eens mee. Een bevredigende krak galmde rond de hoge dennen, en ging uiteindelijk verloren in het witte landschap. Het blok hout spleet doormidden en stuurde de twee helften in tegengestelde richting, waar al twee stapels lagen. Ben pauzeerde, bestudeerde zijn werk, hees toen de bijl op zijn schouder en begon naar een van de stapels te lopen. Hij vulde een kruiwagen en rolde de lading terug over een smal zandpad.

Toen hij uit de dichte bomenrij kwam, stopte het zicht voor hem hem bijna in zijn sporen. Het diepe mokkakleurige hout van de buitenkant van de hut stak scherp af tegen het omringende bos. Een dunne schoorsteen stootte een paar rookslierten uit van het vuur dat hij uren geleden onbeheerd had achtergelaten, maar hij kon de vage geur van brandende houtblokken nog ruiken.

Hij begon het pad weer op te lopen en stopte pas toen hij bij de voordeur was. Hij zette de kruiwagen op zijn steunen en stapelde het hout in zorgvuldige rijen aan weerszijden van de deur. Terwijl hij werkte, probeerde hij de vruchten van de dag arbeid te berekenen. *Een half koord, misschien meer.*

Niet genoeg, maar ook niet slecht, gezien hoe traag hij de laatste tijd was door zijn genezende voet.

Eindelijk klaar met de kruiwagen, leunde hij tegen de wand van de cabine en reikte naar de deurklink.

Het ging open voordat hij het in zijn greep had.

"Je hebt er lang genoeg over gedaan - het wordt hier een beetje fris."

Hij glimlachte terwijl hij probeerde een gevat antwoord te bedenken.

"Weet je wat? Denk er over na tijdens het eten. Je bevriest als je daar staat en probeert je hersens weer aan de praat te krijgen."

Hij liep de hut binnen, onmiddellijk getroffen door de warmte van de droge lucht, en sloot de deur achter zich.

Julie keek alleen maar. "Doe je het wat rustiger aan op je oude dag? Gisteren had je meer dan dat, en je was klaar om vier uur."

Deze keer was hij niet overrompeld. "Ik doe tenminste iets nuttigs. Wat was dat voor troep dat je me gisteravond probeerde te voeren?"

Julie's ogen werden groot en ze grijnsde naar hem. "Oh, echt? Goed dat je vanavond kookt, dan. We zullen zien hoe *je* het doet."

Hij had zijn handschoenen en sjaal uitgedaan en was nu bezig met zijn laarzen toen Julie naast hem op de bank kwam zitten. Hij had één schoen uitgedaan toen hij haar arm onder de zijne voelde glijden.

Ze leunde met haar hoofd op zijn schouder, en hij ging achterover tegen de muur zitten. Ben voelde hoe ze in zijn hand kneep, waardoor de kamer op de een of andere manier nog warmer werd. Hij glimlachte en sloot zijn ogen.

OVER DE AUTEUR

Nick Thacker is een thrillerauteur uit Texas die in Hawaii en Colorado woont. In zijn vrije tijd leest hij graag in een hangmat op het strand, skiet hij, drinkt hij whisky en trekt hij op met zijn mooie vrouw, twee honden en twee dochters.

Voor meer informatie en een lijst van Nick's andere werk, bezoek Nick online: www.nickthacker.com